인도에는
카레가 없다

인도에는 카레가 없다

이옥순 지음

책세상

차례

다시 인도를 돌아보며

《인도에는 카레가 없다》가 세상에 선을 보인 지 어느덧 십 년이 되었다. 7년 여의 인도 유학 생활을 기억하며 글을 마친 그때, 나는 알아갈수록 다른 모습을 드러내는 다원적인 인도의 특성을 다음과 같이 고백했다. "인도를 일주일 여행한 사람은 책을 한 권 쓰고 일곱 달을 머문 사람은 글을 한 편 쓰지만 인도에 7년 동안 거주한 사람은 아무것도 쓰지 못한다."

나만 그런 건 아니었다. 《톰 소여의 모험》을 쓴 미국 작가 마크 트웨인도 그랬다. 19세기 말에 인도를 두루 여행하고 몹시 실망한 그는 인도를 '가난하고 더러운, 구제 불가능한 나라'라고 서술할 셈이었다. 그러나 글을 쓰기 전에 되돌아본 인도는 전혀 다른 얼굴로 웃고 있었고, 그는 수많은 모습을 가진 인도를 "경이의 나라"라고 적었다.

이처럼 천의 얼굴을 가진 인도는 '이것이다, 저것이다'라고 결론을 내리는 20세기의 합리주의와 '하나의 진리'라는 진리에 도전한다. 사실 이 세상에 분명한 건 없다. 한 길 사람 속도 알기 어려운데 하물며 수천 년의 역사와 광대한 영토에 사는 십억이 넘는 인구가 씨줄 날줄로 엮어낸 벌집 같은 사회와 문화의 연방제를 한마디로 '이렇다'라고 정의 내리는 건 만용을 넘어 무모함이 아니겠는가.

그럼에도 십 년 전 나는 인도에 덧씌워진 편견을 벗기고 있는 그대로의 모습을 보여준다며 《인도에는 카레가 없다》를 썼다. 책을 통해 나는 가난한 나라로 고정된 인도의 제자리를 찾고, 인도에는 우리가 아는 그 노란색의 카레는 없으나 '커리'라고 불리는 광의의 음식이 있듯이 인도의 '정신주의'에 경도된 이들이 상상하는 신비한 인도가 실은 인도가 가진 수많은 얼굴의 한 부분이라는 것을 말하고 싶었다.

　그곳은 변화의 무풍지대에서 원색의 옷을 걸친 사람들이 원초적으로 먹고 마시고 잠자는 행복한 땅도 아니고 타락한 물질세계의 대안도 아니었다. 문맹과 빈곤, 카스트와 결혼 지참금처럼 부당하게 인간을 이용하는 사회 문제를 가진 고단한 삶의 현장이었다. 지상에 천국은 없었다. 나는 중세와 현대, 선과 악, 사랑과 미움, 순수와 욕망이 교차하고 공존하는 인도의 빛과 그림자, 슬픔과 기쁨, 아름다운 모습과 흉한 상처를 다 말하려고 욕심을 부렸다.

　그리고 십 년이 흘렀다. 강산이 변한다는 그 십 년, 인도에는 엄청난 변화의 바람이 불었다. 1990년대 초부터 경제 자유화를 추구한 인도 시장에는 외국의 투자가 몰려들고, 컴퓨터 등 지식 기반 산업을 주축으로 한 인도 경제는 전 세계에서 가장 빠르게 성장하고 있다. 2005년 인도의 IT와 IT 관련 사업의 매출은 282억 달러, 수출은 103억 달러로 빠르게 성장하는 인도 경제에서도 가장 빠르게 성장했다.

　2003년, 투자 은행이자 증권 회사인 골드만삭스는 인도가 앞으로 30~50년간 가장 빠르게 성장할 잠재력을 가졌다고 전망했다. 지난 15년간 연 7퍼센트가 넘는 경제 성장률을 기록한 인도는 특히 서비스 분야에서 높은 성장을 기록했다. 현재 IT 관련 산업에 종사하는 인구가 70만이 넘는 인도에서는 해마다 20

만 명의 새로운 인력이 배출되어 외국 기업을 유혹한다. 이처럼 세계가 기술과 인력을 구하려고 인도의 문을 두드리는 지금, 그 인도는 세계 소프트웨어의 수도가 되기 위해 전진하고 있다. 그동안 겨울방학마다 인도를 방문한 내게도 그 바람은 충분히 감지되었다.

도시에는 고층 건물과 멀티플렉스 극장이 생기고 루이비통 가방과 유명 디자이너의 의상을 차려입은 여성들이 휴대전화를 들고 쇼핑을 즐기거나 고급 레스토랑에서 이국적인 음식을 탐하는 모습이 익숙한 풍경이 되었다. 도시 외곽에는 소득과 소비가 늘어난 역동적인 중산층의 욕망의 터널을 메울 아파트와 쇼핑몰이 하늘을 찌를 듯 하루가 다르게 솟아오르며 도시의 외관을 바꾸고 있다.

인도의 변화를 대표하는 약 1억에 가까운 중산층은 소득과 소비를 늘리면서 십 년 전에는 상상할 수 없었던 새로운 생활 방식을 인도 사회에 촉발했다. 70퍼센트를 차지하는 34세 이하의 젊은층도 서비스 산업과 소비 패턴에 큰 영향을 주었다. 연간 백만 대 이상의 자동차가 쏟아지는 거리에서 밸런타인데이에 초콜릿을 주고받는 모습이나 크리스마스를 축하하는 대형 입간판을 보는 것이 낯설지 않을 정도로 서구의 소비문화는 인도의 일부가 되었다.

지난 십 년, 《인도에는 카레가 없다》에 언급된 사항도 많이 변화했다. 몸을 감추기보다 드러내려는 젊은 여성들이 늘었고, 그 탓인지 연애결혼도 많아졌다. 할당제를 이용하여 연방의회와 정부에 진출, 주어진 운명을 긍정적으로 바꾼 낮은 카스트들도 증가했다. 현재 인도 정치계의 실세인 소냐 간디와 그의 두 자녀는 모두 정치에 입문하여 네루 가의 영광을 재현하고 있으며, 더 빠르고 더 많은 서비스를 제공하는 새로운 열차도 너른 평원을 가르며 달리고 있다.

외국의 언론 매체들은 이렇게 변화하는 인도를 낙관적인 시선으로 바라보기 시작했다. 그동안 '인더스 동쪽의 땅'이란 의미의 인도는 인더스 서쪽에서 바라보는 서구의 대상(對象)으로, 이름처럼 늘 오만한 그들에게 정의되고 언급되었다. 고대에는 부(富)와 현자의 나라로 알려졌으나 근대를 지나면서 가난하고 더러운 제3세계로 고정된 인도가 지난 십 년간 신비한 측면과 부정적인 이미지를 넘어서 처음으로 역동적인 사회, 미래를 가진 사회로 평가받기 시작한 것이다.

그러나 변화한 인도는 여전히 부분적으로만 진실이다. 개정판을 내기 위해 돌아본 인도, 언어와 문화, 종교와 관습은 물론 기후까지 여럿인 인도는 여전히 대조적이고 모순적인 수많은 얼굴을 가지고 있었다. 계량적인 발전과 경제 성장의 빛나는 외양 뒤에 자리한 환경오염과 빈부 격차, 도시의 슬럼화, 전 인구의 30퍼센트에 달하는 빈곤층, 아동들의 영양결핍, 여성과 낮은 카스트에 대한 해묵은 억압, 정치적 파당화의 어두운 그림자는 예전처럼 두터웠다.

따라서 개정증보판에서 십 년의 변화를 상세히 담지 않은 것은 이 책이 가진 1990년대 후반의 역사성을 염두에 두었기 때문이다. 고대와 근대의 역사처럼, 식민 통치의 무거운 짐을 지고 출발한 인도가 20세기를 마감할 무렵에 세상의 희망과 절망을 함께 호흡하는 다양한 모습은 그 나름의 의미를 갖기 때문이다. 더구나 책의 중심을 이루는, 현실에 부대끼며 살아가는 다수의 평범한 인도인은 십 년에 걸친 변화의 주변부에 자리한다.

인도 인구의 70퍼센트가 사는 농촌에도 변화는 시작되었다. 허나 모든 것이 단번에 바뀔 수는 없는 법. 대다수 인도인의 움직임은 이 책이 보여주듯 점진적이다. 사실 인도 사회는 혁명보다 진화라는 표현이 어울릴 만큼 현상 유지를 선호하는 경향이 있다. 분열과 파괴보다 타협과 공존을 우선시하며 탄생한 인도는 올해로 광복 60주년을 맞는다. 이 책은 계량화한 최신 정보가 부족하지만 인도 사회의 작동 방식과 '하나의 문화'를 거부하는 인도의 특성을 알려준다는 점에서는 여전히 유효하다.

　냉철한 시선과 객관성, 보편성을 흉내 내지만 결국 이 책은 내 눈을 통한 '인도 구경'에 지나지 않는다는 점을 다시 고백해야겠다. 아마도 같은 주제로 다시 책을 쓴다고 해도 똑같은 이야기는 나오지 않을 것이다. 그럼에도 나는 열대의 불리한 환경과 불행한 역사를 넘어 무에서 유를 추구하며 생존한 질긴 인도에 대해 경외감을 느낀다. 그런 인도를 다시 보여주는 작업에 정성을 다한 책세상에 감사한다.

2007년 2월

이옥순

인도를 일컬어 흔히 천의 얼굴이라고 한다.

당신이 알고 있는 인도는 그토록 두텁고, 그토록 복잡한 인도의 한 조각일 뿐이다.

단일한 논리나 하나의 진리로 설명할 수 없는 인도의 다양성은

가히 온 세상의 이치를 흡수할 태세다. 그러나 누구든지 고개를 끄덕이는 인도의 특성,

다원성이 적용되지 않는 단 하나의 영역이 있으니 바로 '느림' 이다.

1. 인도에서 사는 법 I

부메랑의 시간

어느 미국인의 인도 여행기로 이야기를 시작해보자.

그는 자신의 첫 여행지를 한때 무굴 제국의 수도였던 아그라 시로 정했다. 성벽의 길이가 3킬로미터나 되는 아름답고 웅장한 아그라 성. 그곳을 둘러본 이방인은 안내원에게 물었다.

"이 성을 짓는 데 얼마나 걸렸소?"

"20년입니다."

"그래요? 인도인은 정말 느리군요. 우리나라에서 이 정도 건물은 5년이면 완공되는데……."

다음에는 저 유명한 타지마할 무덤을 방문했다. 세계에서 가장 아름다운 건축물의 하나라고 평가받는 흰 대리석 건물을 한 바퀴 돌아본 미국인은 다시 안내원을 바라보았다.

"이 무덤은 그래 몇 년 만에 완공했소?"

자존심이 상한 안내원은 실제로 22년이 걸린 공사 기간을 확 줄여서 대답했다.

"아, 예. 10년이랍니다."

"역시 느려요. 우린 2년 반이면 되는데……."

아그라 관광을 끝낸 두 사람은 수도인 델리로 돌아왔다. 다음 날 두 사람은 델리 남쪽에 있는 쿠트브 미나르를 찾았다. 무슬림이 인도 정복을 기념하여 세운 승리의 탑 쿠트브 미나르는 기단의 둘레가 15미터, 꼭대기 층의 둘레가 2.5미터인 총 73미터 높이의 거대한 원추형 탑이다. 1193년에 시공된 이 탑은 여러 왕조를 거친 뒤 1368년에 이르러 완공되었다.

탑을 올려다본 미국인은 다시 안내원에게 물었다.

"이 탑은 얼마나 걸렸답디까?"

그러자 안내원은 눈을 동그랗게 뜨고 호들갑을 떨었다.

"아니, 저게 언제 생겼지? 어제까지만 해도 없었는데……."

인도를 일컬어 흔히 천의 얼굴이라고 한다. 당신이 알고 있는 인도는 그토록 두텁고, 그토록 복잡한 인도의 한 조각일 뿐이다. 단일한 논리나 하나의 진리로 설명할 수 없는 인도의 다양성은 가히 온 세상의 이치를 흡수할 태세다.

그러나 누구든지 고개를 끄덕이는 인도의 특성, 다원성이 적용되지 않는 단 하나의 영역이 있으니 바로 '느림'이다. 체코의 작가 밀란 쿤데라는 《느림》이라는 소설에서 느림의 미학을 느리게 묘사한 바 있다. 그러나 느림의 즐거움을 찬양하는 쿤데라도 반나절만 인도를 헤매고 나면 생각이 달라질 것이다. 우표 한 장을 사기 위해 오래도록 길게 줄을 서야 한다면 느림에 대한 동경을 지우게 될 것이다.

인도에 가면 누구나 알게 된다. '1분만요!'의 그 1분이 어떻게 순식간에 풍선

• '시간의 뺨 위에 떨어진 눈물'이라는 별명을 가진 타지마할

처럼 수십 배로 부푸는지를. 기차표를 사면서, 은행에서 돈을 바꾸면서 얼마나 빠르게 피가 머리로 집중되는지를. 되는 것이 없지만 결국 안 되는 것도 없는 인도는 그래서 인내를 속성으로 배우는 데 더없이 좋다.

내 안에서 두려움이 키를 자랑하던 유학 첫 해. '빨리빨리'가 미덕인 나라를 모국으로 둔 나는 강의실까지 5분도 걸리지 않는 등굣길을 늘 뛰어다녔다. 기숙사와 강의실은 한길을 두고 서로 마주보고 있었다. 파란불이 보여야 길을 건너는 데 길들여진 나는 신호등 없는 길을 눈앞에 두고 많은 시간을 놓아 보내야 했다. 자동차, 인력거, 자전거, 오토바이, 달구지 그리고 사람들. 그 사이를 뛰지 않고 건너기란 사실상 불가능했다.

어느 날 클래스메이트가 조심스럽게 물었다.

"넌 왜 그렇게 늘 뛰어다니니?"

사실 나는 내가 뛰어다니는지도 몰랐다. 우리나라에서 하듯 움직였을 뿐. 어리둥절해하는 내게 그녀는 친절하게 '인도에서 사는 법'을 공짜로 강의해주었다. 그냥 천천히 걸으면 남들이 다 알아서 비켜간다고. 내가 능동적인 주체라고.

4년 만에 잠시 귀국한 나는 오랜만에 그리운 이들을 만났다. 얼마 지나지 않아 그들은 나에게 불평을 털어놓았다. 너무 '느리다'고. 그래서 답답하다고. 인도 사람이 다 되었다나? 과연 그럴까?

1984년 인디라 간디 총리를 살해한 세 명의 경호원들이 죽기까지는 무려 5년이 걸렸다. 박정희 전 대통령을 총으로 쏜 김재규를 속전속결로 처리해 역사에 재빨리 묻어버린 우리에게는 그런 인도가 한없이 느려 보일 수밖에 없다.

'느리다', '빠르다'는 상대적 개념이다. 인도인에 대한 '느림'과 '게으름'은 과연 누구의 기준인가?

오랫동안 인도를 통치한 영국인들에게는 진보가 지상 과제였다. 빅토리아 시대의 영국인들은 다른 사람들보다 다섯 배나 더 빨리 여행하는 자신들이 다섯 배나 더 행복하다고 여긴 웃기는 사람들이었다. 더군다나 다윈의 진화론을 채용한 당시의 사회진화론은 적응 능력이 없는 사회를 우수한 사회의 피지배자로 당연시했다. 우수한 인간으로 구성된 문명사회 영국은 느리고 답답한 야만의 인도를 가르칠 백인 천사 집단이었다. 그들은 갈색 피부의 인도인을 계몽하고 과학이니 발전이니 하면서 열심히 가르쳤다. '더 빨리, 더 높이, 더 힘차게'를 외치며 프랑스의 계몽주의 철학자 콩도르세의 '역사는 무한히 진보한다'를 철석같이 믿었다. 그러나⋯⋯.

어느 날 소잔등에 앉은 파리 한 마리가 소에게 물었다.
"저, 여기를 떠나도 될까요?"
소는 눈을 껌벅거리며 꼬리를 탁 쳤다.
"나는 네가 거기에 있는 줄도 몰랐어."

셰익스피어를 인도와 바꾸지 않겠다고 거만을 떤 영국인들. 그러나 교환은 상대가 원해야 이루어진다. 지금도 인도인의 대다수는 셰익스피어가 누구인지도 모르는데 교환이 가당키나 한가? 앞만 보고 달리던 빠른 영국인은 결국 느림보 인도를 당하지 못했다. 그들은 인도를 떠나 셰익스피어가 잠든 고향으로 돌아갈 수밖에 없었다.
인도인의 시간 개념은 서양과 다르건만, 자기의 안경으로 인도를 바라본 영국은 인도를 이해할 수가 없었다. 진보를 신뢰하는 서양은 시간을 끊임없이 이

어지는 직선적 흐름으로 여긴다. 과거에서 현재로 그리고 현재에서 미래로 이어지는 일직선, 한번 흘러간 시간은 돌아오지 않는다고 믿는다. 따라서 한정된 시간을 낭비하는 것은 죄악이다. 시간은 금이기 때문이다.

인도인에게 시간은 직선이 아니다. 과거에 일어난 일은 반복되고 다시 돌아오며, 시간은 시작도 끝도 없는 순환 고리와 같다. 신도 사람도 모두 이 순환하는 고리에 들어 있다. 한 생의 끝은 다음 생의 시작이고 이승의 시작은 전생의 끝이다. 시간이 돌아오고 또 돌아오니 기회는 무궁무진하다. 천 년을 기약하면 못 이룰 사랑이란 없는 법, 그들에게 흐르는 시간은 낭비가 아니다.

시작과 끝이 있는 한정된 삶을 사는 사람들은 시간에 모든 것을 건다. 그들은 시간의 흐름을 초조해한다. 주어진 시간에 부지런히, 빨리빨리 뭔가를 이뤄야 하며, 부지런히 노력해서 좋은 세상을 보려고 애를 쓴다. 개선은 시간이 걸리므로 단시간 내에 효과를 보려고 혁명도 불사한다.

인도는 어떤가? 시간의 되풀이를 알고 있는 인도인은 보다 여유롭다. 이번 생에서 못 이루면 다음 생이 있지 않은가. 조조할인은 내일 아침에도 있고 다음 생에도 있다. 아무리 노력해도 되지 않으면 본성이 그렇다고 인정하고 우리처럼 둔재를 영재로 만들려는 무모한 짓은 하지 않는다. 그들은 부모가 아이의 운명을 바꿀 수 없다고 생각한다.

그래서 인도인은 눈에 보이는 물리적 발전에 덜 적극적이다. 개천에서 용이 나기를 바라지도, 통나무집에서 백악관을 꿈꾸지도 않는다. 급격한 변화보다는 점진적인 개선을 바란다. 바깥 세계에 대해 적극적으로 투쟁을 벌이는 것은 전쟁터에서 맞지 않는 무기를 쓰는 것과 같다고 여긴다.

어쩌면 시간은 인도인이 믿는 것처럼 직선으로 날아가는 화살이 아니라 나를 떠났다가 다시 내게로 날아오는 부메랑인지도 모른다. 이즈음 일직선적인 서양의 진보관도 한계를 드러내지 않았는가. 20세기 최대의 이데올로기인 발전은 환경 파괴라는 부메랑으로 우리에게 돌아오고 있다.

70 평생에 모든 것을 거는 우리의 눈에 영겁을 두고 작은 꿈을 키우는 인도인들은 느리고 쫀쫀해 보인다.

70과 영겁. 인도인이 느린가? 우리가 빠른가?

왼손이 하는 일은 오른손이 모르게

인도는 가난하고 더럽다. 그것이 뭐가 이상한가? 지금은 누구나 다 잊은 듯하지만 18세기 유럽이나 20세기 중반의 우리나라만 해도 인도와 다를 것이 없었다. 20세기 초 서울을 방문한 한 선교사는 우리나라를 전염병의 천국이라고 기록했다. 알고 보면 위생이니 뭐니 하는 것들은 목적은 향상하지 않고 수단만을 강조하는 서구 세계의 산물이 아니던가.

세상에서 가장 얇은 위생학 교과서를 가졌다고 놀림을 받는 인도. 1994년, 기억의 저편으로 사라졌던 페스트를 초대하여 세계를 긴장시켰던 나라. 이에 놀란 선진국들은 각종 해충과 질병의 온상인 인도의 더러운 환경과 비위생적인 생활에 대해 앞 다투어 온갖 비난을 늘어놓았다.

사람들은 종종 남이 가진 자신과의 차이점을 약점으로 파악한다. 슬쩍 경멸의 웃음을 던지면서. 하지만 인도인은 우리의 기대를 보기 좋게 배반하고, 건강과 청결에 관한 나름의 위생 제도를 유지해가고 있다. 그들 눈에는 오히려 문명인을 자처하는 우리가 위생을 모르는 야만인으로 보일지도 모른다.

무슨 말인지 모르겠다면, 여기 시데쉬와리 데비의 이야기를 들어보라. 인도의 유명한 클래식 성악가인 데비가 영국에서 첫 공연을 가졌을 때의 일이다. 그녀는 신비한 동양의 음악을 사랑하는 영국인들에게 좋은 인상을 주고 싶었으나 공연은 성공적이지 못했다. 우울한 얼굴로 내려오는 그녀에게 이유를 묻자, 대답이 기상천외했다.

"청중을 보니까 '저 사람들 모두 화장지로 밑을 닦았을 테고 그곳에 더러운 것이 말라붙어 있겠지' 하는 생각이 도통 머리에서 떠나지 않는 거예요. 그러니 노래가 제대로 되겠어요?"

그렇다면 도대체 인도인들은? 답은 간단하다. 그들은 왼손을 사용하여 물로 뒤를 씻는다. 인도인의 시각에서 보면 화장지를 사용하는 문명국 사람들이 오히려 비위생적이다. 그 잘난 '백인 나라'들은 휴지를 사용했다고 손을 씻지 않을뿐더러 손수건에 킁킁 코를 풀고는 그 더러운 것을 주머니에 다시 집어넣지 않는가. 차마 말은 하지 않지만 그걸 보는 인도인은 속이 메슥거린다.

이 때문에 델리 공항에서는 화장지를 둘러싼 진풍경이 벌어진다. 델리 공항에 내리면 소위 제3세계에 왔다는 실감이 난다. 우중충한 분위기와 근원을 추적하기 어려운 이상한 냄새. 그 냄새를 견디지 못해 하루 만에 귀국했다는 어떤 대학교수의 발 빠른 움직임은 전설이 된 지 오래다. 더욱이 싱가포르나 방콕의 공항을 거쳐 왔다면 비교급의 정수를 즉석에서 깨달을 수 있을 것이다.

역시 인도는 깨달음의 나라이다. 세수라도 할 양으로 공항 화장실로 들어가면 한 여인이 잽싸게 다가와 두루마리 화장지를 30센티미터 정도 끊어서 건넨다. 그러고는 손을 벌려 돈을 요구한다. 아무리 국제공항이지만 이곳은 인도. 화장실에 화장지가 따로 없다. 외국인에 대한 이처럼 따뜻한 서비스도 그 역사는 오래지 않은데, 화장지가 나온 지 얼마 되지 않았기 때문이다.

초장부터 웬 냄새 나는 이야기냐고 눈살을 찌푸리고 있는가? 문명인을 자처하는 이들은 보통 '뒤'에 관한 이야기를 더럽고 점잖지 못하다고 생각한다. 그러나 인도인은 배설을 잠자는 것처럼 자연적이고 필수적인 과정으로 인식한다. 그리고 그것에 관한 나름의 위생관념과 실행 규칙을 가지고 있다. 여기에는 배설물과 음식물의 차이와 더불어 양손의 불평등을 인정하는 인도인 특유의 관점이 스며 있어 흥미롭다.

인도인은 뒤를 씻을 때 반드시 왼손을 사용한다. 코를 풀고 귀를 청소하며 눈곱을 떼는 것도 왼손이 할 일이다. 목욕을 할 때는 오른손으로 상체를, 왼손으로 허리 아래 부분을 닦는다. 더러운 일은 모두 왼손 차지다. 음식을 입으로 가져가는 일, 즉 에너지 공급이라는 중대한 사명은 당연히 오른손이 수행한다.

헷갈릴 것 같지만 어렸을 때부터 이를 반복해온 인도인은 복잡한 손의 분업에 대해 전혀 시행착오가 없다. 그러나 이에 미숙한 이방인의 손은 공중에서 여러 번 방향 전환을 해야 한다. 나 역시 아무리 노력해도 나도 모르게 왼손이 음식에 가 있기 일쑤였으니까. 안타깝게도 외국에서 온 또 다른 친구는 아예 왼손잡이. 우리 두 사람을 보면서 기숙사 동료들은 벌레 씹은 채식주의자의 심정이었으리라. 아무리 깨끗해도 요강에다 밥을 담아 먹을 수는 없잖은가?

청결한 그대를 이번에는 인도 시골의 화장실로 안내할 차례다. 자, 우리는 지금 새벽 기차를 타고 인도의 자연을 가로지르며 달려간다. 잠시 창밖으로 눈을 돌려보라. 여기저기에 사람들이 잔뜩 웅크리고 앉아 있는 모습이 보일 것이다. 여기가 바로 천혜의 화장실. 아니 즉석 변소라는 말이 더 나을 것이다. 인도에는 도시를 벗어나면 화장실이 없다. 사람들이 가장 낮은 자세로 앉아 있는 자연의 한가운데, 그곳이 바로 뒤를 보는 자리이다.

지저분하다고 얼굴을 찡그리지 말고 이제부터 인도에서 배설이 어떻게 정교한 의식이 되는지 알아보자. 인도인은 '자연'이 부르면 물을 담은 큰 물그릇을 들고 자연의 '변소'로 나간다. 그렇다고 해서 아무 데서나 실례를 하는 것은 아니 될 말이다. 여기에도 질서와 예의가 있다.

먼저 깨끗한 장소를 골라서 신발을 벗는다. 사원이나 강, 우물 그리고 신성한 나무와 가까운 곳은 피한다. 오염을 피하기 위해서다. 농사를 짓는 땅이나 사람이 많이 오가는 곳도 타당한 장소가 아니다. 자리를 잡고 일을 보는 동안은 가장 저자세를 취하며 공연히 주위를 둘러보거나 감히 하늘을 올려다보아선 안 된다. 조용히 일을 보며, 입에 무엇을 넣고 우물거리지도 않는다. 급하다고 서두르거나 급히 일어서지 않으며 절대로 '뒤'를 돌아보아도 안 된다. 아무리 예쁜 여자를 보더라도 알은체하지 않는다. 일이 끝나면 들고 온 물그릇을 오른손에 들고 왼손을 움직여 뒤를 처리한다.

그런 다음에는 가까운 강이나 개울로 간다. 진흙으로 몸의 더러워진 부분을 문질러 닦고 물로 헹군다. 두세 차례 반복. 그런 다음 왼손부터 시작하여 손과 발을 진흙으로 여러 번 씻는다. 다시 다른 흙으로 이 과정을 반복한다. 도시에서는 진흙이 아닌 비누를 쓴다. 자, 이래도 비위생적인가?

옛날 남부의 마이소르 지방에서는 집안의 남자들이 '자연의 부름'을 받으면 여자들이 따라가서 뒷일을 대신 처리했다고 한다. 마치 응아를 한 아기를 엄마가 돌보듯이 말이다. 좋은 집안임을 강조하는 관습이었으나 교육을 받은 여성이 늘어나면서 그러한 관습은 자취를 감추었다. 아이의 뒤를 화장지로 처리하는 방법과 물로 닦는 방법 중 어느 쪽이 더 깨끗한가?

바깥의 것(화장지)에 의존하지 않고 자신(손)을 믿는 인도인의 태도는 여기에서도 분명하게 드러난다. 뭔가 부족해서 화장지의 두께를 늘리는 우리와는 다른 삶의 방식이다. 사실 10억이 넘는 인구가 수세식 변소와 화장지를 우리처럼 마구 사용한다면, 생각만 해도 아찔하다.

세계은행이 지원하는 인도 서부 나르마다 강 다목적 댐 건설이 오랫동안 지지부진한 채 반대를 받은 이유는 이런 맥락에서였다. 도시의 수세식 화장실을 위해 너른 농경지를 수몰하고 수많은 사람들의 생존 기반을 빼앗아야 하는가, 라는 비판이 강하게 제기되었다. 인도에는 이처럼 인도 방식의 유용성이 절절하다.

이제 이야기를 오른손 쪽으로 돌려보자. 깨끗한 쪽이라고는 말하지 않겠다. 어차피 누구나 한 번은 떠나야 할 유한한 이 세상에서 배설은 먹는 것만큼 중요한 일이니까. "끝이 좋으면 다 좋다"라고 셰익스피어도 말하지 않았던가.

앞에서 말했듯이 인도인은 손으로 음식을 먹는다. 그들은 음식을 먹을 때 시각과 후각에다 촉각까지 모든 감각을 이용한다. 더운 음식을 선호하는 그들은 먼저 손으로 음식의 온도를 잰다. 영국의 시인 예이츠는 "사랑은 눈으로 오고 술은 입으로 온다"고 노래했지만, 인도인은 '음식은 먼저 눈으로 그리고 손가락으로, 그 다음에 입과 혀로 맛을 느낀다'.

인도의 음식은 대개 푹 삶거나 충충한 국물이 자작한 부드러운 음식으로, 딱딱한 고기를 집을 때 쓰는 포크가 필요하지 않다. 쇠로 만든 숟가락보다는 역시 내 손가락이 말을 잘 듣는다. 게다가 식당에서 주는 숟가락이나 포크가 과연 내 입에 넣을 만큼 깨끗한가? 대도시에 사는 서구화된 계층과 일부 젊은이들을 제외하면 아직도 많은 인도인이 자기 몸의 일부에 전폭적인 지지를 보낸다. 숟가락은 못 믿지만 적어도 먹기 전에 씻은 내 오른손은 확실히 믿을 수가 있다!

● 인도인은 손으로 따뜻한 음식의 온도를 재면서 먹는다

음식에 관해서도 인도인의 위생 규칙은 까다롭다. 그들은 음식을 조리하면서 절대 맛을 보지 않는다. 입 안의 침을 부정하게 생각하고 일단 맛을 본 음식은 더럽혀졌다고 여긴다. 된장국을 끓이는 동안 서너 번씩 숟가락이 들락날락하는 우리의 철저한 맛내기 정신은 인도인들에게 경악의 대상이다.

침을 경계하는 인도인은 물을 마실 때도 물 잔에 입술을 대지 않는다. 잔에 입을 대지 않고 공중에서 물을 부어 입에 작은 폭포를 일으키는 곡예를 한번 해 보시라. 일상적으로 '잔 곡예'를 펼치는 그들 속에서 이방인인 내가 겪은 비애와 소외감을 조금이나마 실감할 수 있을 것이다.

그럼 바나나처럼 한 번에 다 먹을 수 없는 음식은 어떻게 먹는가? 간단하다. 미리 잘라서 하나씩 집어먹으면 된다. 육류를 조리할 때도 한 입에 넣을 수 있게 토막을 친다. 이러니 우체국에 가서 급하면 풀을 쓰는 대신 혀끝을 슬쩍 이용하는 나는 구제불능의 천민일 수밖에…….

인도 친구들이 한국인을 보고 경악하는 생활 방식은 여러 사람의 수저가 한 곳에서 만나는 화기애애한 우리의 식습관이다. 그들은 뷔페식으로 음식을 각자 접시에 덜어 먹는다. 인도의 시골에서는 지금도 그릇을 쓰는 대신 바나나 잎에 음식을 담아 먹는다. 여러 번 사용한 정결하지 못한 그릇에 음식을 담아주는 것은 예의가 아니라고 믿기 때문이다. 게다가 바나나 잎은 아무 데나 버릴 수 있으니 환경 보호에도 유용하다!

우리는 보통 보수주의자를 우파라고 부르고 개혁을 지향하는 자를 좌파라고 한다. 기득권자를 우파, 억압받는 쪽을 좌파라고도 한다. 생물에 대한 유전과 환경의 영향에 관한 논쟁에서는 대개 좌파가 환경을 중시하고 우파가 유전을 중시한다. 이를 인도의 왼손─오른손 분업과 관련지으면 무척 흥미롭다.

그대는 좌파인가, 우파인가? 오른손잡이이지만 왼손도 쓰는 나는 중도우파인가?

맨발로 가라

　인도 유학 첫 학기, 강의실 맨 앞줄에 앉은 나는 교수님의 발만 내려다보았다. 말귀는 알아듣지 못하고 남은 시간은 많고, 뭐 달리 할 일이 없었다. 강의는 중국 혁명. 가끔씩 쑨원, 장제스, 마오쩌둥의 이름이 들렸다. 저명한 그 교수는 늘 빳빳이 풀 먹여 다린 사파리를 멋지게 차려입었다. 그러나 지루함을 참지 못한 나의 시선이 머무는 곳, 슬리퍼를 걸친 그의 맨발은 늘 때가 끼고 더러웠다.

　어느 날 옥상에서 생긴 일 하나. 생물학을 공부하는 친구 소히니와 나는 해질 무렵 옥상 한쪽에서 이야기를 나누고 있었다. 소히니는 서부 지방 출신의 착하고 온순한 학생. 그날따라 그녀가 우스갯소리를 하며 놀려대기에 나는 무심코 그녀를 발로 차는 시늉을 했다. 순간 갑자기 골을 내며 일어선 그녀는 1년 동안 찬바람을 내며 나를 외면했다.

　다음은 힌두 사원의 곰발바닥 이야기. 인도에서 사원과 같은 신성한 장소에 들어갈 때는 반드시 신발을 벗고 '맨발의 이사도라'가 되어야 한다. 건물 면적이 넓지 않을 때는 별 문제가 없으나 내가 찾아간 남부 지방의 사원은 대충 돌아보는 데도 서너 시간이 걸리는 거대한 규모였다. 더구나 한여름의 한낮, 사정없이 열기를 쏟아 붓는 뜨거운 햇살을 받은 시멘트와 대리석 바닥을 걸으며 나는 자꾸 곰발바닥을 비벼야 했다.

우직하게 맨발로 걷는 나와 달리, 신발 벗는 건 수용할 수 있지만 양말과 헤어지는 짓은 할 수 없다며 양말을 신고 사원을 도는 외국인 일행이 있었다. "머리도 제대로 간수하지 못하면서 하찮은 발을 왜 그리 아끼는지……." 뒤에서 한 힌두 승려가 중얼거렸다. "그들은 머리와 발을 동등하게 대하는 민주주의자예요!" 나는 그렇게 대꾸하고 웃음을 터뜨렸다.

자, 이제 짐작이 갈 것이다. 간단히 말해 인도인은 발을 천시한다. 신체의 다른 기관과 불평등하게 다룬다. 그런 천한 발을 다른 사람의 머리에 대거나 신발로 머리를 때리는 것은 그들에게 최대의 모욕이다. 게다가 일부 인도인은 죽은 동물에서 떼어낸 가죽을 부정한 것으로 여기고 가죽으로 만든 신까지 더럽다고 간주한다. 그 더러운 것이 더러운 발을 만났을 때? 인도에서 신발을 만진 손을 함부로 놀리다가는 낭패를 볼 수 있다.

무더운 기후로 인도인은 주로 샌들이나 슬리퍼 종류를 신는다. 물론 맨발의 청춘이나 맨발의 노년도 많다. 그래서 인도인의 발은 늘 꼬지지하다. 그런 까닭에 남의 집에 들어갈 때, 특히 '신성한' 부엌에 입장할 때는 신을 벗고 들어가는 것이 예의다. 발가락이 앤젤리나 졸리나 브래드 피트를 닮았다는 걸 과감하게 보여줘야 하는 것이다.

인도인은 맨발로 어디든지 달려갈 만반의 태세를 갖추고 있다. 마당이나 골목길쯤은 너무도 가볍다. 그래서 그들의 발바닥은 거무튀튀하다. 더욱 놀라운 건 여기저기 돌아다니던 더러운 발로 침대에 올라가는 일도 다반사다. 그러나 젖은 발로 잠자리에 드는 것은 금기 사항이다.

발에 대한 인도인의 차별 의식은 장신구에서도 엿볼 수 있다. 장식을 좋아하는 인도 여성은 여러 종류의 장신구를 착용한다. 남자들도 종교적인 이유에서 목걸이, 귀걸이, 팔찌를 한다. 특히 금을 순수한 의식을 보증해주는 신성한 금속이라 여기는 신심이 가득한 힌두들은 금으로 만든 장신구를 적어도 하나쯤 몸에 지니고 있다. 하지만 발에는 절대 금 장신구를 하지 않는다. 더러운 발을 신성한 금으로 장식하는 건 금을 능멸하는 처사이기 때문이다. 따라서 허리 아래에는 은으로 된 장신구를 착용한다.

● 무더운 기후 때문에 인도인은 주로 샌들이나 슬리퍼 종류를 신는다. 신도들이 사원에 입장하기 전 벗어놓은 신발들

　반대로, 머리는 신체 중에서 가장 신성한 곳이다. 한 번이라도 인도인의 이마를 본 적이 있으면 알 수 있는데, 여자들의 이마에는 조그마한 빨간 점이 찍혀있다. 요즘은 갖가지 색에 별의별 모양의 점 '패션'이 다 나와 있다. 남자들도 쇠똥이나 재, 또는 빨간 가루를 찍어 자기 카스트를 표시하고 시바 신을 숭배하는 사람들은 수평선을, 비슈누 신을 따르는 사람들은 수직선을 그어 소속된 종파를 나타낸다. 이마에 장식을 하지 않을 때는 상중이거나 단식을 할 때거나 부정을 탄 때이다. 머리에는 신성한 기름을 발라서 자르르하게 윤을 낸다. 인도에서는 아직도 우리나라의 60~70년대식 포마드 헤어스타일을 볼 수 있다. 또 남부 지방의 여인들은 재스민 꽃으로 머리를 장식하여 로맨틱한 분위기를 풍긴다.

● 인도에서는 사원에 들어갈 때 맨발로 가야 한다. 암리차르의 시크교 사원을 찾은 참배객도 모두 맨발이다

발이 억울하다고 항의를 하면, 인도인들은 베다에 기록된 창조 신화를 들이밀 지도 모르겠다. 후기 베다에는 아득한 옛날 여러 신들이 모여서 원인(猿人)을 제물로 바치고 제사를 지내는 장면이 있다. 원인의 몸에서 이 세상이 탄생했는데, 머리는 브라만이 되었고 두 팔은 크샤트리아, 넓적다리는 바이샤 그리고 두 발은 수드라가 되었다. 이 이야기는 머리와 발에 대한 인도인의 관점을 알려주는 중요한 단서가 된다. 머리와 발의 차이가 하늘과 땅인 만큼 카스트의 머리와 발인 브라만과 수드라의 차이도 엄청나게 크다.

초라한 그들의 발을 보고 있으면 〈이솝 우화〉 하나가 생각난다.

화창한 봄날에 뱀 한 마리가 소풍을 나왔다. 뱀의 꼬리는 만날 뒤꽁무니만 따라다니는 것이 싫어서 머리를 향해 외쳤다. "오늘은 내가 앞장설 테니 내 뒤를 따라와!" 머리는 "그건 안 될 말, 꼬리는 원래 뒤를 따르는 거야" 하고 타일렀으나 꼬리는 끝내 고집을 피웠다. 어쩔 수 없이 임무를 교대하자 눈이 없는 꼬리는 방향을 잃고 달려가다가 그만 낭떠러지 아래로 떨어지고 말았다.

고대 그리스 철학자 탈레스에 얽힌 이야기도 떠오른다. 천문학자인 그는 밤마다 별을 보며 산책하는 것이 낙이었다. 어느 날, 별에 너무 깊이 정신을 팔다가 그만 발을 헛디뎌 웅덩이에 빠졌다. "사람 살려요!" 지나가던 사람이 구해주고 나서는 이렇게 빈정거렸다. "당신은 저 먼 하늘을 조사하면서 발밑에 있는 웅덩이도 못 본단 말이오?"

나는 가끔씩 앞에 이야기한 힌두 승려의 말을 떠올린다. 올바른 생각을 못하면서 발톱 깎는 데 너무 많은 시간을 보내는 건 아닌지 하고. 작은 것에 집착해서 큰 것을 버리지는 않는지 종종 자신을 돌아본다.

어느 해인가, 투덕투덕 맨발로 긴 여행을 해보았다. 그러나 머리에 가득한 지적 허영과 문명의 때가 나를 놓아주지 않았다. 아니, 그 안에 갇혀버린 거였다. 깨진 유리, 쇠똥, 사람 똥이 즐비한 인도의 거리에서 나는 자꾸만 '이크!' '아뿔싸!'를 연발했다.

허나 맨발은 해방감을 준다. 방랑하는 수도승들은 모두 맨발이다. 정신을 해방하기 전에 신체를 먼저 놓아야 하는 걸까? 인도에 가면 부디 그대의 발을 해방하라!

단식의 비밀

여러분은 매일 아침밥을 먹을 것이다. 그렇다면 매일 단식을 한다는 말이다. 아침식사를 뜻하는 영어 'breakfast'는 단식fast을 중단break한다는 뜻이니 말이다. 어디 아침밥뿐인가, 우리는 한 끼에서 다음 끼까지도 언제나 단식을 한다. 알고 보면 밥 먹듯이 단식을 하는 셈이다.

인도인은 우리가 상식으로 아는 의미의 단식을 빈번하게 수행한다. 특히 여자들은 툭하면 점심과 저녁을 거른다. 초하루와 보름은 물론이고 열하루와 열사흗날도 단식을 하는 사람이 많다. 그뿐이 아니다. 시바라트리(시바의 밤)라는 축제 기간에는 거의 모든 사람이 먹지도 마시지도 않는다.

비슈누 신이 여덟 번째로 환생한 크리슈나의 탄생일에도 단식으로 몸과 마음을 경건하게 유지한다. 단식하는 남자는 아내와 잠자리를 피하고 이마에 표식도 하지 않는다. 여자들은 여름을 알리는 축제인 홀리에도 단식을 실천한다. 인도인 친구들은 그 밖에도 헤아릴 수 없을 만큼 수많은 날에 수많은 이유로 단식을 하여 단식을 제대로 하지 못하는 내 기를 죽였다.

그러나 단식을 하는 친구들의 모습을 가만히 살펴보면, 우리가 아는 단식과는 거리가 있었다. 단식하는 중에도 우유와 바나나, 과일주스는 먹어도 상관이 없었다. 배고픔을 참지 못하는 내 친구 아니타는 감자를 삶아 먹으면서도 단식이라고 우겼다.

이렇듯 단식에서도 무심한 듯 여유로운 인도인의 특성이 묻어난다. 하긴 그들처럼 무엇이 목적이든 극단적인 수단을 고집할 필요는 없을 것이다.

개별적인 데다 그 기준이 천차만별인 힌두의 단식과 달리 인도의 무슬림은 다른 나라의 무슬림처럼 1년에 한 번씩 한 달 동안 모두 라마단이라는 금식 기간을 갖는다. 이 기간 동안, 그들은 해가 있는 낮에는 어떤 음식도 먹지 않고 물도 마시지 않는다. 물론 캄캄한 밤에는 먹어도 된다. 기숙사 아래층에 사는 무슬림 야스민은 해 뜨기 직전에 든든하게 먹고 종일 단식을 한 후에 해가 지면 바로 음식을 챙겨먹었다.

원래 힌두 상층 카스트만 하던 단식을 일부 낮은 계층이 따라하게 되면서 단식을 하는 인구가 늘어났다. 상층 카스트가 하는 단식을 함으로써 그들처럼 존경받고 위상을 인정받기 위해서였다. 대개 단식을 하는 사람들은 농사일을 쉬고 가축도 놀렸다. 그러나 일상이 바빠진 오늘날에는 이 관습도 점점 줄어가는 형편이다.

"진지 드셨어요?", "밥 먹었어?" 인정 많은 우리의 인사법처럼 인도인도 먹는 일을 챙긴다. 결혼 피로연을 마련한 주인은 손님이 배불리 먹었는지를 반드시 확인한다. 대개 북부 지방의 음식은 기름지고 남부 지방의 음식은 양이 많아 가끔씩 배탈이 나고 속이 거북해질 수도 있다. 단식은 그 대안이었다.

주로 브라만이 까다롭게 단식을 지켰으나 그 이유를 종교적으로만 해석하는

• 먹을거리를 파는 노점. 대개 덜 상하고 덜 오염된다고 여기는 기름에 튀긴 음식이 거리 음식의 주인공이다

건 무리이다. 예로부터 수많은 의식과 의례를 집전해온 브라만은 일이 끝난 후 많은 음식을 대접받았다. 먹을 기회도 많거니와 한 번에 먹는 양도 상당했다. 그래서 브라만의 아내는 귀가한 남편에게 이렇게 묻는단다. '배불러요?' 그러면 남편은 불룩 나온 배를 손으로 슬슬 문지르면서 만족스러운 얼굴로 대답한다. "응, 아주 꽉 찼어."

이러니 브라만들은 더운 날씨에 애를 쓰는 소화기관에 휴가를 주어야 했다. 단식이라는 이름으로. 이러한 사실은 1920년대 초 브라만의 생활을 은근히 비난한 아난드의 소설 《불가촉민》에 엿보인다.

> 사제는 운동 삼아 우물물을 퍼주면 만성적인 변비에 도움이 되리라는 생각이 들었다……그는 깊은 생각에 빠진 듯이 보였지만 실은 부글부글 끓는 뱃속에 대해 생각하는 중이었다.
>
> '아무래도 어제 먹은 음식이 탈이 난 것 같아. 위장이 꽉 막힌 느낌이야. 우유와 단과가 잘못된 걸까? 랄라 바나라시 다스 집에서 먹은 음식이 문제가 된 건지도 몰라.'
>
> 사제인 그는 다양한 음식을 대접받을 기회가 많았다.
>
> '언젠가 먹은 그 단죽은 입에서 살살 녹았는데……그래도 역시 물담배가 최고야. 위장을 청소해주거든. 어젠 한 시간이나 피웠는데도 괜찮았어.'
>
> 사제는 놋쇠 잔을 우물 뚜껑에 올려놓고 상념에 빠졌다…… 천민들은 그 이유가 변비 때문이라는 걸 알 리 없었다.

단식을 정치적 무기로 가장 먼저 사용한 사람은 마하트마 간디였다. 그는 시한이 있는 인도의 단식을 '죽을 때까지' 라는 단서를 붙여서 효과적인 정치적 무기로 바꾸었다. 성자로 추앙받는 그의 죽음이 가져올 엄청난 파장을 염려한 영국 지배자들은 그의 요구를 들어줄 수밖에 없었다. 그것이 영국의 딜레마였고, 간디가 추구한 단식의 효과였다.

그 이후 세계적으로 단식을 무기로 사용하는 정치인들이 많이 생겨났다. 단식은 무력한 사람이 폭력 앞에서 쓸 수 있는 용감한 행동이지만 인도가 아니면 그 의미가 반감된다. 단식은 간디의 출신 배경과 큰 관련이 있고, 적의 마음을 움직이기 위해 자신에게 고통을 가하는 인도의 전통은 물론 비폭력 정신과 연결되기 때문이다.

단식은 그래도 가진 사람의 선택 사항이다. 어쩔 수 없이 단식을 하는 가난한 사람이 아직도 많으니까. 공식적 통계를 그대로 믿더라도, 인도 인구의 3분의 1은 지금도 매 끼니를 걱정하며 살고 있다. 아프리카 난민의 기아 문제나 굶주리는 북한 동포의 이야기는 새삼 언급할 필요도 없다. 굶어 죽는 사람들이 있는가 하면 날씬해지려고 일부러 굶는 사람도 있으니 세상은 불공평하다.

어느 해 델리 대학교 캠퍼스에 에이즈를 경고하는 대형 광고판이 죽 들어선 적이 있었다. 엄청난 비용이 들었을 그 광고판을 보며 나는 인간의 모순을 떠올렸다. 우리는 태초부터 기아의 해결 방법을 잘 알고 있었다. 그렇지만 그동안 얼마나 많은 사람들이 굶어 죽었으며 지금도 죽어가고 있는가? 1877년, 1892년, 1897년, 1900년 네 번의 기근에 인도 인구 1,500만 명이 굶어 죽었다. 에이즈로 죽은 사람은 몇 명이겠는가?

나는 오늘도 무심하게 아침을 먹었다.

결혼 이야기

"나, 이 사람 장가갑니다!"

인도의 결혼은 축제처럼 요란한 바깥 행사를 동반한다. 지금도 신랑은 동화에서처럼 백마를 타고 신부를 맞으러 간다. 부유한 사람은 코끼리를 타는 경우도 있다. 수도 델리에서도 큰길을 따라 이어지는 결혼 행렬을 얼마든지 볼 수 있다. 차는 비켜가고 사람들은 밖을 내다본다. '쿵작쿵작' 악대를 앞세운 말 위의 신랑은 행복한 왕자가 따로 없다. 수십 개의 형광등이 길을 밝히는 시끄러운 신랑의 행차는 온 세상에 포고한다.

"아, 나 장가간다고요!"

이어서 벌어질 결혼식 풍경이 궁금하겠지만, 먼저 잠시 신랑을 붙잡아 세우고 취재를 해보자. "에, 어떻게 신부를 만나 결혼에 골인하셨나요?" 그러면 말 위의 왕자님은 말없이 신문 한 장을 건네며 미소를 지을 것이다. 의아한 마음으로 신문을 펼쳐보면, 거기에는 놀랍게도 자세하고 친절한 '구혼광고'가 가득하다.

신부 구함

아주 희고 잘생긴 탄조르 지방의 이예르 청년. 키 179센티미터, 나이 27세. 현재 오스트레일리아에서 경영학 석사 마지막 학기 이수 중.

신장 160센티미터 이상으로 미국이나 호주 시민권을 가진 피부가 희고 아름다운 여성 희망. 결혼 후 해외 거주 예정.

연락처 : 그래도 똑같군 어쩌면 좋으리.

신랑 구함

펀자브의 아그라왈. 키 160센티미터에 흰 피부를 가진 당년 29세의 처녀.

교육학 석사 학위 소유자로 현재 교사. 가정적인 성격이며 월수입 2,000루피.

키 크고 잘생긴 30세 이하의 같은 카스트 청년으로 의사나 엔지니어 원함. 자세한 신상명세서 송부 바람.

연락처 : 글시 아이구 어우동 8255

이렇게 하여 그대는 인도의 '미디어 뚜' 와 만나게 되었다. 시골에서야 이집 저집을 오가며 중매를 서는 중매쟁이가 있으나 서로가 타인인 복잡한 도시에서는 '미디어 중매' 가 최고의 결혼 정보원이다. 그래서 인도의 주요 신문과 잡지, 특히 주말 판에는 구혼광고가 사뭇 넘쳐난다.

가끔씩 일요일 오후 잔디밭에 누워 이런 광고를 읽는 일은 델리 유학 시절의 내게 또 다른 즐거움을 주었다. 인간의 희극과 비극이 거기에 압축되어 담겨 있었다. 단, 재미를 반감시키는 것은 광고주들이 대부분 키 크고 잘생긴 남자와 흰 피부의 아름다운 여자를 원한다는 사실이었다. 이상은 언제나 현실 위에 존

● 쿵작쿵작~ 장가갑니다. 마상의 신랑 앞에서 풍악을 울리는 악대

재하기에.

종종 '카스트 무관'이나 '결혼 지참금 필요 없음'이라는 혁신적인 문구도 있고, 신체에 문제가 있음을 솔직하게 고백하여 그에 맞는 상대를 구하는 경우도 보인다. '조루증 있음. 성기능 장애가 있거나 섹스에 관심 없는 여성 원함.' 쥐꼬리 반 토막에 불과한 봉급도 당당히 언급된다. 다소곳한 힌두 여성을 찾다 보니 가톨릭계 기숙학교 출신이 강조되는 우스운 일도 생겼다.

인도에서 이 같은 '구혼광고'가 넘치는 이유 중 하나는 결혼하지 않은 사람을 쓸모없는 존재로 간주하기 때문이다. 중요한 문제를 논하거나 그 결과를 나누는 데도 미혼자는 끼워주지 않는다. 미혼은 아무리 나이가 많아도 '애' 로 취급되며 홀어머니와 홀아비도 마찬가지다. 숭고한 목적으로 '홀로서기' 를 추구하는 출가자는 존경을 받지만 그 밖의 사람들에게 결혼은 필수이며 의무사항이다. 결혼을 하고 지옥에서 조상을 구원할 아들을 낳아야만 의무가 끝난다고 여기기 때문이다.

1990년대에도 인도에서는 대도시 중산층의 약 20퍼센트만 연애결혼을 했다. 대다수의 처녀 총각 들은 부모님이 최선의 배우자를 골라줄 것이라고 기대하고 중매결혼을 받아들인다. "서양인들은 결혼하기 전에 사랑에 빠졌다가 결혼 후에는 사랑이 식지만, 우리는 결혼 후에 사랑에 빠져 끝까지 사랑한다." 이것이 인도식의 논리다.

사랑에 빠진다는 것은 알 수 없는 힘에 의해 상대에게 매혹되는 것, 비이성적이고 초이성적인 현상이다. 그러나 인도의 부모는 자식을 대신해 이성적으로 큐피드의 화살을 쏜다. 그 화살이 어디로 날아가 꽂힐지는 결코 어려운 수수께끼가 아니다. 같은 카스트끼리 맺어지는 인도의 결혼은 '명중' 의 범위가 언제나 정해져 있기 때문이다.

자, 이제 신문을 건네준 신랑을 따라 결혼식장으로 같이 가보자. 인도의 결혼식은 수천 년 동안 거의 비슷하게 이어져왔다. 기독교 신자를 제외하면, 하얀 면사포와 드레스를 차려입은 신부나 턱시도를 입은 신랑은 인도에서 볼 수가 없다. 신부는 결혼을 상징하는 붉은색의 사리를 입고 신랑도 전통의상으로 단장한다. 우리의 신랑 신부가 마사지를 받는 결혼식 전날, 인도의 예비부부도 기름을 몸에 바른 뒤에 씻어내는 특별한 목욕에 들어간다.

결혼은 인도인의 인생에서 가장 중요한 사건이다. 따라서 정교한 의식과 다채로운 행사가 계속된다. 결혼 예식을 진행하는 주례는 우리처럼 은사나 잘나가는 인물이 아니다. 몇 천 년 전이나 지금이나 브라만 사제가 예식을 집전한다. 미국에서 핵물리학을 전공한 신랑도 농촌의 무지렁이 신랑도 모두 브라만 앞에 쭈그리고 앉아서 백년해로를 기약한다. 브라만이 예식 집전을 거부하는 낮은 카스트나 하층민의 결혼식은 그들 나름의 사제가 담당한다.

넓은 인도는 지역과 카스트에 따라 결혼식도 아주 다양하다. 일반적인 힌두의 결혼 무대에는 우리의 결혼식처럼 친정아버지가 조연으로 등장한다. 무대에 서 있던 신랑이 성지 순례를 떠난다고 집을 나서고, 신부의 아버지는 "나한테 정결한 어린 딸이 있는데 결혼을 하겠는가?"라고 말하면서 떠나는 신랑의 손을 붙잡는다. 신랑은 순례를 고집하는 척하다가 결국 제안을 받아들이고 식장으로 돌아온다.

이제 신랑과 신부는 신성한 열매인 코코넛을 깨뜨리고 타고 있는 성화의 주위를 빙 돌면서 서로의 옷자락을 묶어 영원한 짝이 된다. 여러 신에게 숭배를 드리는 과정을 마치면 신랑 신부가 화환을 상대의 목에 걸어주는 것으로 예식은 끝이 난다.

결혼식이 끝나면 신랑 신부는 아름답게 꾸민 마차에 나란히 앉아서 거리를 행진한다. 지방에 따라서는 그네에 나란히 앉아서 흔들리는 그네를 따라 삶의 요동을 미리 느껴보는 경우도 있다. 친척들은 꽃과 과일, 설탕 등을 선물하여 신혼부부를 축하한다.

잔칫집 앞에는 커다란 천막이 들어서고 입구는 망고나무와 바나나 잎으로 멋있게 장식된다. 귀청을 때리는 요란한 음악이 맴도는 식장에서 수백 명의 하객들은 비축된 잔치 음식을 마음껏 즐긴다. 예전에는 결혼식을 치르는 데 보통 닷

새가 걸렸다고 한다. 1916년, 네루 전 총리가 결혼할 때는 잔치가 수주일씩 계속되었고 그 주의 거의 모든 사람이 초대를 받았다고 한다. 그러나 지금은 바쁜 세상이라 잔치는 하루나 이틀이면 끝난다. 그래도 온 동네 사람을 초대해서 대접하므로 잔치 비용은 만만치가 않다.

심리학과 우등생인 내 친구 헤마는 인도 남부 첸나이의 브라만이다. 타고난 지성과 델리의 야성에 물든 그녀는 늘 외삼촌과 결혼할까 봐 염려했다. 모계 사회의 전통이 남아 있는 남부 지방에서는 아직까지 외삼촌과 조카딸의 결혼이 성사되기 때문이다. 헤마의 재능을 아낀 교수들의 설득과 나의 협박을 물리치고 그녀는 어느 날 전통 속으로 용해되어 사라졌다. "집안일이야"라는 말을 남긴 채.

케랄라 주의 나이르 카스트는 대표적인 모계 집단이다. 이 카스트에서는 아버지가 아닌 어머니의 남자 형제, 외삼촌이 가장이다. 동부에 있는 아셈 지방의 카시족도 여성이 사회·경제적으로 중요한 역할을 담당하는 모계 전통을 가졌는데, 모든 유산은 아들이 아닌 막내딸이 수령한다. 이 지역에서는 여자가 시집을 가는 것이 아니고 남자가 장가를 오는 셈이다!

그러나 대다수의 힌두는 여성을 종을 퍼뜨리고 남성의 욕망을 충족시키는 대상으로 인식한다. 따라서 사회는 여성의 '홀로서기'에 냉담하다. 그러니 철든 딸을 둔 아버지는 마음이 바쁘다. 힌두 성서는 사춘기 이전의 결혼을 장려하고 생리가 시작된 후에도 결혼을 하지 않으면 낙태와 동일하다고 여겼다.

게다가 여성의 순결과 순종의 미덕을 강조하다 보니 여자의 결혼 연령이 낮아질 수밖에 없었다. 객관적으로 열 살의 여자 아이가 스무 살 아가씨보다 순결할 가능성이 높은 법, 자기가 첫 남자이기를 바라는 이기심은 전 세계 남자의 보편적인 질병이지만 종교적인 청정의 문제가 얽힌 인도의 경우에는 그 증상이 더욱 심하다. 젊었을 때 경제적 부담(결혼 지참금)을 해결하려는 친정 부모의 마음도 조혼에 한몫을 했다.

19세기 후반, 식민 정부는 12세 이하의 여아와 결혼하는 것을 성폭력으로 간주하는 법령을 제정했고, 20세기 초반에는 그 연령이 14세로 올라갔다. 그러나 당시 사회 개혁에 앞장섰던 벵골의 한 브라만이 27세의 나이에 9세 여아와 결혼한 일은 높은 관습의 벽을 실증했다. 마하트마 간디도 13세의 나이에 12세의 아내를 맞아 결혼했다.

이러저러한 굽이를 지나, 오늘날 법이 허용하는 인도 여성의 최저 결혼 연령은 18세이다. 실제 결혼 연령이 가장 높은 케랄라 지방의 여성은 21.8세, 가장 낮은 라자스탄의 여성은 16.3세로 장족의 발전을 보였다. 풍선처럼 부푸는 인구 문제나 삶의 질을 생각하면 결혼 연령도 풍선처럼 올라가야 할 것이다. 그러나 지금도 많은 지방에서는 조혼이 계속되고 있다. 벌금이나 최장 3개월의 구류라는 법률로는 오랜 관습의 포기를 이끌어내기 어렵다.

백마 타고 오는 신랑과 꽃마차를 타고 치르는 결혼. 사람들은 늘 동화 같은 결혼을 꿈꾸지만 인생은 동화가 아니다. 꿈이 너무 크면 인생은 실패하기 마련이다. 결혼은 미래라는 미지의 바다에 '풍덩' 빠지는 것, 궁극적인 결과만이 성공 여부를 말해준다. 그냥 물에 가라앉을 것인가, 수영을 하여 앞으로 나아갈 것인가?

쿵작쿵작, 쿵쿵 작작. 신랑의 행렬이 시끌벅적했다. 나는 말 위의 신랑을 바라보며 중얼거렸다. "Bon voyage! 좋은 항해가 되기를……."

죄를 씻는 강

성스러운 강, 갠지스에 가보았다. 모든 힌두가 생전에 한 번은 꼭 가고 싶어 한다는 마음의 고향 갠지스. 인도인은 여신의 이름을 따서 강가Ganga라고 부른다. 강가의 상류 하리드와르와 리시케시, 중류인 바라나시, 그 끝인 벵골 만까지 나는 강가를 열 번도 더 돌아보았다.

강물에 밀려서 온갖 더러움이 떠내려갔다. 꽃과 짚, 타다 남은 뼈다귀와 동물과 사람의 사체 그리고 수백만 명이 벗어버린 엄청난 무게의 죄와 때……

강가는 눈 덮인 히말라야를 출발하여 하리드와르와 칸푸르를 지나 알라하바드로 흘러든다. 그곳에서 진흙탕물인 강가는 델리와 아그라를 지나온 그보다 맑은 아무나 강과 합류하고 눈에 보이지 않는, 이미 사라진 사라스와티 강과도 손을 잡는다.

세 강이 만나는 알라하바드는 힌두들의 순례지이다. 먼 옛날 신과 악마가 불멸을 보장하는 물 항아리를 건지려고 격투를 벌였다는 이곳에는 해마다 1, 2월이면 수많은 사람들이 찾아온다. 특히 가장 신성한 시간대라고 여겨지는, 12년마다 열리는 쿰브 축제에는 전국에서 수백만 명이 몰려든다. 1989년의 축제에는 1,500만 명이나 모였다고 한다.

● 마음의 때와 죄를 씻은 강, 갠지스의 새벽

1950년대 초에는 축제에 참가한 엄청난 군중이 서로 얽히는 바람에 350명이 압사한 사건도 있었다. 당시 연방의회에서는 이 문제를 놓고 격렬한 논쟁을 벌였다. 한쪽에서 축제를 미신과 몽매의 산물이라며 비난하자, 다른 한쪽에서는 종교를 모욕한 발언에 대해 사과를 요구했다. 그러나 정치인들의 설전과는 상관없이 강가에서 죽으면 즉각적인 구원을 얻고 브라흐마 신과 합일하는 법, 슬픈 일이 아니라 기뻐해야 할 행운인지도 모른다.

갠지스 강은 최고의 성지인 바라나시로 이어진다. 세상에서 가장 오래된 도시라는 바라나시. 수많은 사람들과 화장터에서 피어오르는 연기, 백단향 냄새가 마음을 산란하게 만드는 곳. 사람들은 강물에 뛰어들어 몸을 씻고 물을 마신

다. 바라나시의 강물은 '신비한 힘'을 가지고 있단다. 살아생전에 갠지스에서 목욕하고 물을 마시면 죄가 씻기고, 죽어서 그 강변에서 화장하고 그 재를 강에 뿌리면 바로 구원으로 직행할 수 있다고 믿는다.

바라나시를 찾는 순례자들은 신성한 강물을 담아서 가져갈 빈병을 들고 온다. 자기도 먹고 집에 있는 식구나 친척에게 선물로 주기 위해서다. 병이나 그릇에 담아서 집에 가지고 간 강물은 목욕할 때 한 방울만 넣어도 갠지스의 물과 똑같다고 한다. 갠지스 강물은 성욕을 억제하는 데도 그만이라지만 뉘라서 그 효과를 알겠는가.

강가는 수많은 환자와 별의별 사람들이 와서 몸을 담그고, 화장한 재와 사체가 떠다니는 곳이다. 따라서 강물은 질병과 오염의 가능성이 높지만, 정말 신비한 힘을 가졌는지 인도인들은 먹고 마시고 목욕해도 별 탈이 없다.

"우린 워낙 면역이 되어서 괜찮아."

나와 갠지스에 동행한 기숙사 최고의 '깔끔이' 디피카의 설명이었다. 그녀의 할아버지는 네루 대학교 총장을 역임한 세계적인 물리학자이고 델리 대학교 교수인 삼촌과 그녀까지 온 집안이 물리학도인 지극히 '합리적인' 집안 출신이지만, 갠지스에 대한 그녀의 신심은 다른 힌두처럼 두터웠다.

강가에 대한 힌두의 신앙은 어제오늘의 일이 아니다. 11세기 무슬림의 말발굽 아래 희생된 솜나트 힌두 사원은 하루 참배객이 천여 명이나 되는 큰 사원이었다. 순례자의 머리를 깎아주는 이발사가 3,000명, 사원에서 춤을 추는 '데바다시(신의 종)'라는 여인들이 300명이 넘었으니 그 규모를 짐작할 수 있다. 서해안에 있는 솜나트는 강가에서 무려 2,000리나 떨어진 곳에 있었음에도 불구하고 수많은 신상을 매일 강가에서 길어온 물로 목욕시켰다는 기록이 전해진다.

• 자이푸르 왕이 강가의 강물을 담아 간 은그릇

20세기 초, 조지 5세의 대관식에 참석하기 위해 영국에 간 자이푸르의 왕은 신성한 강가의 강물을 담아가지고 갔다. "정통 힌두로서 어찌 더러운 영국의 물을 마실쏘냐?" 런던에 머무는 동안 왕은 인도에서 가져간 물만 마셨다. 물을 담았던 은그릇은 지금 자이푸르의 왕궁에 모셔져 있다.

북동부 평야의 젖줄인 강가는 '꽃의

도시' 파트나에서 고그라 강, 간닥 강과 만나서 동쪽으로 행진을 계속한다. 티베트에서 나와 방글라데시를 거쳐 온 브라마푸트라 강과 합쳐진 강가는 벵골만으로 빠지면서 대장정의 막을 내린다. 인도 북동부 지방의 횡단 여행을 마친 것이다.

이집트가 나일 강의 선물이듯이 인도는 인더스 강과 갠지스 강의 딸이다. 물줄기를 따라 인도의 전통과 관습이 스며든 강가는 사연과 곡절 많은 인도 역사를 오늘도 묵묵히 지켜보고 있다. 마치 강가는 과거를 출발해서 현재를 지나 미래라는 대양으로 흘러가는 역사의 흐름과도 같다.

힌두에게 강은 더럽혀진 몸과 마음을 정화하는 곳이다. 신성한 강가와 멀리 떨어진 곳에서는 그 나름의 강가를 가지고 있다. 그래서 인도의 거의 모든 주에는 신성한 강이나 저수지가 하나씩 존재한다. 집에서 목욕을 할 때도 강가나 다른 신성한 강을 머릿속에 그리면서 몸을 씻는데, 수많은 순례자들은 그곳에 가서 목욕을 하고 죄를 던져버린다. 특히 일식이 일어날 때는 죄를 씻는 최적의 시기. 이때 목욕을 하면 영혼까지 씻을 수 있다고 한다.

그렇다고 강물에 그냥 멍하니 서 있거나 몸을 담그는 것으로 정화가 보장되는 것은 아니다. 해 뜨는 동쪽을 (서쪽은 절대 안 된다) 향해서 주문(만트라)을 외우고 비슈누와 같은 위대한 신의 이름을 중얼거리거나 구루의 이름을 읊조린다.

물이 아래로 굽이치는 폭포도 회개와 자책감을 떠내려 보내는 데 좋은 장소다. 남부의 카베리 폭포는 가장 유명한 곳이다. 언젠가 먼 길을 헤쳐 허위허위 찾아갔더니 뚱뚱한 중년의 남성들이 폭포 아래 죽 서 있는 것이 아닌가. 조금 민망하여 얼른 눈을 돌렸던 기억이 난다.

주말이면 교회에 가서 회개하는 기독교인처럼 강물에 몸을 담그면 죄가 씻길까? 씻어야 할 죄가 많은 건지 강가는 늘 만원이다. '면죄'가 쉬우면 '죄의식'이 얇아질 수 있을 텐데……. 그러나 아무리 목욕을 수천 번 하고 갠지스 강물에 몸을 불려도 이승에서는 끝내 정화할 수 없는 5대 범죄가 있다.

그것은 브라만을 죽이거나 태어나지 않은 아이를 죽이는 일, 음주, 금을 훔치는 일, '사부님'의 아내와 그렇고 그런 관계를 맺는 일이다. 이 깊고 무거운 죄를 지은 자는 내세에 미천한 짐승으로 태어나거나 나락으로 떨어지는 걸 감수해야 한다고. 오늘 저 강물에 몸을 담근 채 뭔가를 중얼거리는 사람들은 경범죄를 저지른 자들이니 그래도 희망이 있는 셈인지도 모른다.

아무리 죄가 씻긴다고 해도 매일 강으로 나갈 수는 없다. 그래서 자주 강에 갈 수 없는 인도인은 집에서 몸을 닦는다. 인도인은 아침에 일어나면 반드시 목욕을 한다. 사실은 목욕이 아니라 샤워에 가까운데, 바가지로 물을 퍼서 몸에 붓기만 하면 된다. 감옥에 있던 간디는 한 대야의 물로 세수는 물론 몸까지 씻었다. 인도인에게는 이마에 물 한 방울을 찍는 것도 목욕이다. 그들에게는 눈에 보이는 청결보다 믿음과 마음가짐이 중요한 것이다.

이러니 한국 학생들이 물을 많이 쓴다고 비난을 받는 건 당연하다. 우리는 눈에 보이는 때를 닦지만 그들은 '순수'라는 무형을 향한, 예배를 드리기 위한 목욕재계인 까닭이다. 브라만은 발끝에서 머리끝까지 기름을 발랐다가 씻어내는데 일찍이 《구약성서》에도 보이는 기름 목욕이 그것이다. 요즘 젊은이들은 목욕의 종교적 의미를 따지지 않으나 그들의 목욕도 우리의 위생관념과는 다르다.

멜 깁슨이 나오는 영화 〈브레이브 하트〉를 기억하는지 모르겠다. 이 영화를 봐도 알 수 있는데, 인도에 온 영국인들은 추운 지방 출신으로 목욕이 뭔지 몰랐다. 동인도 회사를 세우고 영국을 일으킨 엘리자베스 1세. 그 귀하신 몸의 때

● 연기가 피어오르는 갠지스 강가의 화장터. 여기서 화장하면 신에게 직행한단다

가 13센티미터나 되었다는 기록이 보일 정도니 타고난 '영국 신사' 따위는 없는가 보다. 엘리자베스 시대에 인도와 무역을 시작하고 결국 인도를 통치한 영국인은 '더러운' 인도인에게서 목욕하는 습관을 배워 문화인이 되었다.

세속주의자 네루는 강가의 신성함을 믿지 않았지만 인도 문명의 어머니인 갠지스 강을 사랑했고, 그의 유해는 유언대로 갠지스 강에 뿌려졌다. 오늘도 수많은 유해가 그 속으로 사라진다. 화장을 해도 뼛조각이 남게 되는데 이것 역시 재와 함께 강물에 버려진다. 화장할 비용이 없는 가난한 사람들과 무연고자의 주검은 그냥 통째로 강물에 들어간다.

몇 년 전 인도 정부는 물에 던져진 각종 사체를 먹으라는 명령과 함께 3만 마리의 거북을 바라나시 주변의 강물에 투입했다. 그러나 얼마 후 강에는 단 한 마

리의 거북도 보이지 않았다. 그 많은 거북은 다 어디로 갔을까?

갠지스 강변에는 신성한 강물의 치유력을 믿는 많은 환자들이 아예 터전을 옮겨와 살고 있다. 총 길이가 2,000킬로미터가 넘는 강가의 주변에는 3억이 넘는 인구가 거주하고 있다. 그들이 버린 생활하수와 산업 오수는 이런저런 노선을 거쳐 모두 강가로 들어가야 할 운명이다.

하지만 어느 누구도 갠지스 강의 사실성을 말하지는 않는다. 모두에게 강가는 영원히 신성할 뿐. 강가를 찾는 외국인도 그 신비성만 언급한다. 하지만 열 번도 넘게 강가를 찾은 내 눈에는 매번 강물이 더럽게 보였다. 오래전에 대대적인 청소가 있었으나 성스러운 강물은 항상 고단해 보였다.

씻을 죄야 없지 않겠지만 나는 힌두가 아니다. 강을 보고 감탄할 이유도, 그 속에 성스러운 무엇이 있다고 미혹될 이유도 없다. 벌거벗은 임금님을 보고 옷을 입었다고 믿어야만 현명한 건 아니다. 강가는 인도의 어머니이므로 극진히 사랑해야 한다고 끊임없이 다짐해야만 하는가? 나는 읊조린다.

"강가에 가보았네. 미지의 새, 보고 싶은 새들은 다 죽고 없었네."

• 삶과 죽음이 함께하는 강가는 모두에게 신성하다. 강가에서 목욕하는 사람들(위)과 화장터로 가는 행렬(아래)

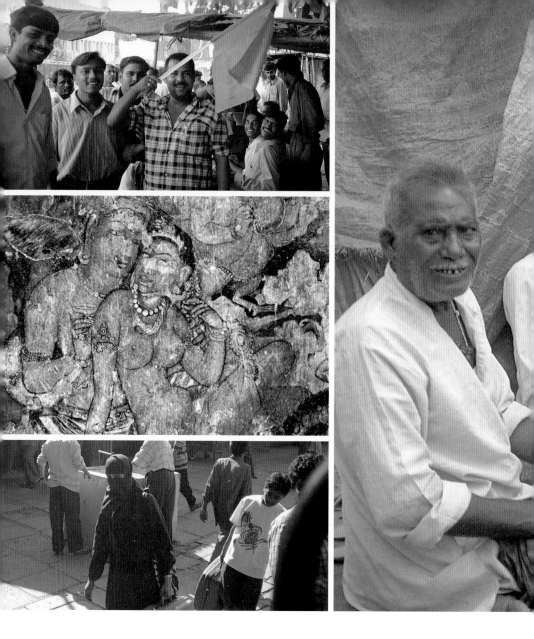

인도인의 외양은 늘 온순하고 때로는 연민까지 불러일으킨다.
그대도 그렇게 느끼는가?
그렇다면 당신은 이미 무장해제를 당했다.
인도는 곧 당신을 흡수해버릴 것이다. 마치 스펀지처럼.

2. 야누스의 얼굴

짧은 배신, 긴 충성

15세기 멕시코에 온 스페인 정복자들은 아스텍 사제들을 불러 모았다. 그들은 사제를 무당으로 생각하고 일장 설교를 늘어놓았다.

"너희들의 신은 죽었다."

그러니 가톨릭으로 개종을 하라는 것이었다.

"우리의 신이 죽었다면 우리도 신을 따라 죽겠다."

사제들은 그렇게 대답한 후 용감하게 목숨을 버렸다.

인도의 심리학자 아시스 난디는 똑같은 상황을 가정했다. 만약 인도를 정복한 영국인들이 브라만 사제들에게 죽음과 기독교 개종 중에서 하나를 택하라고 했다면 어떠했을까?

아마도 브라만들은 기꺼이 기독교를 받아들였을 것이다. 한 술 더 떠 정복자와 그들의 신을 칭송하는 찬가까지 지어 바쳤으리라. 그러나 힌두교에 대한 그들의 믿음은 그대로 가슴속에 남았을 것이다. 브라만들이 받아들인 기독교는 기독교의 한 변종일 뿐, 세월이 가면서 기독교는 점차 그 원형을 상실하고 결국 힌두교와 유사한 형태의 종교로 바뀌게 되었을 것이다.

서양이나 우리의 기준으로 볼 때 아스텍 사제들은 대쪽 같은 용기와 문화적 자존심의 본보기였으나 영웅적인 사제들의 행동 뒤에 아스텍 문화는 지상에서 사라졌다. 반면에 비겁하고 위선적으로 보이는 브라만의 선택은 힌두 문화의 영원한 생존을 보장한다. 그들은 오래 살기 위해 잠시 죽을 뿐이다.

인도는 5,000년 세월 동안 수많은 이민족의 침입을 받고 그들에게 정복되는 비극의 역사를 반복했다. 기원전 3세기 이래 박트리아, 그리스, 스키타이, 페르시아, 투르크, 흉노족 등이 북부 인도를 침입하고 일부 지방에 정착했다. 그러나 정복자들은 인도에 흡수되어 카스트 제도를 받아들이고 자신들의 정체성을 잃어버렸다.

11세기부터 시작된 무슬림의 침입과 오랜 통치도 마찬가지였다. 강력한 무굴 제국도 인도 사회의 피라미드식 계층 질서를 뒤엎지 못하고 그 정점에 있는 사람들만 바꾸었을 뿐이다. 말하자면 세금을 거두는 관리를 교체한 것에 불과했다. 중앙은 바뀌었지만 지방과 말단의 촌락은 그대로였고, 이슬람교로 개종하는 사람들은 많지 않았다. '코란이냐, 칼이냐'라는 무슬림의 호전적인 이미지는 기독교 세계의 창작물이지만 이슬람이 관용적인 종교가 아닌 것은 분명한 사실이다. 무슬림이 아닌 힌두는 인두세를 내는 시련을 겪기도 했다. 그렇지만 800년이라는 오랜 통치 후에도 무슬림은 전체 인도 인구의 5분의 1이 채 되지 않았다.

이슬람교로 개종한 사람들의 상당수는 불교도였다. 입신출세를 위해 자발적으로 개종한 자들도 있었지만 전쟁포로가 되거나 이방인과의 접촉으로 종교적 '청정성'을 상실한 어쩔 수 없는 개종자들도 있었다. 사회의 최하층인 불가촉민의 개종이 없지는 않았지만 그 수는 생각처럼 많지 않았다.

이슬람교로 개종한 무슬림은 대개 전통적인 힌두의 생활과 의식을 그대로 지켰다. 농촌에 사는 무슬림은 힌두의 신에게 풍작을 기원하고 힌두가 숭배하는 천연두 여신에게 우유와 버터를 바쳤다. 결혼 방식도 힌두와 크게 다르지 않았다. 게다가 무슬림은 나름의 카스트 제도를 발전시켰다.

이렇듯 종교와 무관하게 일상생활과 세계관이 비슷한 민중과 달리 무슬림 지배 계층은 언제나 힌두교를 두려워했다. 그들은 권력을 지녔고 물리적인 우위에 있었지만, 느리고 최면적인 성격의 힌두교를 겁냈다. 비슷한 수준이면 경쟁에서 우열이 드러나지만 너무 느린 상대와는 아예 시합이 불가능하지 않은가. 운동장을 몇 바퀴 달리다 보면 누가 앞서고 누가 뒤서는지 알 수 없게 되어버린다. 정체를 알 수 없는 자보다는 상대할 수 있는 분명한 적이 나은 법이다.

● 종교의 박물관, 인도
●● 차도르를 쓴 무슬림 여성(위)
힌두 신과 예수의 사진이 나란히 붙어 있다(아래)

무슬림이 인도에 온 지 약 800년이 지난 1858년, 무굴 제국은 공식적으로 종말을 고하고 영국에 인도 통치를 넘겨주었다. 백인의 우월성을 바탕으로 야만인들에게 문명의 혜택을 전해주어야 할 역사적 사명을 띤 영국인들은 '인도로 가는 길'을 재촉했다. 그러나 온순한 갈색 피부의 인도인들은 슬그머니 배반의

칼을 뽑아 들었다. 마하트마 간디의 비폭력과 수동적 저항 운동은 힘을 가진 영국이 대처하기 어려운 이상한 투쟁 방식이었다.

제국주의와 어깨를 나란히 한 선교사들의 열성적인 활동에도 불구하고 인도에서의 기독교 개종은 드물었다. '우상'을 숭배하는 수억의 이교도 힌두들은 선교사들이 전하는 기독교의 '좋은 말씀'에 조금도 저항하지 않았다. 문제는 그말씀을 힌두 문화의 하나로 받아들이는 것이었다. 그리스도를 부정하는 것이 아니라 수많은 힌두 신의 하나인 '예수 신'으로 인정했다. 붓다를 힌두교의 신으로 받아들였듯이.

영국인들에게 땅과 권력을 빼앗긴 인도인들은 겉으로는 식민지가 되었지만 '속'은 결코 식민화되지 않았다. 허약하고 수동적이며 타협적이라고 비난을 받은 그들은 결국은 도래할 먼 훗날의 독립을 위해 잠시 비겁하게 보였을 뿐이다. 다른 사람의 눈에는 겁쟁이였지만 진정한 자아는 살아 있었던 것이다.

인도의 한 고전은 맹목적이고 직선적인 용기가 개인의 불멸과 경건을 위해서는 바람직하지만 집단의 생존을 보장하지는 않는다고 말했다. 직선적인 용기는 부러지기 쉽고 목소리가 큰 사람은 눈에 띄기 마련이다. 어쩌면 극과 극은 통하는지도 모른다. 반대의 깃발을 높이 들던 사람이 가장 먼저 환영의 깃발로 바꾸어 달고 변절을 합리화하지 않던가.

어쨌든 문화는 역사의 저편이 아닌 이편에 살아남아야 한다. 한 시대의 영광을 뒤로하고 사라져간 다른 문명들과 달리 인도는 개종자들과 굴욕을 견디고 '살아남은 자'들을 통해서 과거와 연결된다. 그들의 끈질긴 생명력은 외유내강

● 성 토마스가 묻힌 자리에 세워진 첸나이의 성당 내부

의 전형이다. 허약함은 약육강식의 세상에서 살아남는 하나의 전략인 것이다.

인도의 5,000년을 가능하게 한 또 하나의 전략은 외부 세계에 대한 무관심과 침묵이라는 인도 문화의 특성이다. 무언(無言)이야말로 최고의 보복이 아니겠는가.

인도인은 외국에 대한 지식이 부족하다. 아니, 사실은 무관심하다. "모나리자? 그게 뭔데?" 델리 대학교 사학과 2학년 여학생의 반문이었다. 초등학교 2학년도 다 아는 건데……. '코리아'를 찾아보라고 지도를 펴면 그들의 손가락은 기껏해야 태국이나 베트남 부근에서 헤매기 일쑤이고 때로는 인도 안에서 방황했다.

인도에는 알렉산더를 비롯하여 인도를 침입한 다른 정복자들에 대한 기록이 하나도 없다. 천 년이나 같은 땅에 살고 있는 무슬림에 대해서도 한마디 언급조차 남기지 않았다. 남아 있는 근대 이전의 인도에 관한 기록은 메가스테네스, 법현, 현장, 혜초, 이븐바투타, 알 비루니 등 모두 이방인의 기록이다.

이미 자기 안에 모든 것을 가지고 있어서 새로운 것이란 없는 것일까? 인도인에게는 바깥에서 오는 것이 정체성의 준거가 아니다. 굴욕이나 개종도 진짜 자아와는 무관하다. 다른 문화나 이질적인 것에 대한 인도인의 관용성은 이방의 것에 대한 냉담함과 회피적인 태도의 다른 얼굴에 지나지 않는다.

800년이 넘는 무슬림 통치와 200년에 가까운 영국의 존재에도 불구하고 그동안 인도는 그 중심을 상실하지 않았다. 2001년의 인구센서스에서 무슬림과 기독교인은 각각 전체 인구의 13.4퍼센트와 2.4퍼센트를 차지했다. 영어를 해독하는 인도인의 비율은 아직도 많지 않으며 영국, 아니 서양의 생활 방식을 따르는 사람은 아직도 소수에 불과하다.

싸움에 지고 이민족에게 정복되는 것은 비극이다. 그러나 더 큰 비극은 뿌리를 잃고 정복자의 문화와 가치를 받아들이는 것이다. 그것은 진정 '존재의 끝'을 의미한다. 물리적인 싸움 없이 진행되는 소리 없는 문화 정복도 또 다른 비극이다. 문화유산을 지키자고 외치면서 남의 문화를 슬그머니 내면화하는 것은 또 다른 '끝'의 시작이 아니겠는가.

제국주의를 찬양한 영국의 시인 키플링은 "영국인의 팔뚝만 한 가느다란 다리를 가진 인도인"이라고 묘사했고 인도인 둘을 합쳐야 영국인 한 사람과 같다고도 했다. 인도인의 외양은 늘 온순하고 때로는 연민까지 불러일으킨다. 그대도 그렇게 느끼는가? 그렇다면 당신은 이미 무장해제를 당했다. 인도는 곧 당신을 흡수해버릴 것이다. 마치 스펀지처럼.

수도승과 에로스

예술이냐 외설이냐를 놓고 법정에 섰던 소설《북회귀선》의 작가 헨리 밀러는 이렇게 말했다. "섹스는 환생해야 할 아홉 가지 이유 중 하나이다……나머지 여덟 가지는 중요하지 않다."

인도를 방문한 외국인들은 그 중요한 섹스를 다룬 카주라호 힌두 사원을 보고 감탄을 금치 못한다. 그러고는 경악한다.《플레이보이》나 일급 포르노 영화에나 나올 법한 적나라한 성행위를 조각한 외벽 앞에서 입을 벌리지 않을 수 없는 것이다. '신성한 사원의 차림새가 어찌…….' 유교 문화에서 자란 나의 충격은 오죽했으랴. 마하트마 간디도 그 조각상들을 모두 부숴버리고 싶다고 고백한 바 있다.

1838년 영국군 장교의 발견으로 정글 속에서 모습을 드러낸 카주라호 사원은 유엔이 '세계문화유산'으로 지정한 11세기의 건축물이다. 사암으로 만든 22개 사원이 모여 있는 카주라호는 논란의 와중에도 예술적이면서 외설스러운 조각상들 덕분에 오늘도 수많은 관광객의 발길을 끌고 있다.

외국인들이 인도에서 음란하다고 고개를 흔드는 두 번째 대상은 남근 숭배이다. 인도에서 크리슈나에 이어 널리 숭배되는 신이 바로 파괴의 신 시바인데, 코

● 조각상으로 화려하게 장식된 카주라호 힌두 사원의 외벽. 야한 조각상이 시선을 끈다

브라를 화환처럼 목에 두르고 명상하는 자세의 금욕주의자 시바는 하늘을 향한 남성의 성기 형태, 즉 링감으로 숭배된다.

인도 전역에 흩어져 있는 수많은 힌두 사원의 중앙에는 시바 신을 상징하는 시바 링감이 소중하게 모셔져 있다. 농촌의 작은 사원에도 조잡하게 만든 남근상이 빨간 가루를 바른 채, 수직으로 서 있다. 숭배자들은 그 앞에서 꽃을 던지고 두 손을 모아 경건하게 기도를 올리며 손으로 어루만지기도 한다.

링감은 시바의 지칠 줄 모르는 성적 능력을 상징한다. 시바 신은 무려 8,400만 가지의 다양한 체위를 고안했는데, 숭배자들에게 알려진 건 겨우 4,000가지란다! 이러니

● 하늘을 향한 모양의 시바 링감. 다산을 상징한다

시바는 다산의 신으로 조금도 손색이 없다. 시바 링감이 있는 한 인도의 인구는 무한대를 향해 무한히 질주하지 않겠는가!

내가 본 가장 거대한 시바 링감은 촐라 왕조의 수도였던 탄조르의 브리하데슈와라 사원의 것이었다. 카주라호처럼 '세계문화유산'의 하나인 63미터 높이의 건물 꼭대기에는 거대한 시바 링감이 장식되어 있었다. 하나의 바위로 만든, 무게가 80톤이 넘는 이 엄청난 링감은 지난 천 년 동안 수많은 이들에게 경외심을 주었으리라.

카주라호 사원과 시바 링감도 유명하지만, 인도인의 에로스를 증명하는 가장

확실한 증거는 아무래도 《카마 수트라》라 할 수 있다. 카마는 에로스라는 의미이고, 수트라는 우리말로 '경(經)'에 해당된다. 4세기, 힌두 왕국 굽타 왕조에 씌어진 《카마 수트라》는 말하자면 섹스에 관한 지침서이자 안내서다. 브라만 소년들에게 읽혔을 이 책은 '즐거운 삶'의 방식을 가르치고 있다.

첫 장을 열면 "내일 공작새를 얻는 것보다 오늘 비둘기를 갖는 것이 낫다"거나 "불확실한 내일의 금으로 만든 잔보다 오늘의 놋쇠 잔이 더 낫다"는 그럴듯한 말들이 보인다. 알 수 없는 내세보다 이승의 쾌락을 강조하는 것이다. 이어서 다양한 섹스의 기교와 교접, 결혼, 매춘, 미약(媚藥) 등의 내용을 상세하게 묘사하고 있다.

인도의 에로스는 여성의 이미지에도 투영되어 있다. 인도 조각상에 보이는 여성은 곡선미가 과장된 에로틱한 모습으로, 커다란 궁둥이와 테니스공처럼 튀어나온 가슴이 뭇 남성의 시선을 끌어당긴다. 남부 지방의 힌두 사원 입구에 있는 실물 크기의 여인 석상은 드나드는 사람들이 하도 만져서 가슴이 반들반들 윤이 났다.

인도 문학에 등장하는 여성들도 풍만한 가슴이 돋보이도록 몸을 조금 앞으로 숙인, 허리가 개미처럼 가느다란 미인으로 묘사된다. 넓적다리는 바나나 나무나 상아처럼 둥글고 통통하며 엉덩이는 크고 배꼽은 오목하다. 그러나 내가 만난 인도 여성들은 큰 가슴과 큰 엉덩이를 가졌으나 허리는 두툼했다.

모두들 내숭을 떨지만 세상에서 가장 유명한 명제는 역시 섹스이다. 아득한 옛날 바빌론 강가의 공창에서부터 서울의 클럽까지 그 저변의 기운은 에로스가 아닌가? 일찍이 몽테뉴는 포르노 잡지의 유행을 예견했고, 루터는 허랑방탕한 여학생의 생활을 탄식하면서도 자유연애를 지지했다. 플라톤은 화를 내겠지만,

사랑이 없는 섹스는 있어도 섹스가 없는 사랑은 없다지 않는가.

카주라호 사원과 시바 링감 그리고 카마 수트라의 인도. 위성방송이 안방에다 공개적으로 섹스를 팔고, 콘돔이 무차별 광고를 해대는 곳. 인도에서 가장 유명한 콘돔은 '카마 수트라' 라는 상표를 달고 있다. 매춘부와 에이즈 환자가 수백만 명이 넘는 나라. 이렇듯 성이 넘치는 에로스의 천국으로 보이지만, 또 한편으로는 명상과 금욕이라는 또 다른 얼굴을 갖고 있다. 사실 성에 관한 한 인도는 여전히 타락한 서양의 영원한 '타자' 를 고수하는 보수적인 사회이다.

청교도적인 근대 영국의 영향도 없지 않지만 인도는 원래 성에 대해 이중적인 잣대를 가지고 있다. 그래서 힌두 신화에는 금욕주의적인 시바와 에로틱한 시바라는 모순적인 이미지가 동시에 등장한다. 시바는 성적 능력을 자랑하는 신이자 쾌락의 한계를 구현하는 완벽한 수도자이다.

신화에 따르면 시바 신은 성욕을 주체하지 못해 미친 사람으로 가장하여 숲으로 간다. 벌거벗은 그는 브라만 성자의 아내들을 유혹하여 만족을 꾀한다. 영구 발기한 성기를 자를 때까지. 또 다른 신화를 보면, 시바와 그의 아내 파르바티는 천 년 동안이나 쉬지 않고 사랑을 했다!

성욕과 금욕에 대한 인도인의 갈등은 결혼한 남자의 성에 대한 규범에서 두드러지게 나타난다. 인도의 젊은 가장에게는 물질적 풍요와 육체적 쾌락을 추구하는 것이 허용되지만, 나이 든 후에는 엄격한 금욕이 강조된다. 자식을 결혼시키거나 생리를 끝낸 인도 여성은 대개 성관계를 끊는다. 마하트마 간디는 36세에 에로스에서 조기 은퇴했다.

인도인들은 성관계가 정액을 상실하는 결과를 낳기 때문에 남성에게 위험하다고 생각한다. 지나친 관계는 남성을 약하게 만들고 결국 병을 부른다고 여기

● 아잔타 석굴 사원의 에로틱한 벽화

는 것이다. 따라서 젊은 남성들은 본능을 만족시키는 일과 건강을 유지하는 문제로 갈등을 느낀다.

그러나 시바와 같은 신도 욕구를 주체하지 못할진대 보통사람들은 오죽하겠는가? 여기서 인간의 성적 욕구는 인정하되 그것을 다른 형태로 변모시켜야 할 필요성이 대두되었고, 그 대안이 바로 요가로 나타났다.

남성 성기의 모습으로 숭배되는 시바는 동시에 책상다리를 한 요가 수행자의 모습으로 나타난다. 히말라야에서 명상을 하는 자세의 시바 신은 금욕을 통해서 성적 능력을 고도의 영적 능력으로 변모시킨다. 금욕주의자 시바와 에로틱한 시바의 모순은 《요가 샤스트라》에서 이렇게 통합된다. "정열 없이 시바를 생각하면 정열에서 자유롭다. 정열을 가지고 시바를 명상하면 진정한 정열을 누릴 수 있다."

브라만 성자와 요가 수행자의 공동 목표는 자웅동체이다. 그들의 능력은 원초적 본능을 성공적으로 초월하고 남성과 여성의 성적 자아를 극복하는 데 있다. 그래서 인도의 문화적 이상형은 '양성성'이다. 라다와 크리슈나가 아닌 라다-크리슈나, 시타와 라마가 아닌 시타-라마가 이상형이라는 얘기다. 그래서 여성과 남성은 서로 동등하지만 양성성에 비하면 열등하다고 여겨진다. 성자와 신의 자질을 갖춘 아르다나리슈와라도 '아수라 백작'처럼 반은 여자고 반은 남자다.

그러나 암수 한몸은 외로움을 이기지 못하는 법. 고대의 경전 《우파니샤드》를 보면, 암수 한몸인 인간이 왠지 외로워서 자기 몸을 분열한 결과 여자가 생겼다. 성경도 같은 얘기를 전한다. 하느님은 여섯째 날에 암수 한몸인 인간을 창조했고 고독한 아담을 위해 그의 기관 하나를 뽑아 여성을 만들었다고 했다.

그 남자와 그 여자의 섹스가 이 세상의 '빅뱅'이었다. 그러나 이후 문명은 에로스를 억압하면서 이루어졌다. '그 일'이 아닌 창조적인 영역에 에너지를 써야 한다는 고상한 명제가 인류를 짓눌렀다. 성을 둘러싼 인도인의 갈등도 이러한 전통의 소산일 것이다.

그러나 카주라호의 야한 조각상이나 《카마 수트라》는 삶의 한 측면을 정직하게 반영하는 인도의 걸작이다. 에로스를 모르고서야 인구 11억이 가능하겠는가?

폭력과 비폭력

좋은 폭력은 유혹적이다. 브루투스가 공화국을 위해 카이사르를 죽인 것처럼 (그 평가는 차치하고) 누가 일찍이 히틀러나 스탈린을 죽였으면 좋았을걸 하는 생각쯤은 누구나 할 수 있지 않은가. 허나 문제는 간단치가 않다. 일본의 군국주의를 끝장내고 우리와 많은 사람들에게 해방을 선사한 히로시마 원폭 투하는 과연 좋은 폭력인가?

비폭력은 폭력 앞에서 얼마만한 힘을 발휘할 수 있을까? '비폭력' 하면 떠오르는 인물은 역시 20세기 최고의 인물로 꼽히는 마하트마 간디이다. 그는 1948년 1월, 한 힌두 광신자에게 암살되었다. 암살은 분명한 폭력이다. 수십 년간 비폭력을 설파했으나 간디의 생은 폭력에 의해 막을 내린 것이다.

그렇지만 마하트마 간디가 죽기 얼마 전에 자신의 암살을 바랐다면 놀랄 것이다. 그는 병에 걸려 비참하게 죽을까 봐 걱정하면서 "진짜 마하트마답게 죽고 싶다. 암살자의 손에, 라마 신의 이름을 부르며 죽고 싶다"고 말했다. 그렇다고 간디가 암살자와 사전에 각본을 짠 것은 아니다. 상황이 그렇게 돌아갔을 뿐.

간디는 그 전에 이미 세 차례나 암살을 노리는 공격을 받은 바 있었다. 세 번의 실패와 마지막 성공을 차지한 범인들은 모두 같은 지방, 같은 카스트 출신이었다. 마하라슈트라의 치트바반 브라만. 암살자들은 모두 영국의 통치하에서 힌두 민족주의의 기치를 내걸고 열심히 싸운 마라타 부족의 후예였다.

마하라슈트라 지방에는 군인 계층인 크샤트리아가 없고, 브라만들이 용맹한 군인이 되어 싸웠다. 간디의 평화주의, 즉 비폭력(아힝사)은 폭력이 기반인 치트바반 브라만의 존재를 부정하는 동시에 그들에게 극기를 요구했다. 말하자면 마라타 제국의 영광을 회복하려는 그들은 영국과 폭력적으로 싸우고 싶은데 간디가 비폭력을 내세우며 막은 셈이었다. 용감한 군인은 남자답고 씩씩하지만 간디의 비폭력·비협력 방식은 온건하고 여성적인 운동으로 여겨졌다.

간디의 암살범인 38세의 고드세는 기도하러 가는 간디에게 권총 네 발을 쏜 후 도망치지 않고 그 자리에서 체포되었다. 간디가 기대한 '멋쟁이' 암살자였다. 고드세는 조국을 구하려고 마하트마를 쏘았고 간디는 구원에 이르기 위해 라마 신의 이름을 부르며 그 총에 맞았다. 그리고 간디의 죽음을 온 세계가 애도했다.

사실 비폭력은 간디의 창작품이 아니다. 간디가 '사랑의 법칙'이라고 부른 비폭력은 기원전 6세기경 불교, 자이나교의 성립과 함께 등장한 것으로 보인다. 동물과 곤충의 살생을 금하는 이 비폭력 사상은 '우주의 상호의존'이라는 개념에 바탕을 둔다. 모든 생명은 하나의 에너지인 생명력의 환생으로 다 같이 중요하다는 의미이다. 오늘의 내가 다음 생에 무엇으로 태어날지 아무도 모를 일이 아닌가.

채식이 시작된 것도 이런 연유에서다. 자이나교도는 고기는 물론이고 양파, 감자도 먹지 않는다. 일부 자이나교도는 지금도 세균과 같은 미세한 영혼이 존재한다고 여겨 숨을 들이쉴 때 그 존재가 입 안에 들어가서 죽지 않도록 마스크를 하고 다닌다. 또한 개미처럼 땅에 사는 미물을 위해 나막신을 신는데, 이러한 전통은 간디의 고향인 서부 지방에서 특히 강하다.

언젠가 전통과 보수의 원단인 어떤 자이나교도의 집을 방문했다가 안주인이 먹는 것을 보고 놀란 적이 있다. 어찌나 간단히 차렸는지 평생 동안 그가 먹는 음식의 가짓수를 손으로 헤아릴 수 있을 정도였다. 그 집은 큰 부자였으나 생활은 청교도가 아니라 가히 무교도라고 할 만했다. 파와 마늘, 양파와 고추 등 웬만한 재료가 다 빠진 그들의 음식은 그럼에도 꽤 맛있었다.

인도의 비폭력 전통은 폭력이 뿌린 피 위에서 피어난 열매인지도 모르겠다. 먼 옛날 인도에 비폭력을 뿌리내리게 한 인물이 바로 최초로 인도를 통일한 정복자 아소카 황제이기 때문이다. 그가 통치하던 시기의 마우리아 제국(기원전 322~188)은 당시 최고의 전성기를 구가했고 최대의 영토를 이루었다.

정복 사업은 폭력을 사용하고 많은 희생자를 수반한다. 사료를 보면, 아소카는 제국을 통일하기 위해 동부 지방의 왕국 칼링가를 공격하고 10만 명의 적군을 살해했다. 물론 정복군도 많은 희생을 치렀다. 15만 명의 포로와 함께 왕궁에 귀환한 왕은 죄책감에 시달리다가 불교에 귀의했다.

그 후 아소카는 비폭력을 실천했다. 전쟁을 포기하고 이웃나라에 평화사절을 보냈고, 물리력이 아닌 '법도와 진리'에 의한 승리를 선포했다. 그는 동물의 희생을 금지했고 즐기던 사냥도 그만두었다. 심지어 먹기 위해 동물을 죽이는 것도 금지했다.

그때까지 왕궁에서는 연회에 쓸 음식을 마련하기 위해 매달 수천 수백 마리의 동물을 도살하였으나 새로운 칙령이 석주나 바위에 새겨질 무렵에는 겨우두 마리의 공작과 한 마리의 사슴을 잡았을 뿐이다. 그것도 앞으로는 죽이지 않

● 인도인은 비교적 온순하다. 북부 지방 노인들과 정치 운동을 펴는 젊은이들은 사진기를 든 필자에게 웃어
주었다

을 것이라고 기록했다. 이후 인도에서는 채식주의가 널리 퍼지기 시작했다.

그대는 누가 힘이 센지 알아보기 위해 지나가는 행인의 옷을 벗기는 시합을 벌인 바람과 해에 관한 이솝 우화를 기억할 것이다. 이 이야기가 알려주는 것처럼 폭력으로 사람의 마음을 움직이기는 어렵다. 실제로 간디의 비폭력이 지닌 가장 큰 힘은 도덕적 우위였다. 비폭력의 방식을 쓰는 '맨손' 의 사람들에게 '기관총' 의 폭력을 사용한다면 누구든지 후자를 비난할 것이다.

1919년, 영국의 다이어 장군은 북부 지방에서 평화로운 모임을 갖던 맨손의 인도인을 향해 무차별 사격을 가했고, 그로 인해 300명이 죽고 천여 명이 부상을 당했다. 이를 계기로 분노한 수많은 인도의 민중이 민족 운동에 가담했다. 전 세계가 영국을 비난했고 영국에서도 제국에 대한 의구심과 비판이 제기되었다. 이 사건은 영국과 인도 간 세력 균형의 '루비콘 강' 이었다.

사실 인도인은 비교적 온순하다. 인도 거리에서 핏대를 올리며 싸우는 사람들을 볼 수 없을 정도로. 이를 오랫동안 이민족의 지배를 받아서 생긴 노예근성이라고 힐난하는 자국 학자도 있으나 그 역시 스스로를 비하하는 노예근성을 반영하는 발언이다.

그러나 비폭력의 나라 인도에서도 폭력은 '힘이 세다' . 대표적인 폭력은 여성에게 가해지는 유형무형의 폭력이다. 이 이야기는 이 책의 5장에서 집중적으로 다룰 것이다. 여기서는, 아이로니컬하게도 '폭력적인 비폭력에 대한 숭배' 로 고생한 나의 경험을 떠올려보고자 한다.

어느 날 토론에 참가한 나는 그만 마하트마 간디를 비판하는 실수를 저지르고 말았다. 그건 정말 실수였다. 하지만 토론이란 원래 그런 것이 아닌가? 그런데 며칠 후 엄청난 수준의 협박 편지가 날아왔다. 내용인즉 '인도와 간디를 모욕했으니 즉시 여기를 떠나라' 는 거였다. "만약 그러지 않으면……" 으스스한 조건절도 붙어 있었다.

글씨는 누가 봐도 일부러 꾸며 썼다는 사실을 알 수 있는 작위적인 필체였다. 그것은 내가 아는, 혹은 알아낼 수 있는 근거리의 인물이 필체의 주인공이라는 힌트였다. 셜록 홈스에서 시드니 셀던의 소설에 이르기까지 추리소설을 열심히 읽은 나는 그걸 바탕으로 발신자 추적에 나섰다. 그 과정은 길고 지루하니 생략하고…….

드디어 범인(?)은 내 추적에 걸려들었다. 나는 그를 초대하여 밥을 사고 우리나라의 기념품을 아낌없이 주었다. 물론 편지 건은 입에 올리지 않았다. 지나가는 말투로 간디에 대한 내 입장만 돌리고 굽혔을 뿐이다. 간디와 아소카의 방식을 십분 활용한 덕분에 무사히 공부를 마쳤지만, 폭력적으로 간디를 숭배하는 그 친구 때문에 정말 죽는 줄 알았다.

간디의 말씀을 들어보자.

"비폭력은 아주 적극적인 행동이다. 폭력을 쓰는 사람만이 비폭력적인 사람이 될 수 있다. 겁쟁이는 그렇게 되지 못할 것이다. 결코……"

때로 폭력은 필요한 것인가? 남자들이 '여자들은 그저 사흘에 한 번씩 명태처럼 두들겨 패야 한다' 고 열을 올리면 여자들은 '남자들은 그저 멸치처럼 달달 볶아야 한다' 고 맞받아친다. 다시 이어지는 응수와 대결의 끊임없는 악순환은 결국 무엇을 낳는가? '보이지 않는 사랑' 은 아름답지만 '보이지 않는 폭력' 은 끔찍하다.

마하트마와 간디

아버지의 병상을 지키던 십대 소년은 아내가 몹시 그리웠다. 빨리 방으로 돌아가 아내와 자고 싶은 생각에 몸이 달았다. 그럴싸한 핑계를 만들어 아버지 다리를 주무르던 손을 놓고 방으로 돌아온 지 채 10분이 되었을까? '똑똑' 소리가 들리고 누군가가 말했다. "아버지가 돌아가셨다."

이야기를 하나만 더 해보자. 칠십대의 벌거벗은 노인이 역시 벌거벗은 이십대 조카손녀와 동침을 하여 '원초적 본능이란 무엇인가'를 연구했다. 아, 물론 아무 일도 없었다. 그것은 그냥 작은 실험에 지나지 않았다. 자기 몸의 반응과 옆에 나란히 누운 손녀의 신체적 반응을 알아보는 정도였다.

아버지의 시신 앞에서 눈물을 흘린 소년과 손녀 옆에서 실험에 몰두한 노인은 동일 인물이었다. 그가 바로 유명한 마하트마 간디라는 사실을 눈치 챈 독자는 없을 것이다.

이런 이야기를 하면, 내가 인도에서 협박 편지를 받은 것이 아주 '고소하다'고 하는 사람도 있을 것이다. 전 세계가 존경하는 성인을 헐뜯어서 남는 건 없다. 나는 단지 야누스적인 인도 사회의 성격을 말하려고 이야기를 끄집어낸 것이다.

● 간디의 시신은 화장되어 갠지스 강에 뿌려졌으나, 그를 기리는 사람들을 위해 묘소가 만들어졌다. 델리에 있는 간디의 묘소, 라지가트

　간디만큼 복잡하고 모순적인 인물은 드물다. 그를 성인으로 열렬하게 추앙하는 사람이 많은 만큼 비판자도 많다. 내가 간디를 이야기 소재로 선택한 것은 그 때문이다. 인도의 독립에 바친 그의 투쟁의 생애와 여러 가지 업적, 영향력 등은 잠시 접어두고 여기서는 이율배반적인 간디의 면모를 살펴보자.

　위에서 본 첫 번째 이야기는 간디가 18세 되던 해 아버지의 임종 앞에서 겪은 사건이다. 사건이라고 불러도 좋은 것이, 아내와 잠자리를 같이 하려다 아버지의 임종을 지키지 못한 것을 간디는 평생을 두고 자책했고, 그것이 그의 인생에 상당한 영향을 주었기 때문이다. 그가 고백한 것처럼, 13세에 결혼을 한 그는 상당히 '그 일'에 집착하는 젊은 남편이었다.

그 여파가 두 번째 이야기이다. 섹스에 집착한 결과 평생 '후회'를 짊어지고 산 간디는 아내와 한마디 상의 없이 젊은 나이에 총체적 '금욕'을 결심했다. 처음 몇 년 동안은 '섹스로부터의 자유'가 쉽지 않았지만 곧 '완전 은퇴'가 달성되었다. 그로부터 30여 년 후, 칠십대에 이른 간디는 여전히 몸과 정신이 따로 논다고 고백했다. 조카손녀와의 동침은 바로 그 실험이었다.

그걸 무엇 하러 실험하느냐고 물으면 나도 할 말은 없다. 다만 진리를 찾는 정직한 인간의 모습이라고 할까. '진리에 대한 내 실험의 이야기'라는 자서전 제목이 말해주듯이 간디의 일생은 진리를 찾는 긴 노정이었다. 그러나 섹스와 관련된 이 실험 때문에 주변의 많은 인물이 간디를 떠났다. 평생 아들처럼 간디를 추종한 네루도 이 문제에 대해서만은 불쾌감을 감추지 않았다.

간디가 채식주의자인 것은 세상이 다 아는 일이다. 그는 영국에 유학하던 시절부터 채식에 관심을 가졌다. 우리가 기억하는 이가 다 빠진 간디의 모습은 극단적인 채식의 소산이다. 그는 심지어 우유도 마시지 않았다. 나중에는 주위의 강권으로 염소젖을 마셨는데 1930년대 초 원탁회의를 하러 영국에 갈 때 염소도 데려갔다.

"성욕이 강한 사람은 식욕도 강하다." 간디의 말이다. 그의 자서전을 보면 섹스와 먹는 이야기가 줄을 잇는다. 무엇을 먹고 먹지 말아야 하는가에 관한 이야기가 수두룩하다. 음식은 섹스와 밀접하게 연결되기 때문이다.

간디는 정력에 좋은 음식을 유난히 밝히는 우리나라 남성들과 달리 금욕에 도움이 되는 음식을 찾아 헤맸다. 간디에게 '원초적 본능'의 억제는 해탈의 필수조건인 동시에 정치 활동의 에너지였다. 그는 금욕에 방해가 되는 음식이라면 가차 없이 끊었다. 설탕, 우유, 양파가 간디의 밥상에서 쫓겨났다. 음식을 먹고 몸의 반응을 일일이 체크하는 것도 빠질 수 없는 일이었다. 그가 권하는 최고의 금욕 식품은 호두와 아몬드 종류였다.

자, 인도인의 계산을 보자. 먹은 음식은 피가 되고 살이 되고 뼈와 골수가 되었다가 30일이 지나면 정액으로 바뀐다. 40방울의 피가 한 방울의 정액이 되는데, 한 번의 사정에는 14그램 정도의 정액이 소요된다. 이는 27킬로그램의 음식이 만든 에너지와 같다. 한 번의 성관계는 24시간의 정신노동이나 72시간의 육체노동과 동일하다는 게 그들의 생각이다.

● 델리의 공원에 있는 간디의 조상(위). 물레를 돌리는 생전의 간디(아래)

앞에서 이야기했듯이, 인도인은 성관계 뒤의 사정이 정력을 쇠퇴시키고 신체의 움직임을 엉망으로 만든다고 여긴다. 대신 금욕을 하면 정액이 위로 올라가서 영적 생활의 에너지가 되는 동시에 신체적 능력도 증진한다고 믿는다. 12년 동안 금욕을 완벽하게 실천하면 해탈로 직행한다!

마하트마 간디가 섹스와 음식이라는 명제에 그토록 집착한 것은 금욕으로 얻은 영적 에너지를 독립 운동에 쓰고 싶었기 때문이었다. 또한 그의 채식은 동물을 죽이지 않는다는 비폭력 이론과 연결되고 그의 운동 방식인 '사티아그라하(진리를 위한 투쟁)'에도 포함된다.

인도는 간디의 나라다. 간디는 성자(마하트마)인 동시에 인도인의 정신적인 지도자(구루)이자 아버지(바푸)로 지금도 추앙받고 있다. 인도의 어느 도시를 가든지 간디의 동상이 보이고 어디를 헤매든지 간디의 이름을 딴 거리나 빌딩 하나쯤은 만나게 된다. 흰 빵떡모자인 간디 캡을 눌러 쓴 간디 추종자들도 인도 전역에서 흔히 발견할 수 있다.

흰 목면 조각을 걸친 바싹 마른 간디의 모습은 찰리 채플린의 이미지처럼 희극적이다. 미국의 초청을 받은 간디는 자신의 모습이 미국에서 '웃음거리'가 될 거라는 이유를 들어 초청을 거절하기도 했다. 그러나 그에게서는 함부로 범접할 수 없는 엄숙한 분위기가 풍겨 나온다. '거지 옷을 입은 성자' 간디는 오합지졸의 인도인을 이끌어 당대 최대 제국인 영국의 적수가 되었다.

물론 간디도 처음부터 위대한 마하트마였던 것은 아니다. 영국 유학을 마치고 돌아온 풋내기 변호사 간디는 첫 번째 재판에서 갑자기 입이 얼어붙는 바람에 데뷔전을 엉망으로 치렀다. 실의에 찬 그에게 일자리를 제공한 남아프리카는 최근까지도 인종 차별로 악명이 드높은 곳이었다. 어느 날 유색인종이라는 이유로 열차에서 쫓겨난 그는 그곳에서 인생의 길을 바꾸고 민중 운동의 지도자로 이름을 날렸다.

귀국한 간디는 1920년부터 인도 민족 운동의 전면에 나섰다. 그는 영국 신사의 외피를 벗고 농민의 옷과 신발로 단장했다. 다른 지도자들과 달리 영어를 버리고 시정의 언어를 사용했으며 농민들처럼 열차의 삼등칸을 이용했다. 사실

열차는 간디의 뜻에 따라 특별히 삼등칸으로 개조된 것이었지만 어쨌든 삼등칸은 분명했다.

그의 투쟁 방식은 진기하고 이상했다. 비폭력·비협력 방식은 영국이 감당하기 어려운 미지의 무기였다. "종교와 분리된 정치는 무덤에 있는 시체와 같다"고 주장하면서 종교를 정치에 접목한 이도 간디였다. '영혼의 힘', '진리' 등의 표현이 섞인 그의 연설은 종교 지도자의 설교와 흡사했다. 그의 말에 따르면 정치 운동은 인도인의 정치적인 능력을 확대하는 것이었다.

그러나 위대한 성자에게도 옥에 티는 있었다. 간디는 비폭력을 주장한 평화주의자였으나 남아프리카의 보어 전쟁에서 영국이 줄루족의 반란을 진압하는 데 협력을 아끼지 않았다. 또 1차 대전을 치르는 영국을 위해 모병에도 나섰다. 학도병 지원을 권유하는 독립 운동가라고? 우리식의 판단을 거두고 '짧은 배신 긴 충성'을 기억하면 될 것이다. 또 간디는 유대인들에게 히틀러에 대한 '무저항' 운동을 권고했다. 하지만 무저항한 유대인이 갈 길은 과연 어디였는가? 간디 이론의 비현실성을 엿볼 수 있는 대목이다.

'메시아'와 같은 그의 이미지는 민주주의로의 발전에 장애가 되었고, 물레를 잣는 '마을 공화국'을 지향한 그의 과거 회귀적인 주장은 산업 발전의 걸림돌이라는 비판도 만만치 않게 받았다. 그의 소박한 삶을 유지하는 데 오히려 비용이 많이 들었다는 것도 소수만 아는 비밀이다. 예를 들면, 그의 검소함을 대변하는 얇은 목면 옷은 오히려 손이 많이 가는 비싼 의류였다.

영웅은 난세에 난다고 했던가. 마하트마는 인도 대중이 만든 '스타'였다. 대중문화나 스포츠의 슈퍼스타 뒤에 열정적으로 따라다니는 오빠부대가 있듯이 '팬'이 따르지 않는 스타는 존재할 수가 없다. 간디도 마찬가지였다. 그를 본 적도, 어떤 인물인지도 모르는 수백만의 사람들이 간디의 이름으로 한데 뭉쳐 싸웠다. 멀리 있는 지도자의 이미지는 대중 각자의 가슴에 아전인수식으로 해석되어 자리를 잡았고, '간디의 명령'이라면 수만 명이 운동에 참여하여 움직였다.

언젠가는 동부 아삼 지방의 홍차 플랜테이션에서 일하던 8,000여 명이 '간디 만세!'를 외치며 짐을 싸기도 했다. 전체 노동자의 절반이 넘는 숫자였다. 그들은 간디가 땅을 분배해준다는 소문을 믿고 고향으로 가기 위해 농장을 나섰다. 발 없는 말이 천 리를 가고 아니 땐 굴뚝에 연기가 나는 법. 간디에게 나누어줄 땅이 어디 있는가? 독립을 한 지금도 그의 후예들이 고달플진대.

대중을 무한정 동원할 수 있는 마하트마의 능력은 그들을 통제하는 데도 같은 위력을 발휘했다. 대중의 잠재적 폭력성이 선을 넘으면 언제든지 간디의 '비폭력'이라는 카드가 등장했다. 좌파 인사들은 그런 간디를 폭력 혁명의 가능성을 차단한 '인도 혁명의 요나'라고 몰아붙이면서 '부르주아의 마스코트'라고 부르기도 했다.

자, 이야기를 바꾸어 끝을 맺자. 당연한 일이지만 남자 스타에게는 여성 팬이 압도적으로 많다. 간디의 경우도 마찬가지였다. 그는 여성에 대한 억압과 폭력을 공격하고 여성을 독립 운동의 전선으로 이끈 선구자였다. 그의 주변에는 그를 흠모하는 여성 팬들이 모여들었다. 간디의 모습은 모성을 자극하지 않는가?

수많은 여성 추종자들 중에서 유독 간디의 사진에 자주 등장하는 영국 여성이 있다. 그녀는 로맹 롤랑이 쓴 《마하트마 간디》에 감명을 받고 간디를 찾아 인도로 건너온 매들린 슬레이드. 인도에서 미라 벤(누이)으로 불린 그녀는 영국 해군 제독의 딸이었다. 삼십대 초반에 인도에 정착한 미라는 24년 동안 간디와 친밀한 관계를 유지했다. "미라, 지금 당신 생각을 하고 있다오. 당신이 그립

소." 간디가 미라에게 보낸 편지에는 연정에 가까운 감정이 묻어났다. 그러나 금욕을 선언한 간디에게 미라는 '가까이 하기엔 너무 먼 당신'이었다.

간디가 죽은 후에도 10여 년 더 인도에 머무른 미라는 1958년 영원히 인도를 떠나 스위스로 갔다. 나중에 슬레이드는 간디에 대한 기억조차 없다고 매정하게 과거를 잘랐다. 사랑도 허망하고 삶도 허망하였다.

20세기에 인도가 배출한 세계적인 인물, 간디. 그는 위대한 마하트마였지만 동시에 인간적인 약점도 많은 인물이었다. 지도자를 숭배하는 인도의 전통이 아니었다면 마하트마의 탄생은 불가능했을지도 모른다. 오늘, 우리에게는 어떤 영웅이 필요한가?

원수를 사랑하다

내 박사 학위 논문을 지도한 교수는 영국 케임브리지 대학에서 공부를 한 분이다. 그녀의 남편은 인도 연방정부의 차관을 지냈고 정년퇴직 후에 역시 케임브리지 대학교에서 박사 학위를 받았다. 그 교수는 전형적인 인도 미인인 두 딸을 두었는데 각각 케임브리지와 옥스퍼드에서 석·박사 학위를 받았다. 두 딸은 모두 저명한 장학금을 받아서 신문에 보도되기도 했다.

그 교수 댁을 방문하면 마치 영국인 가정에 와 있는 느낌이 들곤 했다. 가구 배치는 물론 전반적인 집 안의 분위기가 보통의 인도 가정과는 달랐다. 가족 구성원의 자유주의적인 생각과 태도도 다분히 영국적이었다. 20여 년 넘게 그 가족과 함께 살면서 집안일을 돌보는 중년의 남자는 마치 영화 〈남아 있는 나날들〉에 나오는 영국인 집사처럼 단정하게 옷을 차려입고 집 안을 주름잡았다.

간디와 네루는 세계가 인정하고 보증하는 인도의 대표적 독립 운동가였다. 그런데 두 사람은 영국에 유학하여 변호사가 되었고, 영어로 자서전을 쓸 정도로 영어에 능통했다. 영국 총독과 웃으면서 악수하고 차도 마시고 밥도 먹었다. 두 사람 모두 자신의 정체성을 '동양과 서양의 혼합체'라고 고백했다. 그러면서 두 사람은 인도의 독립 운동을 이끌었다. 그들이 친영파나 개량주의자로 몰리지 않은 게 이상하지 않은가?

영국의 작가이자 저널리스트인 맬컴 머거리지는 인도인을 가리켜 "살아 있는 마지막 영국인"이라고 했다. 인도 연방공화국의 초대 총리 네루에게는 '인도를 통치한 마지막 영국인'이라는 수식어가 붙었다. 사실 서구화된 도시의 엘리트층은 내 지도교수처럼 아직도 영국식 생활 방식을 유지하고 있다. 영국의 잔재를 청산해야 한다는 개인적인 스트레스도 사회적인 눈총도 없다.

사실 내 존재의 일부를 부정하고 그것에 적대감을 가지기는 어렵다. 내 지도교수의 가족이 영국을 향해 삿대질을 할 수 없는 건 그 때문일 것이다. 그들처럼 영국을 대하는 인도인의 태도에는 사랑과 미움의 감정이 복잡하게 섞여 있다. 세월이 가면 미운 감정은 잊히지만 사랑은 남는다. 인도인의 가슴에 자리 잡은 영국에 대한 감정도 그런 것일까?

식민 지배자와 피지배자의 과거를 가진 국가 간에 존재하는 이러한 관계는 전 세계에서 유일무이할 것이다. 지배자와 피지배자의 관계는 필연적으로 미움을 낳는 법이고 더욱이 피지배자는 복수의 칼을 갈고닦기 마련이니까. 우리나라와 일본, 인도차이나와 프랑스, 인도네시아와 네덜란드의 관계를 보면 인도의 유별성이 더욱 분명해진다. 특히 우리의 총체적인 반일감정을 대입해보면 인도인의 태도는 아예 비상식적으로 보일 정도다.

그대는 '영국의 식민 통치가 온건했으니까'라고 말하고 싶은가? 그러나 고통은 다른 사람과 비교해서 머리로 느끼는 것이 아니다. '마지막 영국인 통치자'라고 불린 네루는 9년, 지극히 인도적 분위기의 비폭력주의자 간디는 8년을 감옥에서 보냈다. 물론 맞고 발로 차이는 등 온갖 모욕을 당하면서 말이다. 1930년대 초반 불복종 운동이 전개된 직후에는 한꺼번에 6만 명의 시민이 투옥된 적

• 뉴델리에 있는 인도의 문. 영국을 위해 싸우다 숨진 인도 군인들의 이름이 새겨져 있다

도 있었다. 소설 《암굴왕》에 나오는 것처럼 인도양의 고도(孤島)에 세운 감옥에 독립투사를 수용한 사람들도 세련된 '영국 신사'였다.

영국의 통치가 온건하지도 않았고 결코 인도에게 '은혜'와 '축복'이 아니었다는 점은 이 외에도 얼마든지 예증이 가능하다. 그 대표적인 것이 기근이다. 영국이 인도에 오기 전에는 대기근에 관한 기록이 한 번도 보이지 않았다. 그러나 영국이 발을 디딘 이후 기근은 종종 찾아왔고, 1943년 벵골 지방에서는 약 200만 명이 굶어 죽었다. 인도의 부가 해외로 유출된 게 주요 원인이었다. 1930년에 영국이 해외에 투자한 자본의 4분의 1은 인도에 투입되었다. 물론 인도에서 근무한 영국 관리들의 봉급과 연금 지급은 처음부터 인도가 떠안은 식민지의 몫이었다. 영국은 참깨를 쥐어짜듯 인도를 쥐어짜서 이득을 챙겼다.

영국이 자신들의 통치를 정당화하기 위해 세운 계획도시 뉴델리에 있는 '인도의 문'에는 1차 대전에서 영국을 위해 싸우다 숨진 8만여 인도 청년들의 이름이 새겨져 있다. 그뿐인가. 2차 대전 기간에도 인도군은 지배국 영국을 돕기 위해 '피와 땀'을 흘렸다. 인도군은 전쟁이 발발하기 직전 20여만 명이었으나 전쟁이 끝난 1945년에는 그 열 배가 넘는 220여만 명으로 불어났다. 전쟁 기간 동안 소요된 영국의 국방비 절반은 인도가 떠맡았다.

이러한 사실에도 불구하고 인도가 영국을 미워하지 않는 이유는 영국 통치의 긍정적인 영향을 인정하기 때문이다. 엄청난 인구를 이끌고 민주주의를 실천하는 인도는 영국에 모종의 빚을 졌다고 간주한다. 영국이 도입한 의회 제도, 철도, 교육 제도를 고맙게 생각하고, 법과 질서를 유지하고 산업 발전의 기반을 다진 것에도 좋은 점수를 준다. 각종 제도와 정책을 도입한 식민 정부의 목적이 순수하지 않았을 거라는 사실을 잘 알지만 결과적으로 인도의 근대화에 기여했다고 인정하는 것이다. 영어와 영국에 대한 반대 운동이 인도를 통합시켰다는 사실도 빠뜨리지 않는다.

어떤 사람들은 인도인의 이 어정쩡한 태도를 '영국 제국주의가 뿌린 독이 서서히 퍼져서 그 해악을 실감하지 못하기 때문'이라고 설명한다. 영국이 인도와 인연(악연?)을 맺은 것은 동인도 회사가 인도에 발을 디딘 1600년이었다. 평화롭게, 수동적인 저자세로 무역에만 종사하던 영국은 1757년에야 동부 지방에 정치적 입지를 확보했다. 갖은 음모와 술수를 동원하여 세를 불리고 늘린 영국이 인도에서 떠난 것은 그로부터 약 200년이 흐른 1947년. 긴 세월이었다.

위 주장을 다르게 해석해보자. 독이란 원래 재빠른 효과를 기대하며 쓰는 것이다. 두 세기나 썼지만 별 볼일 없는 독이 어찌 독이겠는가. 사실 인도에서 영국의 존재는 수적으로 취약했다. 1931년, 인도에 거주한 영국인은 겨우 16만 8,000여 명이었고 그 중 6만여 명이 군인이었다. 이런 상황에서 인도인의 협력 없이 식민 통치는 불가능했다. 영국이 꽂은 식민주의 독침은 협력자인 소수를 대상으로 날아갔다. 그러나 다름 아닌 그 계층, 즉 서구화된 협력자들이 바로 반영 운동의 주축이 되었다. 예나 지금이나 발등은 늘 믿는 도끼에게 찍히는 법이다.

340개의 방이 딸린 영국 총독의 관저에는 현재 인도 대통령이 살고 있다. 꽃이 만발한 2월, 대통령궁의 무굴 양식 정원은 보름 동안 국민들에게 화사한 모습을 공개한다. 아름다운 정원의 풍취와 향기를 함께 즐기기 위해서다. 마지막 총독이 거주하던 당시 관저의 정원사가 무려 418명이었다는 사실을 아는가? 정원의 새를 쫓는 아이들만 50명이었다니 인도에서 누린 영국인의 호사를 짐작할 만하다.

그래도 삶을 달관한 인도인은 총독 관저, 국회의사당, 정부 청사 등 영국인이 세운 건물 어느 하나도 부수지 않았다. 빅토리아 여왕 기념관도, 영국 총독이나 그 부인의 이름을 딴 여러 학교와 대학의 간판도 그대로 고스란히 걸려 있다.

극과 극이 통하듯 절대 부정은 절대 긍정과 통한다. 사력을 다해 과거 청산을 부르짖는 것은 부끄러운 과거를 떨치지 못하는 자신을 '눈 가리고 아웅' 하는 것이다. 200년이나 존재한 영국을 부정하는 것은 결국 인도의 과거, 인도의 뿌리

• 콜카타 국립박물관에 있는 빅토리아 여왕 전신상. 빅토리아는 인도 제국의 황제로 불렸으며 콜카타에는 빅토리아 기념관도 있다

● 뭄바이의 영국 식민지 시대 건물(위)
●● 영국에서 전해진 스포츠인 크리켓은
인도에서 최고의 인기를 누리고 있다(아래)

를 부정하는 것인지도 모른다. 그것은 역사 세우기가 아니라 역사 파묻기라는 결과를 낳는 것이다. 내 안의 천사나 악마도 결국은 나 자신의 일부이고, 찬란하게 빛나는 역사도 암울한 오욕의 역사도 모두 내 경험의 한 장을 이루는 것. 인도의 역사는 그렇게 지속되었다.

자, 맛있는 이야기로 끝을 맺자. 해방된 지 60년인 오늘날, 인도는 옛 지배자 영국인들의 입맛을 지배하고 있다. 영국의 방방곡곡에 퍼져 있는 인도 식당은 1997년에 약 8,000개. 런던에 있는 인도 식당만도 3,800여 개로 인도의 수도 델리와 뭄바이에 있는 식당을 합친 것보다도 더 많다. 식당을 안내하는 지도까지 나와서 방황하는 영국인의 입맛을 인도하고 있다.

햄버거와 콜라 등 다른 나라의 입맛에는 냉정한 인도가 은근슬쩍 인도 음식의 세계화를 추진하고 있는 것이다. 영국인의 70퍼센트가 적어도 한 달에 한 번씩은 인도 식당에서 커리를 맛본다니 놀랍다. 메이저 전 총리도 인도 식당의 단골 리스트에 올라 있다고 한다. 슈퍼마켓에서 팔리는 포장된 인도 음식도 상당한 양에 이른다니 이제 영국이 셰익스피어를 인도 음식과 바꾸겠다고 나설 날도 머지않은 걸까.

  정복과 지배에는 여러 측면이 있다. 그리고 역사는 돌고 돈다.

가난과 부, 번영과 재앙,

병과 죽음, 결혼과 농사, 자연재해 등

삶의 모든 영역이 신의 영향을 받는다고 믿는 인도인은

태어날 때부터 죽을 때까지 각종 의식과 의례 속에서 살아간다.

3. 신들의 나라, 인간의 나라

구원을 파는 슈퍼마켓

어떤 인도인은 이렇게 말했다. 강대국 미국은 코카콜라와 IBM을 수출하지만 제3세계 인도는 구원과 평화를 수출한다고. 거기에 숨은 뜻은 분명하다. 미국은 물질주의의 천국이지만 실은 물질주의의 지옥이고, 인도는 정신주의의 요람이자 끝이라는 대안주의적 성격으로서의 인도에 대한 자랑이다.

인도의 이미지를 형성한 가장 중요한 요소는 이처럼 종교 사상이다. 아득하게는 중국의 법현과 현장, 우리나라의 혜초 스님으로부터 지금 이 순간 어느 낯선 거리의 여인숙 창 너머로 거리와 사람들을 내다보며 삶의 허망함을 되짚을 젊은이에 이르기까지 인도에는 늘 이방인의 발길이 끊이지 않는다.

인도는 반만 년의 역사를 자랑하지만 한 번도 다른 나라를 침입한 적이 없는 평화의 나라이다. 힌두교, 불교, 자이나교, 시크교 등 수많은 종교가 일어났지만 바다 건너나 히말라야 너머로 선교사를 보낸 경험도 없다. 그런 인도가 지금은 큰소리치며 정신과 영혼을 외국에 수출하고 있는 것이다.

적어도 《배꼽》을 쓴 라즈니시는 기억할 것이다. 그와 같은 인도의 구루(정신적 지도자)들은 오늘날 영혼이 시린 서양인을 위해 힌두교를 팔고 있다. 그들이 차린 구원을 파는 슈퍼마켓에는 먹기 쉽게 피자 조각처럼 잘 포장된 신, 사랑,

요가, 명상(禪), 채식주의가 가지런히 놓여 있다. 돈을 내고 집기만 하면 곧 그대의 것이 될 듯이.

인도의 구루들은 정신이 '헝그리'한 물질주의자에게 물질을 받고 그 대가로 구원을 판다. 수백만 외국인 신도를 포함하여 무려 5,000만 명의 신도를 거느린 곱슬머리의 살아 있는 신, 사이 바바를 보자. 비행기 활주로까지 갖춘 인도 남부의 그의 왕국은 3조 7,000억 원의 재산을 소유하고 있다.

비틀즈가 방문해서 유명해진 '초월 명상'의 마헤시 요기도 1990년을 기준으로 재산이 2조 4,000억 원으로, 상상을 초월하는 거부이다. 우리나라에서 수백만 권의 책이 팔린 바가반 오쇼 라즈니시는 한때 미국 오리건 주에 있는 그의 에덴에 무려 99대의 롤스로이스를 가지고 있었다. 자가용 제트기를 타고 여행하는 구루 마하라지, 특급 호텔이 울고 갈 만한 훌륭한 아슈람(종교 공동체)을 지닌 '시다요가 운동' 교주도 인도인이다.

인도의 사부님들은 현대의 거친 바다에서 방향 감각을 상실한 사람들의 등대가 되어주고 그 대가를 추수한다. 물질을 받고서 산란한 마음에 평화를 뿌려주는 것이다. 이들은 마치 서로 짜기나 한 듯이 서양의 과학과 사회, 정치 제도를 깎아내리고 정신에 기반을 둔 힌두 문명이 마침내 승리를 거둘 것이라고 목소리를 높인다.

높은 수치를 뽐내는 서양의 이혼율과 범죄율, 알코올 중독, 혼음 등은 인도의 생활 방식이 우월함을 반증하는 좋은 자료이다. 영혼의 스승들은 추종자들에게 물질주의를 포기하고 정신적인 생활을 추구하라고 선언한다. 그래서 돈은 많지만 마음이 불안한 할리우드의 스타들도 인도의 사부님을 열렬하게 받든다.

인도는 구루를 존경하고 추앙하는 전통이 있다. 그럼 구루는 누구인가?《베

● 리시케시의 한 구루. 신도들과 갠지스 강가에서 저녁 예배를 보고 있다

단타 사라》를 보면, 구루는 "모든 덕을 이해하는 사람, 지혜의 칼로 악의 가지를 치고 그 뿌리를 뽑는 사람이며 이성의 빛으로 죄의 그림자를 쫓고……신도의 부모와 같고 친구와 적을 차별하지 않으며……황금 보기를 돌같이 하지만 그 상대적인 가치를 이해하는……" 사람이다.

　구루는 우리말로 정신적 안내자, 지도자, 사부라고 해석된다. 원래 셈족 계통의 종교인 기독교, 유대교, 이슬람교는 신으로부터 구원을 받지만, 인도에서 기원된 종교는 모두 자신이 스스로 구원을 이룬다. 그러나 혼자 구원을 얻는 길은 멀고도 험하며 영혼을 이끌어줄 안내인이 필요하다. 여기에 구루의 역할이 있다.

　해외로 수출된 새로운 힌두교는 바쁜 사회, 바쁜 사람을 위해 즉각적인 '인스

턴트 구원'을 약속한다. 멀고 험한 길이 아닌 직행으로 모시는 것이다. '하레 크리슈나! 하레 라마!'를 외치면서 맨발로 춤을 추면 그것으로 끝이다. 이것도 아니고 저것도 아니고, 하라는 것도 하지 말라는 것도 없다. 그냥 구루를 믿고 따르면 족하다. 구루에 대한 맹목적 복종과 헌신이 자기 해방으로서의 구원이라는 원칙과 모순이면 어떤가.

오늘날의 인도 구루들은 불안과 스트레스에 시달리는 신도들에게 위안을 주고 방법을 제시하는 심리치료사이다. 청교도적인 성적 억압을 해방하고 어머니의 약손처럼 지친 심신을 쓰다듬는 그들은 타고난 카리스마와 위압적인 눈빛, 신비감을 더하는 화려한 옷으로 무장하여 신도들에게 경외감을 불러일으킨다. 그러나 구원의 대가로 받는 물질에 집착한 결과 그들의 위신은 때로 땅에 떨어지기도 했다.

'프리섹스'의 메시지를 전하던 오쇼 라즈니시는 폭력과 부패로 미국에서 추방되었다. 인도 푸나로 돌아온 그는 침실에 인공 폭포를 들여놓고 호화롭게 살다가 죽었다. 《아는 것으로부터의 자유》를 쓴 크리슈나무르티는 자신의 추종자의 아내와 맺은 불륜에서 25년이나 자유롭지 못했다. 기적을 창출하는 것으로 유명한 사이 바바는 자신을 암살하려는 음모를 알지 못하고 도난경보기의 힘을 빌려서 목숨을 구했다.

그럼에도 불구하고 아직도 구루를 의심하는 자보다는 믿는 자가 더 많다. 아마도 허약한 사람들에게는 단번에 고통이 마비되는 기적의 진통제가 필요하기 때문일 것이다. 그들이 처방한 진통제로 역경과 절망이 해결되었을 때 그들은 더욱 열렬하게 구루를 추종한다.

인도에 갔으니 인도인이 되어보자며 나도 정신적인 생활을 추구하려고 온갖 폼을 다 잡았다. 히말라야에서 요가와 명상도 해보았고 특정 종교집단을 방문한 적도 있었다. 해외에 수백 개의 지부를 가진 어느 종파는 나를 발판으로 한국에 진출하려는 야무진 꿈도 가졌다. 그러나 나는 무능하고 무심했다. 기대를 거둔 그들은 내게 말했다. "당신네 유명한 무용가도 인도를 좋아했는데……." '네까짓 게 뭘'이라는 의미였다. 그러나 나는 나였다!

인도의 자존심은 정신주의에 기반을 둔다. 그러나 인도가 다른 세계에 미친 정신주의의 영향은 상당히 과장되고 일그러졌다. 할리우드의 내로라하는 스타들이 인도의 구루를 추종한 것도 광고의 효과가 컸다. 서양에서 구루를 따르는 추종자들은 대개 신경이 극도로 예민한 여성과 정신적인 방황을 겪는 사람이 대부분이고, 인도에서는 문맹자들과 미신적인 사람들이 구루의 주요 추종자이다.

한 성인과 창녀가 서로 마주보는 집에 살다가 같은 날 죽었다. 놀랍게도 창녀의 영혼은 천국으로 가고 성자의 영혼은 지옥에 떨어졌다. 저승사자들은 착오가 생긴 것이 아닌가 하고 서로 이야기를 나누었다. 한 저승사자가 그 이유를 설명했다.

"성인은 늘 창녀를 부러워했어. 그 집에서 펼쳐지는 환락에 빠졌던 거야. 들리는 노랫소리와 웃음소리에 마음이 흔들렸지. 그의 모든 감각이 그녀에게 쏠렸어. 기도를 드리러 사원으로 가면서도 두 귀는 여자의 집으로 열려 있었다네. 반대로 창녀는 지옥 같은 곳에 몸을 담고 있지만 늘 성인을 떠올렸어. 성인의 모습과 그 생활을 동경했지. 꽃을 들고 기도를 올리러 사원으로 가는 성자를 보면서 더럽혀진 자신의 몸을 한탄했어."

어쩌면 성자와 매춘부는 종이 한 장 차이인지도 모를 일이다. 보다 중요한 것은 외형이 아니라 내면인지도 알 수 없다. 물질을 대가로 구원을 파는 구루는 정신주의자이고, 돈을 벌기 위해 굴욕을 마다않는 가난한 넝마주이나 인력거꾼은 물질주의자인가? 정녕 그러한가? 그것이 나는 늘 궁금하다!

믿음의 박물관

나는 누구인가?

어디서 왔는가?

어떻게 왔는가?

내 진짜 어머니는 누구인가?

내 아버지는 누구인가?

인도의 유명한 힌두 철학자 상카라챠리아는 위와 같은 다섯 개의 질문을 던졌다. 상카라와 같은 고상한 사람들은 미지의 진리를 찾으려는 욕구로 믿음을 가질 테지만 보통사람들은 미지에 대한 두려움으로 믿음을 갖게 된다. 인도인은 거의 다 종교에 깊이 중독되었으나 그 대다수는 브라만의 경전인 《베다》와 《우파니샤드》를 모르거니와 고상한 힌두 철학에도 무지하다.

그 대신에 보통의 인도인은 자기 주변에 지천으로 널려 있는 대상을 경애하고 숭배한다. 더위, 정글, 몬순 등 험난한 자연에 둘러싸인 그들에게는 기대거나 두려워할 대상이 무궁무진하다. 그러므로 인도인의 믿음은 '더블 플레이'가 아닌 '밀리언 플레이'. 가히 박물관적인 그들의 믿음을 걸고 넘겨 미신이니

지조를 논하고 싶은가?

인도인은 각자 자신의 믿음을 자신의 방식대로 지켜나가고 있다. 아일랜드의 극작가 버나드 쇼는 "각자의 종교를 만들어야 한다"고 설파했다. 구름 저편에서 빛을 발하는 고귀한 신이 미덥지 않다면, 내 주변에서 스스로 나에게 선하고 악한 일을 행할 수 있는 대상을 찾아 숭배하는 것도 현명한 삶의 태도일지 모른다.

인도인은 악으로부터 마을을 수호하고 풍작과 번영을 가져오는 신에게는 경배를 드리고, 가족과 마을에 재앙을 주는 신은 살살 달랜다. 가난과 부, 번영과 재앙, 병과 죽음, 결혼과 농사, 자연재해 등 삶의 모든 영역이 신의 영향을 받는다고 믿는 인도인은 태어날 때부터 죽을 때까지 각종 의식과 의례 속에서 살아간다.

몇 가지 사례를 보자. 북부 지방의 농민들은 대개 힌두 성자 바바 하리다스를 믿는다. 그들은 연못을 파고 청소를 하면서 성자의 영상을 떠올린다. 그를 숭배하는 여성들은 저녁마다 흙으로 만든 등잔에 불을 밝히고 태어난 아이의 첫 번째 머리카락을 바친다. 중요한 의식을 집전할 때는 또 다른 성자 바바 부미안을 먼저 기억하고 숭배를 드린다.

수호신 삐르(성자)를 믿는 무슬림 여성은 힌두 여성들처럼 이마에 빨간 곤지를 찍는데, 결혼하기 전에 그에게 노래를 부르고 숭배를 드리지 않으면 가족에게 불행이 닥친다고 믿는다.

인도인의 소에 대한 숭배는 널리 알려졌다. 그들은 쇠고기를 먹지 않는다. 여러 의식에 쓰이는 우유와 버터를 주는 소는 그 오줌과 똥마저도 소중하게 취급된다. 인도인들에게 쇠똥은 신상을 만드는 재료이자 오염된 것을 정화하는 수단이다. 사실 로마 시대에도 소를 죽이면 사람을 죽인 것과 마찬가지로 처벌을

했으니 인도인만 별난 건 아니다.

열대 인도에는 어디를 가나 뱀이 많고 그래서 피해자도 상당하다. 코브라에 물리면 웬만한 사람은 한순간에 저세상으로 간다. 그래서 뱀이 두려운 사람들은 뱀이 숨어 있는 구멍을 찾아서 숭배하고 우유와 버터와 같은 뱀이 좋아하는 음식을 바친다. 인도인은 집 안에 뱀이 나타나면 죽이지 않고 오히려 먹을 것을 제공한다. 뱀을 숭배하는 힌두 사원은 인도 전역에 퍼져 있다.

이번엔 나무 이야기를 해보자. 이 세상에 존재하는 모든 것은 신성하다. 자라는 것은 더욱 신성하다. 인도인이 나무를 숭배하는 것은 이 때문이다. 인더스 문명에서 그 흔적이 보이는 보리수 숭배는 오늘날까지 지속되고 있다. 열매는 없지만 아름다운 모습과 큰 키를 자랑하는 무화과나무와 툴시도 숭배의 대상이다.

브라만은 뜰에 툴시를 심는다. 그들은 1미터가량 되는 이 풀의 주위를 쇠똥으로 덮고 밤에는 등불을 밝힌다. 이처럼 정성스레 툴시를 관리하는 이유는, 툴시의 가지는 죽은 사람의 머리맡에 두고 잎은 식후에 소화제로 씹는 신성한 식물이기 때문이다.

죄를 씻는 강물, 태양, 달도 숭배하는 신적인 존재이다. 단식하는 여성들은 달이나 해에게 물을 바친 후에야 단식을 멈춘다. 태양신 수리야는 일찍이 베다에 등장하는데, 일곱 마리의 말이 끄는 수레를 타고 지상을 내려다보았다. 따뜻한 햇볕이 내리쬐어야 곡식이 익으니 수리야는 농민들에게 소중한 신으로 여겨졌다.

우리나라에도 점보는 사람들이 많지만 점이라면 역시 인도인이 으뜸이다. 인도의 점성술은 브라만이 철따라 제삿날을 정확하게 측정하려고 별을 관측하며 날을 정하고 모든 길흉을 점친 데서 비롯되었다.

● 소망을 담아 숭배하는 나무. 남부 지방 칸치푸람 힌두 사원에 있다

인도인들은 점에 대해 각별한 믿음을 가지고 있다. 농부들은 언제 씨를 부릴 것인가, 언제 트랙터를 살 것인가를 점을 보고 결정한다. 점쟁이의 조언에 따라 아이의 이름을 짓고 학교에 갈 때를 결정하며 자식의 결혼식 시간과 장소를 가린다. 정치가는 후보 등록을 하기 전에, 영화배우는 출연할 영화를 결정하기 전에, 엔지니어는 다리를 건설하기 전에 기꺼이 점쟁이를 찾는다. 과학자도 실험실이나 연구소의 문을 열기 전에 점쟁이한테서 한수 배운다. 어쨌든 점성술은 천문학의 일종이니 과학과 사촌이다. 이 세상 모든 것에는 반드시 원인과 결과가 있다고 믿는 인도인이 점을 보는 건 당연한 이치일 것이다.

기숙사에 머물던 시절, 아래층에 수상학으로 박사 학위 논문을 쓰는 친구가 있었다. 그녀에게 난생 처음으로 내 손을 보여주었는데, 그저 듣기 좋은 말만 들려주었다. 그에 따르면, 오른손에는 현재의 생에서 겪은 경험이 드러나 있고 왼손에는 전생의 결과, 즉 운명이 적혀 있단다. 수상학이 점성술보다 인간의 자유의지를 더 많이 인정할 뿐 아니라 정확도도 더 높다는 게 그의 주장이었다.

신을 늘 가까이 두고 싶은 인도인들의 바람은 자기 주변의 가까이할 수 있는 대상에 신성을 부여하여 성물(聖物)로 경배하는 행위로 나타난다. 암모나이트의 일종인 살라그라마는 옛날 모든 브라만이 반드시 지니던 성물로 대를 이어 전해졌다.《베다》에는 살라그라마가 없는 브라만의 집은 묘지와 같다고 기술하고 있다. 살라그라마를 닦은 물에 손을 담그면 죄가 씻기고 그 물을 보존하면 집안에 복이 온다고 한다. 네팔의 간다크 강에서 발견되는 이 성물은 비슈누 신의 구현이다.

인도에서는 새와 짐승을 사랑하는 동물 애호가들이 무지무지하게 많다. 때로 인간보다 동물을 더 사랑한다는 느낌이 들 정도다. 아침마다 새에게 모이를

• 인도인은 항상 신을 가까이 두고 싶어 한다. 중부 지방의 한 주민이 동네 어귀의 하누만 상을 마주하고 있다

주기 위해 몇 십 리 길을 마다하지 않는 사람이 부지기수고 곡식을 들고서 개미구멍을 찾아 땅만 보고 걷는 사람도 자주 눈에 띈다.

델리 대학교의 뒤쪽은 정글이다. 그곳에는 수백 마리의 원숭이가 살고 있고 도시의 정글에 갇힌 배고픈 원숭이를 위해 사람들이 먹을 것을 들고 찾아온다. 인간과 유사한 원숭이를 신으로 받드는 사원은 인도 어디를 가도 쉽사리 볼 수 있다. 긴 꼬리를 가진 원숭이 신 '하누만'은 무공해 자연식품만 먹기 때문에 숭배자들은 바나나, 밥, 과일 등을 가지고 오는데, 그를 숭배하면 모든 악을 물리친다고 한다.

동물 이야기를 좀 더 해보자. 힌두 신화에 맨 처음 등장하는 동물은 코끼리이다. 시바 신의 아들로 코끼리 머리를 한 가네샤 신은 올챙이배를 한 장난스러운 모습이다. 불룩 나온 배는 번영을 상징하고 풍작과 결부되며 구름과 친해서 비를 내리게 하는 능력을 가졌다는 행운의 신이다. 큰일을 시작하기 전에 먼저 숭배를 올리는 가네샤 신은 뭄바이를 중심으로 서부 지방에서 인기가 높다.

이 밖에도 지방과 카스트에 따라 다양한 믿음이 존재한다. 이제 힌두교라는 이름으로 인도 전역에서 공통으로 숭배되는 주요 신과 여신을 주마간산 격으로 살펴보자.

수억이라는 수많은 힌두 신 중에서 가장 중요한 3대 신은 창조신 브라흐마,

보존의 신 비슈누, 파괴의 신 시바이다. 4개의 머리와 4개의 팔을 가진 브라흐마는 모든 것을 다 볼 수 있고 인류의 운명을 주관한다. 4개의 《베다》도 브라흐마의 입에서 나왔다고 전해지며, 지식의 여신 사라스와티가 그의 배필이다.

보존의 신 비슈누는 이 세상에 방문할 때의 모습, 즉 환생할 때의 모습으로 나타난다. 그 일곱 번째의 화신이 라마 신이고 여덟 번째 화신이 크리슈나 신이다. 라마와 크리슈나는 각각 대서사시 《라마야나》와 《마하바라타》에 등장하는데 인기 순위 1~2위를 다투는 신들이다. 비슈누의 아홉 번째 화신은 붓다(부처)이다. 환생이 아닌 원래의 모습일 때 비슈누 신의 아내는 연꽃 위에 앉아 있는 부의 여신 락슈미이다.

"람, 람, 람!" 인도에 있을 때 아침마다 어김없이 들려오는 이 소리 때문에 졸린 눈을 비벼야 했다. 그것은 멀지 않은 힌두 사원에서 들려오는 것으로 라마 신을 부르는 소리였다. 신의 이름을 외우면 복을 받고, 라마의 이름을 입에 담은 채 죽는 힌두는 즉각적인 구원을 얻는다고 여겨진다. 마하트마 간디는 암살되면서 라마의 이름을 불렀다. 간디의 마지막 말인 "헤이, 람!"은 델리에 있는 그의 묘소에 새겨져 있다. 간디의 마하트마(위대한 영혼)는 우주에 용해되었으리라.

조지 오웰의 〈교수형〉이라는 단편을 보면 교수형에 처하는 죄수가 죽기 직전에 "람, 람, 람"을 수백 번 반복하는 장면이 나온다. 먼 이국 미얀마에서 이방인 지배자가 갖는 심리적 갈등과 곤경을 그린 작품인데, 영국인 사형 집행관은 나지막하게 반복되는 그 소리에 몹시 긴장한다. 인도인은 놀라거나 급한 상황에서 '앗' 이나 '엄마'를 외치는 대신에 '라마'나 '크리슈나'를 외쳐대 나를 놀라게 했다.

삼지창을 든 시바는 삶과 죽음, 생성과 파괴, 선과 악의 이중적인 역할을 맡는다. 인더스 유적에서 발견된 인장에 시바의 원형이 새겨져 있으니 시바는 수천 년 동안 숭배를 받은 셈이다. 특히 남부 지방에서 널리 숭배되는 시바는 춤추는 형상인데, 치담바람 사원에는 삶과 죽음의 춤을 추는 시바의 백 가지 춤 동작이 조각되어 있다.

인도의 모든 마을에는 힌두 사원이 적어도 하나씩은 있다. 아니, 바꿔 말하자. 마을에 사원이 하나도 없다면 사람들이 어떻게 불행을 감당하겠는가? 어떻게든 위안을 받고 마음의 평화를 찾아야 하지 않겠는가. 불행한 자, 고통 받는 자, 가족을 잃은 자 들에게 믿음은 초자연적인 위안을 제공하고 스트레스를 줄여준다. 숨겨진 소망마다 감춰진 걱정마다 신과 신화가 연결되고 그래서 사람들은 거친 삶의 바다에서 살아남는다.

나폴레옹은 "종교는 가난한 자가 부자를 살해하는 걸 막아준다"라고 말했다. 기댈 수 있는 신이 없다면 그리고 신과의 엄숙한 약속이 없다면 '지존파'나 '막가파'가 인도 여기저기서 나타날지 알 수 없는 일이다. 신분의 불평등과 빈부 격차가 극심하고, 무쌍한 자연의 변화가 인간 존재를 무력하게 만드는 인도에서는 초자연에 대한 희망과 절망에 대한 대안이 더없이 필요하다.

행복은 밖에서 오는 것이 아니고 안에서 오는 것이다. 행복은 물질의 크기와 정비례하지도 않는다. 수많은 신이 내 편이고 눈에 띄는 것마다 위안거리인 인도인의 마음이 평화로운 건 지극히 당연하지 않은가.

종교의 백과사전

다음은 영국 주재 인도 대사관에 근무했던 어느 일등 서기관의 경험담이다.

그는 어느 날 세계 테니스계를 석권한 바 있는 유명한 여자 테니스 선수의 집에 초대를 받았다. 이런저런 이야기를 나누던 주인은 갑자기 정색을 하고 서기관에게 물었다.

"종교를 갖고 계세요?"

"한번 맞혀보시죠."

"물론 기독교인은 아니죠?"

"예."

"유대인도 아니고……음, 불교도군요?"

"아니지만 점점 가까워지는데요."

"아, 알았다! 무슬림이군요?"

"아니요, 하지만 이번에는 정말로 맞힐 것 같네요."

"아, 힌두요?"

"드디어 맞혔습니다. 제 종교는 힌두교랍니다."

그러자 테니스 선수는 뒤에 앉은 여자 아이를 돌아보며 말했다.

"거봐. 내가 뭐라던. 저 사람은 이슬람을 믿는 힌두라니까."

이번에는 내가 TV를 보며 실소를 금치 못한 이야기를 소개한다. 1991년, 라지브 간디 전 총리가 암살을 당했을 때 그의 다비식 장면이 KBS 9시 뉴스에 나왔다. 화장이 한창 진행되는 모습을 보며 남다른 감회에 젖어 있던 나는 순간 피식 웃지 않을 수 없었다. '회교도 장례식'이라는 자막이 나왔기 때문이다. 힌두교는 화장을 하고 회교는 무덤을 만든다는 상식을 우리의 공영방송은 보기 좋게 파괴했다.

하긴 영국의 테니스 선수나 우리의 KBS가 헷갈린 것도 무리는 아니다. 인도의 종교 역시 천의 얼굴을 갖고 있기 때문이다. 힌두교가 다수를 차지하지만 이슬람교, 기독교, 시크교, 불교, 자이나교 등 다양한 소수 종교가 함께 모여 사는 곳이 인도다. 이 책에서도 다양한 인도 종교를 소개하고 있지만, 여기서는 다른 곳에서 다루어지지 않는 몇 가지 종교를 간단히 살펴보자.

"서울서 김 서방 찾기"란 말이 있다. 델리 공항에 내린 한 미국인이 "델리에서 택시를 운전하는 미스터 싱Singh"을 찾았다. "접니다." 미국인은 그 미스터 싱을 따라 안심하고 관광을 즐겼다. 그러나 친절한 미스터 싱이 맨 나중에 준 선물은 바가지. '아니, 사람 좋은 정직한 운전사라던데……' 그제야 미국인은 델리에서 택시를 모는 수많은 '미스터 싱'이 있다는 걸 알았다. 때는 늦었지만. 북부 지방에서 '미스터 싱'을 불러보라. 서울에서 "사장님!" 했을 때처럼 수많은 사람들이 뒤를 돌아볼 것이다.

힌두는 외모만 보고 판단하기 어렵지만, 시크교를 따르는 시크들은 한눈에 구별이 된다. "신체발부 수지부모"라 했던가? 시크들은 수염이나 머리카락을

● 머리를 자르지 않고 터번으로 감싼 시크 아이들이 암리차르 '황금사원'에서 놀고 있다

절대로 깎지 않는 장발계의 대부이다. 긴 머리를 상투처럼 틀어서 큰 터번으로 감싼다. 1,500만 명이 넘는 그들의 성은 모두 '싱'이다. 결혼한 여자는 '미세스 싱'이 아니라 모두 '카우르kaur'가 된다.

구루 나낙(1469~1539)이 세운 시크교는 힌두교와 이슬람교의 장점을 따서 만든 종교로서 유일신을 믿고 우상 숭배를 하지 않는다. 힌두처럼 사람이 죽으면 화장을 하지만 카스트를 거부하고 갠지스 강을 순례하지도 않는다. 모두 같은 성을 갖는 것도 카스트의 구분이 없다는 뜻이다.

시크는 근면하기 때문에 거지가 없다. 《시크교 윤리와 자본주의 정신》이라는 책이라도 나와야 할 정도다. 인도에서 눈에 띄는 그 많은 거지들은 대개 힌두나

무슬림이다. 시크가 다수인 펀자브 주의 연평균 주민 소득은 전체 인도 평균 소득의 두 배나 된다. 시크의 비율은 인구의 2퍼센트 정도지만 이들이 인도에서 차지하는 부의 비율은 십 퍼센트가 훨씬 넘는다. 시크는 농업뿐 아니라 기계공작과 다른 사업에도 뛰어난 재능을 보이는데, 부를 축적한 그들은 인도 사회에서 막강한 구매력을 과시하는 신흥 부자이다.

한동안 펀자브 지방은 시크의 분리주의 운동으로 테러와 공포의 장이었다. 수많은 희생이 따랐고 그 와중에서 인디라 간디 총리가 목숨을 잃었다. 지금은 물론 외국인의 출입도 허용되고 평온을 되찾아 활기가 넘친다. 최근에는 외국으로의 이민이 늘어서 인구가 감소하고 있다.

인도에 갔다가 돈 떨어지고 담배꽁초까지 떨어지면 시크 사원(구루드하라)을 찾아가시라. 관용과 사랑을 실천하는 시크 사원에서는 거저 먹여주고 재워주니 공짜를 좋아하는 사람들이 찾아갈 만하다. 나도 델리에 있는 사원에서 공짜 밥을 먹어보았는데, 공짜는 역시 맛이 달랐다.

시크 못지않게 돈 버는 능력이 뛰어난 사람들이 있다. 예언자 차라투스트라를 따르는 그들은 8세기에 이슬람교의 박해를 피해 페르시아에서 아라비아 해를 건너 인도 서해안으로 도망친 배화교도(조로아스터교도)의 후예들이다.

당시 이미 인구가 초만원인 구자라트의 왕은 이들의 왕림이 전혀 탐탁지 않았다. 어떻게 왕의 마음을 움직일 것인가? 고민하던 배화교도들은 구자라트 사람들이 즐겨 마시는 우유 한 잔을 들고 알현을 청했다. 그 중 한 명이 우유가 가득 담긴 잔에 금화 한 닢을 조심스레 집어넣었다. 한 방울의 우유도 흘러넘치지

● 자이푸르 왕궁의 관리인. 힌두 라지푸트의 상징인 터번을 썼다. 라지푸트도 시크처럼 터번을 두르지만 머리를 기르지는 않는다

신들의 나라, 인간의 나라 117

않았다. 그들이 들어와도 인구 많은 구자라트가 넘치지 않을 거라는 은유의 정성스러운 마술에 좋은 인상을 받은 왕은 그들의 거주를 허용했고 인도에서 파르시라고 불리는 배화교도의 역사가 시작되었다.

서부 지방에 정착한 파르시는 현재 인도에서 가장 부유하고 교육열이 높은 집단이다. 특히 인도 경제계의 거물 중에는 이 집단 출신이 꽤 많다. 인도 최대의 기업군인 타타 그룹도 파르시인 타타 일가가 세우고 키웠다. 파르시는 세월이 가면서 다른 종교 집단과 통혼을 많이 한 결과 이제 인구가 8만여 명에 불과하여 '멸종'을 걱정할 정도가 되었다.

환경 보호가 지상과제인 요즘 파르시의 시체 처리 방식이 높은 점수를 받을지도 모르겠다. 파르시는 지구의 오염을 피하기 위해 '침묵의 탑' 꼭대기에 있는 철판 위에 발가벗긴 시체를 올려놓아 야자나무 위에서 졸던 독수리 떼가 날아와 며칠간 포식을 하게 한다. 시체를 새에게 먹이는 조장(鳥葬)의 풍습은 지금도 대도시 뭄바이에서 시행되고 있다.

한편 인도 기독교의 역사는 서양에 뒤지지 않을 정도로 오래되었다. 일찍이 기원후 54년에 예수의 제자인 성 토마스가 남부 케랄라 지방에 왔다고 전해진다. 지리상의 발견 이후 남미를 정복한 포르투갈인은 바스코 다가마의 길을 따라 인도 서해안에 도착했다. 이들은 양념 장사를 하며 기독교(가톨릭)를 전파하고 인도인과 섞여 살았다.

'동양의 사도' 성 사비에르의 유해가 남아 있는 고아 지방에는 페르난데스, 세르반테스 등 이베리아 스타일의 이름과 그에 걸맞은 외모를 가진, 포르투갈인과 인도 여인 사이에서 난 혼혈이 많아 이국적이다. 이곳 여인들은 사리보다 스커트를 많이 입고 생활 방식도 다른 지방과 달리 자유롭다.

기독교는 인도에서 그다지 성공을 거두지 못했다. 개종자의 수만 보아도 그렇다. 초기에는 케랄라 지방의 상층 계급이 기독교로 개종했지만 그들은 '그들만의 리그'를 가진 배타적인 집단이 되었다. 기독교 개종자의 다수는 힌두 방식의 생활을 거의 버리지 않은 낮은 계층의 불가촉민이었다. 미조람이나 나갈랜드와 같은 동부의 일부 부족 지방은 선교사의 활약으로 기독교인이 인구의 다수이다. 케랄라는 인구의 4분의 1, 고아는 3분의 1가량이 기독교인이다.

인도에서는 수많은 종교가 생성, 도입, 발전, 통합, 소멸을 거듭해왔다. 오늘도 한쪽에서 새로운 믿음이 싹트고 또 한편에선 다른 믿음이 시들고 있다. 이렇듯 다양한 종교들은 그 나름의 독자적 성격을 지니지만, 아울러 인도적인 특성도 갖고 있다. 인도에서 기원한 불교와 자이나교는 이제 힌두교의 한 종파처럼 보인다. 시크교도 마찬가지다. 시기와 질투가 없지는 않지만 외국에서 온 이슬람교, 기독교, 배화교도 인도의 환경 속에 인도적인 모습으로 자리를 잡았다.

기독교인과 불교도는 물론 파르시 여인들도 힌두 여인처럼 주로 사리를 입는다. 주고받는 인사도 '헬로!'가 아니라 두 손을 합장하는 '나마스테'다. 이렇듯 독특하게 변형된 종교의 모습은 '다양성 속에 깃든 통일성'이라는 인도의 특성을 잘 보여준다.

인도라는 땅과 그 분위기는 무언가 정신적인 영감을 불러일으킨다. 그대도 한나절만 인도를 돌아보면 '사는 것이 다 뭐라고?' 하는 개똥철학자가 될지 모른다. 한번 그렇게 빠져드는 것도 좋을 것이다. 그리고 다시 일상의 무대로 돌아와서 그대의 몫을 연출하면 되는 것이다.

무소속은 힌두

"신을 믿습니까?"

"나는 신자가 아닙니다. 그렇다고 무신론자도 아니지요. 그냥 어딘가에 앉아서 기도하고 싶은 생각이 없을 뿐입니다."

유명한 환경론자 메다 파트카르는 한 인터뷰에서 이렇게 대답했다.

한 화가가 북부 인도의 농촌을 여행하다가 산자락에 있는 오두막을 발견했다. 가까이 가보니 그 안에는 빨간 꿈꿈 가루를 바른 돌멩이가 모셔져 있었다. 화가는 농민이 숭배하는 그 돌을 사진에 담고 싶어서 마당에서 바구니를 엮고 있는 주인에게 '그 돌을 밖으로 내올 수 있느냐'고 물었다. 주인은 흔쾌히 응했다. 사진을 찍은 화가는 돌을 밖으로 꺼내서 혹시 부정을 타지 않았는지 걱정이 되어 물었다. "괜찮아요. 다른 돌을 주워서 꿈꿈을 바르면 되니까요."

남부 지방의 한 마을. 인구 만 명 남짓의 이 마을에서는 해마다 온 마을 사람들이 사흘 동안 여우 사냥을 나간다. 여우를 잡지 못하면 마을에 질병과 불행이 찾아온다고 믿기 때문이다. 마을의 사원에는 금동으로 만든 여우상이 수호신으로 모셔져 있다. 여우에 대한 두려움이 여우를 숭배하도록 만든 것이다.

여우를 잡으면 귀를 뚫어 금으로 만든 장신구를 달아주고 치장을 한다. 화환을 목에 두르고 꼬리에 폭죽을 단 여우는 온 마을 사람들이 지켜보는 가운데 보무당당하게, 사실은 신도들에게 끌려서 사원으로 행진한다. 모든 행사가 끝난 새벽녘, 마침내 풀려난 여우는 '걸음아 나 살려라' 하고 줄행랑을 놓는다.

땅이 척박한 구자라트의 한 마을. 7,000여 명에 이르는 이 마을 사람들은 바르다야니라는 여신에게 우유와 버터를 바친다. 제사에 쓰는 버터의 양이 자그마치 2만 5,000킬로그램. 사람들은 이때 소원을 빌면 대부분이 이루어진다고 믿고 있다. 2,000년이 넘게 계속되어온 이 행사에 바친 엄청난 양의 우유와 버터는 그대로 강으로 흘러간다. 환경이 걱정되나 정부나 경찰도 말릴 수가 없다.

모두 미신처럼 느껴진다고? 독신은 미신만큼 위험하다. 비과학적이라고? 넓은 우주에서 과학이 정확하게 설명할 수 있는 것이 과연 얼마나 되는가? 공식적 분류를 따르면, 앞에서 본 모든 사례는 힌두교에 속한다. 1991년 힌두는 전체 인구의 82.6퍼센트로 압도적 다수였다. 그런데 이는 전체 인구에서 이슬람(11.4퍼센트), 기독교(2.4퍼센트), 시크교(2퍼센트), 불교(0.7퍼센트), 자이나교(0.5퍼센트), 기타 종교(0.4퍼센트)를 믿는 사람을 뺀 인구, 곧 100-(11.4+2.4+2+0.7+0.5+0.4)=82.6퍼센트였다. 분명하게 종교를 대는 사람을 제외한 나머지 인구는 모두 힌두라는 꼬리표가 붙는 것이다.

성경 한 줄 읽지 않고 평생 교회 한 번 나가지 않아도 기독교인이라고 하는가? 알라나 예언자 마호메트를 믿지 않아도 무슬림이 될 수 있는가? 대답은 '아니올시다'. 그러나 인도에서는 죽을 때까지 힌두 사원에 가지 않아도, 힌두의 성서를 몰라도 얼마든지 힌두가 될 수 있다. 믿지 않아도 힌두이고, 믿는 자는 물론 힌두이다.

대다수 인도인은 종교적으로 무소속이라는 나를 아주 이상하게 생각한다. 친구들은 '그래도 뭔가를 믿을 것'이라며 끈질기게 물었다. 인도인은 모두 어떤 형태든지 어떤 방식이든지 반드시 신을 믿기 때문에 '믿는 것은 나 자신'이라고 대답해도 부모님의 믿음까지 따지면서 소속을 알아내려고 애를 썼다.

브라만이라는 표식을 이마에 붙이고 다니는 내 친구 랄리타는 아침마다 테이블 위에 있는 가네샤 신의 사진 앞에 우유와 바나나를 하나씩 올렸다. 또 다른 친구 루파는 벽에 걸어놓은 힌두 성자의 사진에 화환을 걸어놓고 잠자리에 들기 전에 열심히 기도하고 기렸다. 같은 과 친구인 생기타는 원숭이를 위해 식당에서 주는 바나나를 모았다. 이처럼 인도인의 힌두교는 일요일이나 수요일에 기억하는 특별한 의례가 아니라 일상의 한 부분이며 삶의 한 방식이다.

힌두라는 말을 처음으로 쓴 사람들은 무슬림이었다. 인도를 통치한 무슬림 지배자들은 자기들과 구분하여 인도(옛 이름은 힌드)에 사는, 이슬람교를 믿지 않는 사람들을 몽땅 힌두라고 불렀다. 전체 인구－무슬림＝힌두였다. 그 뒤를 이어 인도를 지배한 영국도 무슬림의 독자성을 인정하면서 이슬람교도가 아닌 사람들을 힌두라고 뭉뚱그렸다.

영국의 '분리 통치' 정책이 교묘해지자 힌두교와의 차별화로 소수 종교 집단으로서 이득을 보려는 사람들이 생겨났다. 그러자 인도 민족주의자들은 이슬람

- '신은 우리 편!' 늘 가까이 숭배되는 신. 뭄바이의 채소 가게와 남부 도시 방갈로르의 서점

교, 기독교 등 힌두교와 구별되는 믿음을 가진 사람을 제외한 나머지 인구를 모두 힌두라고 불렀다. 분명하게 종교를 대지 못하는 사람들을 단일체로 간주하여 영국에 대적할 수 있는 통일된 다수의 힘을 과시하려는 의도에서였다.

불교나 기독교, 유대교, 이슬람교, 시크교를 믿는 사람은 자신이 어떤 사람인지 정의하기 쉽다. 그들의 종교는 붓다, 마호메트, 구루 나나크처럼 종교의 창시자나 예언자가 있고 성경, 코란, 그란트사히브와 같은 성서가 존재한다. 십계명처럼 신자를 위한 행동 규범도 있고 잘 조직된 교회도 있다.

반면에 힌두교는 종교의 창시자나 예언자가 없고 자신을 힌두라고 생각하는 사람에게 '하라거나 하지 말라' 는 정확한 가이드라인을 주지 않는다. 힌두교에서 성서로 여기는 《베다》와 고전 《푸라나》를 읽는 힌두나 그 이름이라도 아는 사람은 인구의 5퍼센트도 채 되지 않는다. 힌두교는 일정한 예배의 형식이 없는 자유 그 자체이다.

아마도 힌두교의 강점은 바로 이 '이름 붙이기 어려움' 에 있을 것이다. 힌두교는 삶의 의미와 방식이 다른 수많은 사람들을 모두 망라한다. 무신론자도 힌두, 무슬림 성자의 묘당을 찾는 사람도 힌두이다. 쇠고기를 먹거나 죽은 이를 화장하지 않아도 힌두라고 여긴다. 여우를 숭배하거나 돌을 믿어도 힌두에 포함된다.

이렇듯 이질적이고 잡다한 생활 방식을 모두 인정하는 힌두교는 기원전 1500~500년경에 성립되었다. 중심 사상은 《베다》의 전통을 따르는 브라만 중심의 브라만교이지만, 여기에 북부 인도에 존재하던 다양한 민간신앙이 결합되어 대중을 이끄는 독자적인 종교 이념으로 발전했고, 세월이 가면서 전 인도적인 성격을 지니게 되었다.

힌두교는 폐쇄적이고 배타적인 브라만교의 독선에 반기를 든 프로테스탄트 불교와 자이나교를 수용한 것은 물론이고 오랫동안 한 지방에서 동거를 해온 이방의 종교 이슬람교도 포용한다. 자료를 보면 북부 지방에 사는 대부분의 힌두가 무슬림의 '삐르' 성자를 수호신으로 받들고 있다.

수천 년 동안 무엇이든 받아들인 힌두교에는 헤브라이즘에서 볼 수 있는 '정통'이나 '이단'의 구별이 없다. 존재하는 사람의 수만큼 신이 존재하고 그 수만큼 다양한 믿음을 인정하는 융통성이 바로 힌두교의 생명이요 진리이다. '깨끗한 물에는 고기가 꾀지 않고' '절대 순수는 단종'임을 분명하게 증명하는 종교가 힌두교이다.

지극히 합리적인 그대의 눈에는 그 많은 신의 종류와 숫자가 미개하게 보일지도 모른다. 지조가 없다고 눈을 흘기는 사람도 있을 것이다. 그러나 인간의 타고난 능력의 차이를 믿는 인도인은 신을 섬기고 진리를 깨닫는 능력이나 단계도 사람마다 차이가 날 수밖에 없다고 생각한다. 따라서 본래 신은 하나이지만, 사람의 능력과 수준에 따라 다른 형태로 숭배되는 것이다.

이처럼 천태만상인 힌두교에 한 가지 공통점이 있다면, 그것은 신을 믿고 이승에서 자신의 의무를 다하는 것이다. 다른 사람에 대한 의무를 강조하는 기독교, 유대교, 이슬람교와 달리 힌두교는 자기 자신에 대한 의무를 강조한다. 기독교는 "네 이웃을 사랑하라"고 외치면서 공동체의 발전을 기도하지만 힌두는 자기를 극복하고 평화로운 마음을 추구하는 데 중점을 둔다.

따라서 힌두는 구원이나 해탈도 나 스스로 이룬다고 생각한다. 혼자서 신을 만나고 진리를 찾고 해탈을 추구하는 것이다. 기독교와 이슬람교는 여러 사람이 한데 모여서 떠들썩하게 예배를 드리지만, 힌두는 집이나 사원에서 개별적으로 조용히 신과 대면한다. 따라서 힌두는 다분히 자기도취적이고 이웃과 사회에 대한 관심이 부족하다. 인도가 느리게 여겨지는 이유는 여기에도 있다.

윤회의 사슬 너머

갠지스 강가에 한 성자가 살았다. 어느 날 강가에서 명상을 하던 성자의 손에 무언가 따뜻한 물체가 떨어졌다. 눈을 떠보니 작은 생쥐 한 마리가 바들바들 떨고 있는 게 아닌가? 공중에서 빙빙 도는 솔개가 그만 실수로 떨어뜨린 모양이었다. 성자는 생쥐를 어여삐 여겨 예쁜 여자 아이로 둔갑시켜 집으로 데리고 갔다.

성자의 딸로 무럭무럭 자란 아이는 어느새 시집갈 나이가 되었다. 아내는 사윗감을 구해오라고 날마다 보챘다. 성자는 딸에게 최고의 신랑을 구해주겠노라고 아내에게 약속을 했다. 그는 태양의 신을 불렀다. "나 그대를 사위로 삼으려 하오." 그리고 딸에게 의향을 물었다. "아버지, 너무 뚱뚱하고 얼굴이 빨개서 싫어요. 그보다 좋은 이를 구해주세요."

성자는 태양의 신에게 더 나은 신랑감을 아느냐고 물었다. "성자여! 구름이 나보다 강할 거요. 적어도 내 빛을 가리니까요." 성자는 구름의 신을 불러 딸의 동의를 구했다. "너무 침울해 보여요. 다른 신랑을 찾아보세요." 성자는 구름의 신에게 그보다 나은 신랑감을 추천해달라고 부탁했다. "산이 나보다 낫지요. 내 앞길을 막으니까요."

성자는 구름의 신이 추천한 산을 불렀다. 그러나 딸은 산이 나타나자마자 소

● 한번 이발사는 영원한 이발사, 한번 어부는 영원한 어부. 카스트는 태어나면서 주어지고, 후천적으로 바
꿀 수 없다. 요즘에는 직업을 바꿀 수 있으나 주어진 카스트는 영원하다

리를 질렀다. "아버지, 몸집이 너무 크고 이상해요. 다른 신랑을 구해주세요."
성자는 지치고 짜증이 났지만 사랑하는 딸을 위해서 다시 입을 열었다. "그대보다 나은 신랑감을 아시오?" 산이 대답했다. "쥐는 내 몸뚱이에 언제든 구멍을 낼 수 있답니다. 그것을 보면 나보다 강하다고 할 수 있지요."

성자는 쥐를 불렀다. 쥐를 본 딸은 환성을 질렀다. "아버지, 이분이 바로 제 신랑이에요. 저를 쥐로 바꿔주세요." 성자는 딸의 부탁을 들어주었다. 두 마리의 쥐가 정글로 사라진 후 성자는 발길을 돌렸다. "그래, 본성은 속일 수 없는 것이지." 그의 입가에 미소가 감돌았다.

이 '운명적인 사랑' 이야기는 인도 사회의 불평등을 뒷받침하는 힌두의 세계관을 몇 가지 알려준다. 하나는 "부대 안에 있는 것 이외의 것은 나오지 않는다"는 유대인의 속담처럼 사람은 자기 그릇을 타고난다는 믿음이다. 즉 인간은 타고난 차이가 있고 평등하지 않다는 점이고, 또 하나는 삶은 일회적인 것이 아니라 거듭 태어난다는 것, 곧 윤회 사상이다.

힌두는 죽음의 끝에 또 다른 삶이 이어져 있고 그 삶의 끝에 또 다른 죽음이 있다고 믿는다. 말을 바꾸면 태어난 모든 이에게 죽음이 필연적이듯, 환생은 죽은 모든 이에게 필연적이다. 인도 농촌의 한 여인은 "죽음은 어머니의 한쪽 가슴에서 다른 쪽 가슴으로 옮겨가는 것"이라고 말했다. 젖을 빨던 아이는 한순간 어머니의 가슴을 뺏긴 느낌을 갖지만 곧 다른 가슴에 매달리게 된다. 윤회도 그와 같다.

윤회란 죽음과 환생의 끝없는 순환이다. 힌두의 성서는 윤회를 영혼의 길고 긴 여행이라고 설명한다. 이 여행은 이승의 삶에 의해 결정된다. 착한 일을 한

자는 인간으로 태어나고 마음과 행실이 바르지 않은 사람은 벌레나 새가 된다. 따라서 현재의 삶을 보면 전생이 어떠했는지 알 수가 있고, 또한 현재의 삶은 내세의 청사진과 같다.

이 단순한 산수에 따르면, 일단 저질러진 인간의 행동은 그 누구도 어쩔 도리가 없다. 물체가 구부러지면 그 그림자도 구부러지고, 원인은 반드시 결과를 수반한다. 이것은 부모도 사랑하는 애인도 도와줄 수 없는 오직 나 자신의 문제이며 "뿌린 대로 거두리라"는 성경의 말씀과 비슷하다. 다만 그 거둠은 천국이나 지옥이 아닌 다음 생에 이루어진다.

이것이 바로 카르마(業)이다. 카르마는 힌두 사회의 수많은 불평등을 정당화하는 개념이다. 천하게 태어나 한평생 청소부로 살아가는 불가촉민은 묵묵히 '전생에 내가 저지른 잘못의 대가를 치르고 있는 걸 거야. 뭔가 끔찍한 일을 한 것이 분명해' 라고 생각한다. 브라만과 부자는 그들의 잘난 카르마를 당연하게 여기고, 아픈 사람과 가난한 빈민가 사내는 자신의 본성을 인정하고 현재의 상태를 필연적인 것으로 받아들인다.

그렇다면 그들에게 희망은 없는 것인가? 한번 청소부면 영원한 청소부인가? 머리가 나빠 지지리도 고생하는 학생은 내세에도 그 다음 생에도 계속 머리가 나쁘다고 괄시를 받아야 하는가?

사람은 약하지만 동시에 아주 영악하다. 오늘보다 나은 내일에 대한 희망의 약속이 없다면 누가 윤회를 믿겠는가? 그러므로 윤회 사상은 그 누구도 어쩔 수 없는 타고난 본성과 더불어 개인의 노력과 자유의지를 인정한다. 나름대로 약간의 처방전을 마련한 것이다.

윤회 사상은 이 세상에서 자기에게 주어진 의무(다르마)를 다하면 카르마가 좋아진다고 유혹한다. 의무를 다하는 불가촉민은 브라만은 될 수 없으나 적어도 지금보다 나은 불가촉민으로 환생할 수 있다는 논리다. 다르마란 개인이 속한 문화와 살고 있는 시간 그리고 인생의 매 단계에 달렸다. 즉 한 개인이 가족, 친족, 카스트 구성원으로서 가지는 특별한 '자리'에 대한 의무와 책임을 말한다.

쉽게 말하면 청소부로 태어난 사람이 아무 불평 없이 최선의 청소부가 되는 것, 그것이 자신의 다르마를 따르는 것이다. 군인은 군인으로서 의무를 다하고 장사꾼은 정치에 곁눈질하지 않고 열심히 돈을 벌어야 한다. 강도질이 주업인 털기 집단은 훌륭하게 강도질을 해야 한다!

다르마는 생의 단계에 따라서도 다르다. 학생은 공부가 최선이고 한 집안의 가장은 '집을 짓고 나무를 심고 아들을 낳는' 가장의 의무와 책임을 다하는 것이 최선의 다르마를 수행하는 것이다. 나이 든 이의 다르마는 세상의 물욕과 육체적 욕망에서의 은퇴이다.

이처럼 힌두의 세계관은 전생의 결산서와 현생의 법칙 다르마를 결합시켜 한 개인의 정체성을 결정한다. 전생의 결산서는 바꿀 수 없고 이번 생의 다르마는 자기에게 주어진 의무와 역할을 다하는 것이므로 결국 힌두는 개혁이나 변화에 둔감하다는 평을 받는다. 다르마는 기존 사회에서 각 개인의 의무와 역할 등을 규정하고 개인과 사회를 단단히 붙이는 시멘트 역할을 하므로 사회로부터의 일탈이 어려울 수밖에 없다는 것이다.

그러나 누가 알리오? 카르마니 다르마니 최선을 다하고 열심히 살면 과연 뿌린 대로 거두고 더 나은 카르마를 가질 수 있는지를. 역설적이나 바로 그 알 수 없음과 두려움이 사람들에게 최선을 부추긴다. 더 열심히 살아서 아예 윤회의 사슬을 벗어나는 것이다. 이것이 바로 해탈이며 구원이다. 그리하여 힌두에게 해탈은 궁극적인 목적이다. 그들은 영원히 살기 위해 열심히 살아간다.

해탈은 '사랑하는 이를 껴안고 있을 때처럼 주객과 내외의 구별이 없는 상태, 우주와의 일치 상태'이다. 고통스러운 윤회의 사슬에서 벗어나고 가엾은 육체에서 영혼을 해방하는 이 목표를 달성하기 위해서는 수많은 윤회가 필요하다. 《우파니샤드》는 해탈의 길이 '맨발로 면도날 위를 걷는 것과 같다'고 언급했다. 말하자면 해탈은 사실상 불가능한 것이다. 그럼에도 매 삶에 최선을 다하면 누구나 해탈에 이를 수 있다. 힌두교는 불평등을 정당화하면서도 해탈의 길은 브라만에게도 불가촉민에게도 열어놓은 평등한 세계관을 갖고 있다.

대다수 힌두들은 여전히 카르마를 믿고 그 결과를 두려워한다. 아무것도, 즉 생각도, 행동도, 자의식도 없어야 그 결과도, 카르마도 없는 법. 하지만 아무런 행동도 하지 않는 것이 어디 쉬운 일인가? 자이나교의 창시자 마하비라는 아무 행동도 하지 않고 굶어 죽는 데 무려 13년이 걸렸다고 한다.

힌두의 서사시 《마하바라타》는 '행동하는 것이 하지 않는 것보다 낫다'고 했다. 희망이 있는 것이 없는 것보다 수백 배 나은 법. 무력한 인간은 이 고달픈 삶에서 더 나은 내세를 기대하며 이승에서 최선을 다하는 수밖에 없지 않은가.

어느 영국인의 말을 빌려 끝을 맺자. "이기고 지는 것은 문제가 아니다. 최선을 다했는가? 그것이 문제이다." 그러나 이기면 금상첨화가 아니랴! 아, 나는 죽어가고 있다. 아니, 내세의 탄생을 준비하고 있다.

예전보다 많이 약화되었지만 카스트는 아직 생생하게 살아 있다.

집에서, 거리에서, 사무실에서, 힌두 사원에서 여전히 그 힘을 행사한다.

한번 브라만이면 죽을 때까지 브라만이다.

인도인들은 이러한 사회적 불평등을 마치 자연 현상처럼 당연하게 받아들인다.

4. 불평등의 진리

카스트는 살아 있다

사랑에는 국경이 있다!

1861년, 인도 제국의 수장인 영국의 빅토리아 여왕은 행복하고 보람된(아홉 명의 자식을 두었으니 보람이 있었다) 21년간의 결혼 생활을 마감하고 홀어미가 되었다. 해가 지지 않는 땅 영국 제국의 위상에 걸맞게 많은 위로의 편지가 버킹엄 궁으로 쏟아졌다. 그 중에는 인도 식민 정부의 말단 서기인 페르난데스 씨의 편지도 들어 있었다.

"여왕께 결혼을 신청합니다. 받아주소서."

여왕이 몸소 그 편지를 읽었다는 증거는 남아 있지 않다. 갈색 피부의 로미오가 보낸 편지에 놀란 것은 식민 정부였다. 런던으로부터 '손 좀 봐주라'는 명령을 받은 식민 정부는 불경죄를 물어서 첸나이 주에 근무하던 페르난데스 씨를 즉각 해고했다. '사랑에는 국경도 신분도 없다'를 실증하려던 그는 역사의 저편에 파묻혔고 그의 동기와 열정도 함께 사라졌다.

사랑에는 카스트가 있다!

때는 1994년, 장소는 인도 북부의 비하르. 상층 카스트 여자와 사랑을 나눈

죄로 스물다섯 살의 불가촉민 청년이 맞아 죽는 사건이 일어났다. 청년은 사랑의 가시밭길을 넘어 황천길로 떠났다.

음악을 하는 청년과 열여덟 살의 아름다운 처녀는 1년간 사랑을 속삭였다. 이룰 수 없는 사랑에 울던 두 사람은 어느 날 비밀리에 결혼을 하고 야반도주를 해버렸다.

분기탱천한 여자의 가족은 두 사람을 붙잡아다 중세 방식으로 재판을 벌였다. 불에 달군 쇠막대기로 몸을 지지는 고문과 가족의 압력을 이기지 못한 여자는 모든 책임을 남자에게 돌렸다. 아무것도 모르는 순진한 처녀를 꼬여낸 중죄를 진 미천한 신분의 남자는 신부 가족에게 두들겨 맞아 한 많은 세상을 떠났다. 여러 원로를 비롯한 마을 사람들이 지켜보는 가운데.

예전보다 많이 약화되었지만 카스트는 아직 생생하게 살아 있다. 집에서, 거리에서, 사무실에서, 힌두 사원에서 여전히 그 힘을 행사한다. 카스트는 포르투갈어로 혈통을 의미하지만 인도인들은 색깔이라는 뜻의 '바르나'라고 부른다. 이 제도는 모든 인간이 불평등하다는 데서 출발한다. 머리와 다리의 기능이 다르듯이 사람마다 능력의 차이를 가지고 태어난다는 것이다.

1950년에 공포된 인도의 헌법은 모든 사람이 평등하다고 선언했다. 그러나 여전히 카스트의 위계가 존재하는 인도에서 사람은 평등하지 않다. 태어나는 순간부터 누구와 접촉을 해야 하고 누구와 결혼할 수 있는지가 결정되고 이는 평생 바꿀 수가 없다. 한번 브라만이면 죽을 때까지 브라만이다. 인도인들은 이러한 사회적 불평등을 마치 자연 현상처럼 당연하게 받아들인다.

그래서 대부분의 인도인은 자기 카스트 안에서 배필을 찾는다. 비하르 청년

• 서로 다른 카스트를 가진 커플의 야반도주 결혼식. 고향을 등진 이들의 하객은 사진에 보이는 사람들이 전부였다

처럼 사랑에 용감한 자는 죽음을 얻는다. 1993년에도 다른 지방에서 그런 비극이 있었다. 이러니 인도의 연인들은 대부분 빤한 결론을 미리 포기한다. '헛것인 줄 알았으면 즉시 떠나라'를 실천하는 것이다.

사회에 대한 의무와 권리도 카스트에 따라 다르게 규정된다. 고대의 마누 법전에 따르면, 브라만은《베다》를 가르치고 제사와 의식을 집행하며, 크샤트리아는 사람을 보호하고《베다》를 배우는 계층이다. 바이샤는 소를 기르고 땅을 갈며 상업을 영위하고 돈을 다루지만, 카스트의 최하층 수드라는 위의 세 계급에게 봉사하는 것이 그 임무였다. 카스트 규정에 따르면 하층 수드라는《베다》를 배울 수가 없었다. 수드라가《베다》읽는 소리를 엿들으면 그 귀에 끓인 납을 붓고《베다》를 읽으면 그 혀를 자르며 만일《베다》를 기억하면 몸을 두 동강 낸다는 끔찍한 규정이 있었다. '호랑이는 풀을 먹고 살 수 없고 염소는 사냥을 할 수 없다'는 원리였다.

단순하게 말하면, 카스트 제도 안의 사람들은 누구나 위의 네 카스트에 들어가고 그 나머지는 불가촉민으로 간주된다. 그러나 인도인에게 '당신의 카스트가 무어냐'고 묻는다면 십중팔구 기대에 어긋나는 대답을 듣게 된다. 그들은 브라만이나 바이샤와 같은 카스트보다는 지리적 · 언어적으로 한정된 자티 jati로 자신을 인식하기 때문이다.

'자티'는 오랜 세월이 흐르고 세상이 복잡해지면서 카스트가 서로 갈리고 나뉘어 3,000〜5,000개의 작은 집단으로 세분화된 개념이다. 같은 카스트 안에서도 자티에 따라 다른 위상을 갖고 다른 규칙의 지배를 받기 때문에 결혼을 하고 한자리에 앉아 음식을 먹는 일은 동일한 자티 안에서만 가능하다.

쉽게 설명하면, 북부 지방의 브라만과 남부의 브라만은 동일한 계급이 아니다. 두 브라만 집안의 순이와 돌이는 결혼을 하지 못한다. 마찬가지로 다른 지역의 수드라 사이에는 같은 계층이라도 연대 의식이 없다. 그뿐이 아니다. 한 마을에 사는 수드라 내부에도 상하 귀천의 구별이 있다. 대장장이, 옹기장이, 세탁부, 이발사는 자신과 브라만이 다르듯이 서로 다르다고 여긴다. 심지어 같은 청소부라도 거리를 청소하는 자티와 변소를 청소하는 자티는 위계가 다르다.

그러므로 옷감 짜는 직녀와 소 치는 견우의 사랑은 '절대 불가'이다. 소를 먹이는 집안의 경우는 소 먹이는 자티가 규정한 세밀한 규칙의 속박을 받고, 또 옷감을 짜는 집안의 직녀는 그 자티의 규정을 따르면서 신분에 맞는 제약과 대접을 받기 때문이다.

대개 직업과 관련이 있는 자티의 위상은 브라만을 중심으로 짜이고 그 기준은 의례적으로 깨끗하고 더러운가의 여부에 달려 있다. 그 위상이 상층일수록 순수하다고 여겨지고 또 그것을 지키기 위한 금기나 규정이 까다롭다. 브라만은 오직 브라만에게서 음식과 물을 받아먹지만 수드라는 불가촉민을 제외한 모든 계급에게서 음식과 물을 받을 수 있다. 계층이 낮을수록 부정하게 여겨지며 금기 사항도 적다. 똑같은 수드라라도 더러운 일에 종사하는 계층이 그렇지 않은 계층보다 위상이 낮다.

쇠고기를 먹는 사람은 먹지 않는 사람보다 낮은 계층이다. 주로 불가촉민 중에 쇠고기를 먹는 사람이 많고 브라만일수록 채식주의자가 많다. 위생이 불량한 데서 자라는 돼지의 고기나 상하기 쉬운 생선을 먹는 사람은 닭고기나 양고기를 먹는 사람보다 천하게 간주된다. 그런 이유로 소를 기르는 사람은 돼지를 치는 사람이나 어부보다 사회적 위상이 높다.

모든 고기를 다 먹는 그대는 인도의 기준으로는 영락없는 불가촉민이다. 인도의 기독교인들은 거의 모두가 개종한 불가촉민으로서 우리처럼 편식을 하지 않고 술이든 고기든 다 먹는다. 무슬림도 대개 최하층 출신의 개종자들이다. 종교는 바뀌었으나 그들의 생활 방식이나 직업은 예전 그대로이고 따라서 마을에서 차지하는 위상도 크게 변동이 없다.

한편 모든 자티는 서로 고립되어 있으나 다른 한편으로는 서로 밀접하게 연계되어 있다. 사회적 위상은 달라도 각자 자기가 사는 사회에 대한 의무를 지키고 서로 의존하며 살아가는 것이다. 아무리 천한 사람도 그 나름의 역할이 있는

데 브라만에게는 청소부가 필요하고 동네 빨래를 맡는 세탁부는 결혼식이나 장례식 때 의식 집전을 부탁하려고 브라만을 청한다.

침략자로서 인도에 정착한 집단이나 혼혈에 의해 생긴 새로운 집단도 인도 사회의 구성원으로 자리를 잡았다. 브라만의 독점과 카스트 제도를 부정하여 생겨난 불교와 자이나교도 결국은 카스트 체제의 일부로 흡수되었고, 불교도와 자이나교도는 대개 바이샤 계층에 속한다. 누구든, 어떤 집단이든 받아들이는 이 놀라운 통합성과 융통성이 카스트제의 특징이며 인도 문화의 특징이다.

일란성 쌍둥이도 생김새와 개성이 다르고, 한 꼬투리에서 난 완두콩도 똑같을 수는 없다. 그러나 타고난 능력과 지위를 인정하는 카스트 제도는 부당하고 불평등한 사회 제도임이 분명하다. 제국주의를 공격하고 다른 사회의 인종차별을 비난하는 인도에서 카스트와 같은 비인도주의적인 제도가 잔존하는 것은 아이러니가 아닐 수 없다. 인도의 헌법이 인정하는 대로 동등한 삶의 기회가 모든 사람에게 실질적으로 주어지는 날은 과연 언제일까?

카스트를 타파하는 가장 좋은 방법은 다른 카스트 간의 결혼을 적극 장려하는 것이다. 브라만 남자가 수드라 여자와 맺어지고 불가촉민 남자가 바이샤 여자와 결혼하면 혈통이니 순수성이니 하는 구별이 점차 모호해질 것이다.

'사랑에는 카스트가 없다!' 이 말이 시정의 언어가 되기를 기대한다.

신의 자식들

'언터처블Untouchable'은 케빈 코스트너가 나오는 할리우드 영화의 제목이 아니라 불가촉민(不可觸民), 즉 접촉을 하면 부정을 타므로 접촉해서는 안 되는 낮은 계층의 사람을 지칭한다. 이들은 네 계층으로 구성된 카스트 제도에 끼지 못하는 사람들로 수드라보다 지위가 낮다. 사회의 최하층인 이들은 오염의 원천으로 간주되고 카스트가 있는 사람들에게서 사회적 배척을 받는다. 이들의 힌두 사원 입장은 여전히 '빨간불'이다.

"따르릉 따르릉, 비켜나세요. 불가촉민이 지나갑니다." 이렇게 소리를 쳐서 다른 사람들이 자기와 접촉하여 부정을 타지 않도록 조심해야 하는 사람들이 있었다. 자신들의 더러운 옷소매가 다른 사람과 닿는 것을 막기 위해 때로 원치 않는 '누드' 행진도 감수하는 사람들이 있었다. 그들은 불가촉민이었다.

남부 지방의 남부드리 브라만은 천민을 보기만 해도 부정을 탄다고 생각했다. 그 지방의 천민은 몸에 방울을 달아 순수한 브라만이 그 소리를 듣고 사전에 피하거나 눈을 감을 수 있게, 그래서 부정이 타지 않게 행동했다. 그들의 존재는 브라만의 눈을 찌르는 '독 묻은 화살'이라고 여겨졌다.

일찍이 《우파니샤드》에는 개나 돼지처럼 취급되는 '찬달라'라는 천민이 보인다.

● 델리 대학교 부근에 있는 세탁부의 집(위)
●● 뭄바이의 도비 가트(아래)

2세기 불교의 《자타카(본생경)》에도 마을 밖에 격리되어 사는 천민 집단이 언급되었고, 그들이 세습적인 직업에 종사하고 그들끼리 사용하는 언어를 가지고 있다고 덧붙였다. 〈마누 법전〉에도 동구 밖에 따로 거주하며 햇빛이 있는 낮에는 마을에 들어가지 못하는 사람들에 대한 이야기가 들어 있다. 또 11세기에 인도를 방문한 알 비루니도 마을 밖에 살며 더러운 일에 종사하는 집단에 대해 적었다.

세월을 훌쩍 뛰어넘어 1990년대로 와도 인도 불가촉민의 삶은 별 차이가 없다. 어느 추운 날, 기온이 4도로 떨어졌을 때 한 여인이 기숙사 앞 길가의 천막에서 아이를 낳다가 얼어 죽었다. 천막에는 주정뱅이 남편과 얇은 사리 하나가 있을 뿐이었다. 한 생명이 태어나고 또 한 생명이 죽어가건만 이웃은 냉담하고 무심했다. 불가촉민을 보면 과연 인류의 역사는 발전했는지 의문이 든다.

인도 사회에서 부정의 원천이자 사회적 금기인 불가촉민은 우리나라의 백정, 일본의 부락민, 남아프리카공화국의 흑인, 나치 치하의 유대인처럼 사회적 접촉과 삶의 기회를 제한받는 특수한 집단이다.

카스트의 위계는 앞에서 말했듯이 순수와 오염을 기준으로 정해진다. 즉 청정성 여부에 따라 계층의 상대적 서열이 매겨지는 것이다. 사회 최하층인 불가촉민은 대개 죽음이나 배설과 관계되는 부정한 일에 종사하는 더러운 사람들이다. 똥을 치거나 죽은 동물의 시체를 옮기고 그 가죽을 다루는 이들, 때 묻은 빨래를 하는 세탁부와 남의 털을 만지는 이발사들도 포함된다.

그들 불가촉민은 마을 사람들과 우물이나 강물을 함께 쓰지 못한다. 가까운 마을의 우물을 두고 몇 십 리씩 물을 길러 나가는 경우도 비일비재하다. 20세기 초, 콜카타에서 상수도를 건설할 때 같은 수도관에서 흐르는 물을 불가촉민과 함께 마실 수 없다는 이유로 반대 운동이 거셌던 비극적 자료를 읽으며 나는 웃을 수가 없었다.

그러나 불가촉민은 마을의 생활과 밀접한 연계를 맺지 않을 수 없었다. 이발사는 마을 사람들의 머리를 깎고 면도를 하며 손발톱을 깎아주고 귀청소를 해준다. 세탁부는 동네의 빨래를 맡아 처리한다. 마을 사람들의 농사일을 돕고 하인으로 집안일을 하며 청소, 연락, 축제 때 드럼을 치는 역할도 그들이 맡는다. 또 옹기장이의 도움이 없다면 결혼 잔치는 어찌 치르겠는가? 토지가 아무리 많아도 땅을 부쳐야 곡식이 나는 법. 지주와 접촉은 하지 않지만 낮은 계층이 그 일을 담당한다.

불가촉민의 기원은 정복자에게 사로잡힌 노예나 사회에 적응하지 못하는 낙오자들이었을 것으로 추정한다. 주정꾼이나 부랑배 등 유목과 농업에 필요한 노동을 제공할 수 없는 떠돌이 인생들은 사회의 바깥에 존재하면서 시체 처리와 같은 하찮은 일거리를 맡게 되었으리라. 특히 전염병으로 죽은 시체를 취급하면서 오염 가능성이 높아졌을 것이고, 먹을 게 없으니 쇠고기와 같은 금기를 지킬 형편이 아니었을 것이다.

카스트가 있는 힌두들은 금기인 쇠고기와 술을 먹고 마시며 화장터에서 비인간적인 생활을 하는 천민을 꺼리고 접촉을 피했다. 검은 악마로 여기는 천민과의 접촉을 치명적인 오염으로 여겼고 접촉뿐 아니라 가시권에 들어오지도 못하도록 사회적 장벽을 쌓았다. 카스트 힌두의 태도가 그들을 더욱 비인간적인 존재로 만든 셈이다. 그리하여 동구 밖은 '그들의 땅'이 되었다.

평범한 인간의 사고는 경험이라는 범주를 넘지 못하는 법이다. 외동딸인 나는 어렸을 때부터 집안일을 도와야 했다. 훌륭한 내 어머니를 '팥쥐 엄마'로 생각하진 마시라. 청소와 빨래는 가사의 기초과목이니까. 인도에서 기숙사 생활을 시작한 나는 별 생각 없이 방 청소를 하고 빨래도 직접 했다. 침대를 쓰지만 신발을 벗고 생활했기에 매일 젖은 걸레로 깨끗이 바닥을 훔쳤다.

물걸레 청소기가 아닌 '진짜 걸레'로 바닥을 훔쳐본 사람은 알 것이다. 이 세상에서 가장 굴욕적인 자세가 얼마나 유용한가를. 날은 덥고 짜증은 나고, 나는 복도로 난 문을 활짝 열어놓고 열심히 방 청소를 했다. 그런데 어느 날 친구들의 눈에 비친 나를 깨달았다. 한국에서 온 '불가촉민'이었던 것이다.

기숙사생들이 자기 눈으로 나를 파악했듯이 나도 한국식으로 생각했다. '불가촉민들이 왜 사람을 피하는가? 부정을 타는 쪽이 조심을 해야지…… 다시 목욕하고 쇠똥을 태워 정화 의식을 하는 건 상층 카스트의 문제가 아닌가? 아예 사람들이 알지 못하는 곳으로 도망가서 브라만이라고 우기지……' 등등. 그러나 삶이란 손바닥을 뒤집듯이 그리 간단한 문제가 아니었다.

불가촉민인 어린이는 걸음마를 배우고 무언가를 만지기 시작할 때부터 자기의 정체성을 깨닫는다. 철없는 아이는 아장아장 힌두 사원이나 우물가에도 가고 카스트 힌두의 옷자락을 잡기도 한다. 그러나 부모나 카스트를 가진 힌두들이 눈을 흘기고 야단을 침으로써 아이의 사고는 큰 영향을 받는다. 주변의 어른들은 접촉할 수 있는 사회적 범위를 하나씩 일러주고 아이는 세상이 자기편이 아니라는 것을 배워간다. 거대한 사회적 장벽 앞에서 개인은 한낱 무력한 존재일 뿐이다.

2001년의 인구센서스를 보면 불가촉민은 1억 6,600만 명으로 인도 총인구의 약 16퍼센트였다. 거의 모든 마을에 불가촉민이 살고 있고, 불가촉민의 약 90퍼센트가 농촌에 거주하고 있다. 사회, 경제적 위상이 낮은 이들은 일자리를 얻을 기회가 부족하니 어쭙잖은 내 생각처럼 야반도주를 할 수도 없다. 어디로 가서 어떻게 살겠는가?

1981년 2월, 미나크시 사원으로 유명한 남부 지방의 한 도시에서 불가촉민이 집단으로 이슬람교로 개종하는 사건이 일어났다. 두 명의 의사, 한 명의 농학자, 대학원을 마친 다섯 명의 교사를 포함하여 그 집단 구성원의 40퍼센트가 교육을 받았지만, 사람들은 능력이 아닌 타고난 배경으로 그들을 대우했다. 사회적 차별은 긴장을 낳았고 불안한 그들은 자신을 보호해주고 '형제자매'로 대해주는 이슬람교로 귀의한 것이다.

익명이 가능한 도시에서 이럴진대 농촌에 사는 불가촉민은 사회·경제적 착취의 만만한 대상일 수밖에 없다. 아무리 사람이 많아도 이들의 수평적 연대를 기대하기는 어렵다. 불가촉민은 통일된 집단이 아니라 천여 개의 소집단으로 잘게 쪼개져 있기 때문이다. 가죽을 다루는 불가촉민은 화장실을 치거나 청소를 하는 불가촉민보다 자신이 낫다고 우긴다. 당연히 두 집안의 로미오와 줄리

엣은 비극적인 사랑으로 끝을 맺는다.

마하트마 간디는 신에게서 버림받은 이들에게 '하리잔(신의 자식)'이라는 역설적인 이름을 지어주고 독립된 세력을 이루어 떠나가는 이들을 힌두 세계로 다시 끌어들였다. 간디의 노력으로 상징적이지만 불가촉민이 일부 힌두 사원에 들어가는 것도 허용되었다. 새 헌법은 불가촉민의 존재를 불법으로 규정하는 한편 이들에게 특별한 대우를 보장했다. 그러나 이런 조치야말로 불가촉민을 합법적으로 인정하는 셈이다.

법률적 혜택을 받는 불가촉민은 아직 극소수에 불과하다. 불가촉민의 절대 다수가 거주하는 농촌의 구조적 변화는 아직도 요원하다. 여전히 건재한 높디 높은 차별의 벽 앞에서 일부 불가촉민은 간디가 지어준 '하리잔'이라는 이름 대신 자신들을 '달리트(학대받는 자들)'라고 부르며 저항의식을 키운다.

미국의 독립선언문이나 프랑스 혁명 당시의 인권선언이 뭐라 했든 '사람 위에 사람 있고 사람 밑에 사람 있다'는 것은 누구나 알고 있다. 불평등은 문명의 발전과 함께 더욱 심화되어간다는 것도 새로운 사실이 아니다.

그럼에도 인도의 '언터처블'을 생각하면 암담하다. 힌두는 소를 숭배하고 원숭이, 코끼리, 코브라를 신으로 깍듯이 모신다. '채식주의'를 부르짖으며 살생을 비난한다. 그럼에도 인도에 여전히 '사람 위에 동물 있고 동물 밑에 사람 있다'는 것은 서글픈 일이다. '사람 밑에 사람 없는' 날이 오기를 고대한다.

브라만의 나라

음지가 있으면 양지가 있는 법. 사람 위의 사람은 바로 브라만이다. 인도는 브라만의 땅, 피라미드의 꼭짓점처럼 카스트제의 상층은 '유일무이한 존재' 라는 뜻을 가진 브라만이 차지한다. 머릿수를 따지면 브라만은 인도의 소수집단에 불과하다. 1991년, 브라만 인구는 약 4,000만 명이었다. 당시 총 인구가 약 8억 5,000만 명이었으니 총인구의 5퍼센트가 채 되지 않는 숫자다. 이보다 60년 전인 1931년에도 브라만은 총인구의 4.7퍼센트에 불과했다. 이들이 나머지 인구를 지배하는 것이다.

인도의 저명한 언론인 쿠샨트 싱이 1990년 《선데이》에 쓴 기사를 인용해보자. 관보에 기재된 관직의 70퍼센트가 브라만의 차지였다. 부차관급 이상의 고위직 500명 중 310명, 대법관 16명 중 9명, 주수상 26명 중 19명, 주지사 27명 중 13명이 이 계층이었다. 그뿐인가? 외국에 나가 있는 대사 140명 가운데 58명, 90명의 대학 총장 가운데 50명이 브라만이었다.

낮은 관직에서도 마찬가지다. 군수 438명 중에서 250명, 행정관 3,300명 가운데 2,376명이 브라만이고 국회 하원의원 530명 가운데 190명, 상원 244명 중 89명이 브라만이었다. 교직, 의료직, 법률직에서도 이들의 활약이 두드러진다.

본래 브라만은《베다》를 연구하고 종교 행사를 주관하는 사제였다. 여기서 사제는 유목과 농업 사회의 민중이 의지하고 믿는 지도자를 말한다. 그들은 제사에 필요한 '브라흐마나'를 편찬하여 브라만 지상주의와 의식 만능의 제도를 고정시키고 점차 브라만을 정점으로 한 카스트 제도를 발전시켰다.

그리하여 지식을 뜻하는 성서《베다》는 오직 브라만만이 배울 수 있었다. 지식과 정보를 독점한 브라만은 왕의 권위를 능가한 적이 많았다. 브라만은 '아는 것이 힘'이었고 나머지 인구는 '모르는 것이 병'이었다. 두뇌 회전이 빠르고 명석한 브라만은 자신들의 특권을 지키기 위해 종교적 의식을 더욱 복잡하고 정교하게 만들었다. 그들의 손을 거쳐야만 '요람에서 무덤까지' 생의 모든 의식이 해결되었고, 그 의식은 다른 계층이 알 수 없게 구전으로 전해졌다.

사회가 점점 복잡해지면서 브라만 지상주의가 흔들리고 현실적인 새로운 믿음 체계가 나타났는데, 그 중 하나가 불교였다. 크샤트리아 계층인 고타마 시타르타는 깨달음을 얻은 뒤 개인의 능력이나 성격과 무관한 브라만의 타고난 위상에 반대했다. 그는 브라만을 다음과 같이 규정했다.

"오 그대, 사악한 지식인! 땋은 머리와 사슴의 가죽을 지니면 뭐하는가? 뱃속은 분노와 걱정으로 가득하거늘. 겉만 씻는다고 되는가?"

"탐욕 없이, 집 없이 방랑하며 세속적 욕망이 없는 사람, 그런 사람이라야 진정한 브라만이다."

"현명하고 능력이 있어 옳고 그름을 명확히 판단하며 해탈에 도달한 사람, 그런 사람이 바로 브라만이다."

그러나 붓다는 가고 브라만은 남았다. 브라만교에 반대한 불교는 결국 브라만 중심의 힌두교에 용해되었다.

명민한 브라만들은 힌두 성서를 아전인수 격으로 해석하여 자신들이 세상의 중심이 되도록 갖은 술수를 썼다. 그래서 웬만한 죄를 지은 힌두는 강물에서 목욕을 하면 죄를 씻을 수 있다지만 브라만을 죽인 일은 죽어도 용서받지 못할 '큰 죄'가 되었다.

● 남부의 어느 힌두 사원에서 브라만이 성수를 나눠주고 있다

4세기에 쓰인 어떤 책에는 각 카스트가 부를 획득하는 여러 가지 방법이 나와 있다. 크샤트리아는 군사적 정복을 통해서, 바이샤와 수드라는 상업과 서비스를 통해서, 즉 자기의 노력을 통해서 부를 얻는 데 비해 브라만은 다른 계층에게서 선물을 받아서 부자가 된다고 적혀 있다.

같은 맥락으로 크샤트리아나 바이샤 계층이 축적한 부를 가장 훌륭하게 쓰는 일은 브라만에게 풍성한 시주를 하는 것이었다. 이승에서 지은 죄를 씻는 방법 중에는 브라만에게 선물이나 시주를 하는 것이 포함될 정도였다. 힌두 사원을 세우거나 종교적인 행사의 비용을 부담해도 면죄부를 받을 수 있었다.

"쯧! 쯧!"

원숭이는 썩은 고기를 게걸스럽게 먹는 여우를 보고 이마를 찌푸렸다.

"네 꼴을 보니 전생에 뭔가 못 먹을 걸 먹은 모양이군."

"그래."

여우는 한숨을 내쉬었다.

"전생에 나는 사람이었는데 브라만한테 선물을 주기로 하고 그 약속을 지키지 못했어. 그래서 이 꼴이 된 거야."

민화가 알려주듯이 브라만은 누구에게나 시주를 요구할 권리가 있었다. 아무 집에나 들어가서 무언가 달라고 요구하고 고맙다는 인사를 하지 않아도 되는, '황야의 무법자'였다. 일부 브라만은 약속을 지키지 않은 사람들에게 '지옥에나 가'라고 저주를 퍼부었다. 이들에게는 세금과 부역도 면제되었다.

세월이 가고 왕권이 강화되자 브라만은 재빠르게 변신을 꾀했다. 왕을 '신의 화신'이라고 치켜세우고 온갖 미사여구를 동원하여 국왕의 신성성과 불가침성을 주장했다. 왕은 브라만들에게 토지를 하사하거나 성대한 잔치를 베풀었다. 부유층이나 고위층도 브라만을 위해서 연회를 마련했다. 천국에 가려면 사제에게 잘 보여야 하는 법, 힌두 사원의 준공식이나 왕족의 결혼식, 각종 기념일에도 수백 명, 때로 수천 명의 브라만이 초대되었다. 이러한 전통이 강한 타밀 지방에는 "먹을 것을 준다면 브라만은 몇 백 리를 마다 않는다"는 속담이 남아 있다.

어느 여름방학의 여행길에 남부의 한 힌두 사원에서 내 키를 훨씬 넘기는 큰 가마솥을 본 적이 있다. 브라만을 위해 음식을 조리하던 솥이라는데 크기를 보니 초대받은 브라만들의 수를 짐작할 만했다. 브라만이 음식을 받던 넓은 홀도 눈에 띄었는데, 규칙에 따르면 잔치를 베푼 주인도 브라만 출신이 아니면 그들과 함께 음식을 먹을 수 없었다.

무슬림이 통치하던 때도 브라만의 위상은 별로 변하지 않았다. 브라만은 무슬림 궁정의 주요 요직을 맡았다. 아랍인이나 투르크인처럼 바깥에서 들어온 무슬림이 소수에 불과한 상황에서 이슬람교로 개종한 힌두를 다스리려면 브라만의 도움이 절대적으로 필요했던 것이다. 다음 이야기가 알려주듯, 그들은 생존의 달인이었다.

14세기, 북부 도프라 지방에서 아소카 왕의 석주가 발견되었다. 높이 15미터에 무게가 자그마치 50톤이나 나가는 거대한 돌기둥이었다. 무슬림 왕인 페로즈 샤는 그것을 수도 델리로 옮겨왔다. 8,400여 명의 인부가 어렵사리 옮긴 석주에 새겨진 글은 해독이 어려웠다. 왕은 저명한 브라만에게 그 숙제를 맡겼다. 며칠을 끙끙거려도 해독을 하지 못한 브라만은 말했다. "전하, 이 기둥에는 '페로즈 샤 황제 외에는 그 누구도 이 석주를 옮길 수 없다' 라고 쓰여 있습니다요."

영국의 통치도 브라만의 협조를 바탕으로 이루어졌다. 인도에 온 영국의 행정관은 겨우 천 명 남짓. 그들과 수억의 인구를 연결하는 중간 계층이 필요했고 브라만 계층이 기꺼이 그 다리가 되었다. 브라만들은 관리, 법조인, 필경사, 재무관, 세리 등 무엇이든지 가능한 전천후 직업인이었다. 물론 낮에는 어쭙잖게 영국 신사를 흉내 냈지만 집으로 돌아가면 전통적인 브라만이 되었다.

브라만은 사업에도 뛰어난 재능을 발휘하여 큰 성공을 거두었다. 크샤트리아의 전유물인 군인으로도 변신했다. 영국의 군대나 마라타 왕국의 군대에는 브라만이 상당수를 차지했다. 1857년 쇠기름이 묻은 총기와 관련된 문제로 세포이들이 영국에게 저항한 것도 군대에 브라만 세포이가 많았기 때문이었다. 장군이 된 브라만도 여럿이었다.

● 남부 칸치푸람의 한 사원에서 쉬고 있는 노인들. 이마의 표식은 카스트와 종파를 나타낸다

　지금은 몰락한 브라만이 적지 않지만 그래도 자존심은 지키겠다고 꼿꼿이 결을 세운다. 길가 오두막에서 차를 날라도 불가촉민에게는 직접 찻잔을 건네지 않으며 세탁부나 물장수로 전락해도 브라만 집안의 일만 맡는다. 요리사로 일하는 경우에도 음식 서비스는 하지만 설거지는 절대로 하지 않는다.

　역시 브라만은 힌두 사원에 있어야 제격이다. 하루 평균 3만 명 이상의 신도가 찾는 티루파티 사원이나 라마슈에람의 사원에는 수천 명의 브라만이 종사하고 있다. 마을에 있는 작은 사원을 지키거나 동네 사람들의 점을 봐주고 자문 역할을 맡는 경우도 있다. 인도인의 입담은 세계적으로 유명하지만 브라만의 현란한 말솜씨를 당할 자는 별로 없다.

인도 전역에 있는 힌두 사원에는 한동안 '신의 종'이라고 불리는 '데바다시'라는 여성들이 있었다. 이들은 본래 사원에서 춤을 추고 노래를 했지만, 때로 브라만 사제들의 매춘 대상이 되었다. 부모가 원하지 않는 딸이나 홀어미 출신인 여성들은 연회나 결혼식에 불려가 춤을 추기도 했고 생계를 위해 본업과 부업의 경계가 모호한 매춘에도 나섰으나 19세기 후반부터 점차 사라졌다.

사제의 위상은 동서양을 막론하고 언제나 높았다. 고대 페르시아나 이집트의 사제는 사회의 상층이었고 남미의 인디언도 마찬가지였다. 근대 국가가 성립하기 이전의 유럽에서는 교황이 세속의 왕권보다 우위에 있었다. 하지만 브라만처럼 영속성과 생존력을 자랑하는 사제 계층은 아마도 전무후무할 것이다.

언젠가 남부의 사원 도시 칸치푸람에 갔다가 사원 안에서 당시 부통령을 만났다. 아니, 바로 옆에 서 있었다는 표현이 옳겠다. 부통령은 그 지방 출신의 브라만이었는데, 타는 성화 앞에 선 그와 나는 똑같은 인간이었다. 우린 말없이 미소를 교환했다.

한때 신분 제도가 있던 우리나라 사람들은 양반과 상민의 구별에 익숙해서인지 은연중에 브라만의 눈으로 인도를 바라본다. 브라만에게는 '역시'를 남발하고 불가촉민을 만나면 '혹시' 하고 마음에 빗장을 건다. 임꺽정을 이해하면서도 양반이고 싶은 게 우리네 마음이라지만 인도인의 95퍼센트가 브라만이 아니라는 사실을 기억해야 한다.

태초에 브라만이 있었다. 인도 최후의 날에도 브라만이 있을 것이다.

개천의 이무기

　수천 년간 지속된 '카스트 제도와 브라만의 독재'에 반발이 없을 수는 없었다. 그 대표적인 반동분자가 바로 암베드카르 박사였다. 1956년, 인도 헌법의 기초를 세우고 공화국 초대 법무장관을 지낸 그는 50만이 넘는 불가촉민을 이끌고 불교로 개종하는 엄청난 사건을 저질렀다.

　파라오의 노예들을 '약속의 땅'으로 이끈 모세와 달리 불가촉민을 인도한 인도의 모세는 카스트의 차별이라는 험난한 바다를 건너지 못하고 결국 힌두교를 포기한 것이다. 그가 세상을 떠나기 두 달 전의 일이었다. 그 뒤를 이어서 다시 400만 명의 불가촉민이 불교도로 믿음을 바꾸었다.

　인도 사회의 근본을 뒤흔들고자 했던 혁명가 암베드카르는 누구인가?

　마하라슈트라 지방의 마하르 출신인 그의 집단의 세습 직업은 청소부나 죽은 동물의 가죽을 벗기는 천한 일이었다. 여섯 살에 어머니를 여읜 그는 도시락 배달을 하며 어렵게 자랐다. 뜻이 있는 곳에 길이 있다던가. 그의 총명함에 반한 후원자 덕택에 미국에 유학한 암베드카르는 콜롬비아 대학교에서 경제학 박사 학위를 취득, 인도 최초의 박사 학위를 가진 경제학자가 되었다. 그는 런던 대학교에서도 이학 박사 학위를 받았고 독일의 본 대학에서도 수학했다.

카스트가 살아 있는 인도에서 암베드카르는 개천에서 난 용이었다. 그러나 금의환향한 그를 기다린 것은 불가촉민이라는 위상에 맞는 차별과 냉대였다. 그의 뛰어난 능력에 대한 인정과 칭찬은 어디에도 없었다. 일자리를 얻어도 동료들이 그와 함께 일하는 것을 거부했기 때문에 책상을 복도에 내놓고 일을 해야 했다. 이러한 차별을 견디지 못하고 여러 직업을 전전한 그는 자연스럽게 불가촉민을 위한 투쟁의 길로 접어들게 되었다.

앞서도 말했듯이 불가촉민은 힌두 사원에도 들어가지 못하는 비천한 존재이다. 사원 밖에서 기원을 드리는 불가촉민을 생각해보라. 암베드카르는 우상을 믿지 않았지만 불가촉민이 힌두 사원에 입장할 수 있는 권리를 얻기 위해 싸웠다. "불가촉제가 살면 힌두교는 죽는다"고 말한 간디도 이 운동을 적극적으로 지지했다. 힘겨운 싸움 끝에 결국 탄조르의 브리데쉬와라 사원이 처음으로 불가촉민에게 문을 개방했다. 1930년대였다.

힌두 사원의 입장 규칙은 다양하다. 아예 비힌두의 입장을 거부하는 사원도 있고 힌두가 아닌 이방인의 입장을 허용하되 사원 중심부에 들어가지 못하는 '부분 허용' 제를 채택한 사원도 있다.

어느 여름방학에 교수 한 분과 여학생 열 명이 남부 지방의 여러 힌두 사원을 한 바퀴 돈 적이 있는데 유일한 이방인인 나 때문에 사연과 사건이 끊이지 않았다. 그 중 한 사건이 바로 탄조르에

• 인도 헌법의 기초를 세운 암베드카르 박사

서 일어났다. 일행과 어울려 사원의 중심부로 들어가려던 나는 브라만 승려의 강력한 제지를 받았다. 그는 내가 입고 있는 청바지를 가리키며 안 된다는 표정이었다. 타밀어를 알지 못하는 나는 그 지방 출신의 교수가 열심히 설전을 벌이는 소리를 그저 '비처럼 음악처럼' 들었다.

득의만만한 표정으로 사리를 펄럭이며 사무실을 찾아간 교수는 의기양양하게 돌아왔다. 이야기인즉슨 그 사원이 사상 최초로 불가촉민에게 문을 열었던 사실을 사원 당국에 주지시켰다고 했다. 결국 불가촉민과 동급을 인정받고 나는 역사학도로서 역사적인 사명을 띠고 그 안으로 들어갔다.

자, 원래 이야기로 돌아가자. 불가촉민의 힌두 사원 입장을 명목상 확보한 암베드카르는 간디의 독립 운동을 도우며 불가촉민의 위상을 높이기 위해 노력을 기울였다. 독립 후, 인도 헌법의 기초를 다진 암베드카르는 불가촉제 폐지를 헌법에 명문화하고 불가촉민에게 특혜를 인정하는 제도를 도입했다.

이 제도는 흑인에게 특별한 대우를 인정하는 미국처럼 관직, 의회, 교육 기관의 일정한 비율을 불가촉민에게 특별 배정하는 것이다. 연방의회와 주의회의 의석을 이들에게 15퍼센트 가량 보장하고 연방정부와 각 지방정부의 관직도 이들을 위한 특별전형을 시행하도록 규정했다. 이들 계층에게는 교육, 나이, 경력의 기준이 관대하게 적용되었다.

대학과 같은 교육 기관도 이들을 특별하게 대우한다. 만일 델리 대학교 사학과의 입학 커트라인이 90점이라면 불가촉민은 40점이라도 특별전형을 통해 입학이 가능하다. 장학금을 지급해 학습 의욕을 북돋우며 기숙사의 방도 일정한 비율은 그들 몫으로 배정된다. 교수 임용도 같은 맥락에서 이뤄진다.

개천에서 용을 키우는 '마이더스의 손'과 같은 이 특별 임용제도는 수천 년

● 남부의 사원에서 신도들과 대화를 나누는 브라만. 이마의 표식이 선명하다

동안 억압을 받아온 불가촉민에게 과연 밝은 미래를 약속해주었을까? 그렇지만은 않았다. 법적 개선을 통해 정치적 권리를 인정받았으나 사회에서 이들의 위상은 변화가 없다. 오죽하면 암베드카르가 개종을 했겠는가? 그는 카스트를 파괴하는 유일한 대안이 개종이라고 여겨 힌두교를 버리고 불교를 선택했다.

'정의사회 구현'은 우리나라의 한 시대를 풍미한 멋있는 말이다. 모든 슬로건이 그렇듯이 이 역시 정의롭지 못한 사람들의 콤플렉스에서 나온 작품에 지나지 않았으나 정의로운 사회가 모든 사회의 이상과 목표인 것은 바로 그 '실현 불가능성' 때문이 아닐까? 인도의 경우도 예외는 아니었다.

암베드카르는 의회를 "힘의 사원"이라고 부르면서 불가촉민이 의회에서 세력을 펼 수 있게 정부에 불가촉민의 '독립 선거구'를 요구했다. 1932년, 인도의 분열을 좋아한 영국의 식민 정부는 그 요구를 받아들였다. 그러나 "다시 태어나면 불가촉민이 되리라"던 마하트마 간디는 불가촉민이 힌두 사회의 일원이라고 주장하면서 정부가 그 계획을 철회할 때까지 무기한 단식 투쟁을 벌였다. 간디는 힌두 사회가 분열되는 것을 반대한 것이다.

"마하트마는 왔다 가지만 불가촉민은 영원히 불가촉민이다." 암베드카르는 이 성명을 발표하고 버텼지만, 결국 간디의 목숨을 담보로 건 단식 투쟁에 두 손을 들었다.

일부 불가촉민은 인위적 평등을 노리는 특별임용제를 통해 의사가 되고 엔지니어가 되었다. 연방정부의 장관이 된 사람도 있고 연방의회에 진출하거나 주 수상이 되어 한 지방을 호령한 인물도 나왔다. 그러나 이 특혜는 '돈이 있는' 소수만이 누릴 수 있는 문제점이 있었다. 끼니가 어려운데 상급 학교나 대학에 자식을 보내긴 어려우니 제도를 이용할 사람이 많지 않은 것이다.

민주주의 아래서는 다수 집단이 유리하게 마련이다. 우스갯소리로 어떤 사람은 인구 억제가 실패한 이유를 이 다수결의 원칙과 연결하기도 한다. 행사할 한 표가 많은 집단은 그것을 담보로 반대급부를 요구할 수 있으므로 인구 증가에 적극적이라는 것이다. 그리하여 다수를 자랑하는 일부 카스트는 점차 정치적인 이익집단으로 변모했다.

인도 인구를 대략적으로 살펴보면 브라만을 비롯하여 크샤트리아, 바이샤를 합친 소위 상층 계급은 인구의 소수이다. 2001년 불가촉민은 총인구의 16퍼센트, 불가촉민과 동등한 취급을 받는 부족민이 약 8퍼센트였다. 통계가 있었던 1990년대 초반 후진 계급이라고도 불리는 수드라 계층은 약 50퍼센트였다.

다수를 차지하는 이 후진 계급이 불가촉민이 누리는 특별대우에 눈독을 들이기 시작했다. 사촌이 땅을 사도 배가 아픈데 하층이 잘되니 속이 쓰렸던가 보다. '표밭'인 이들 후진 계층에게 본격적으로 특혜가 주어진 것은 1989년 V. P. 싱 정부에 의해서였다. 정부가 특혜를 받을 수 있는 집단과 그 비율을 대폭 늘리자 상대적으로 입지가 좁아진 상층 카스트들의 반대 운동이 전국적으로 격렬하게 일어났다. 사실 이러한 제도는 헌법이 규정한 '고용, 관직, 임용에 대한 기회균등'의 원칙에 어긋나는 것이기도 했다.

기숙사 안에서도 상층 카스트 학생과 특혜를 받는 계층 간의 갈등이 심각했다. 학생들이 모두 모이는 식당에 흐르는 냉기류는 제3자인 내게도 으스스했다. 당시 수십 명의 상층 카스트 학생들이 분신자살을 감행했고 폭동과 데모가 줄을 이었다. 그러나 정의와 평등을 이용하고 악용하는 정치인들의 입장은 확고하다. '카스트의 피는 물보다 진하다!'

후진 계급과 불가촉민에게 부여되는 각 지방의 특별임용 비율을 살펴보자.

1990년 후반, 타밀나두가 69퍼센트, 카나타카는 73퍼센트, 비하르가 80퍼센트였다. 여기에 무슬림에 대한 특혜를 더하면 상층 카스트의 미래는 암울하고 극히 제한적이다. 95점을 받아도 50점 받은 특혜자에게 밀리는 상층 카스트 학생과 경제적으로 풍족하면서도 당당히 이 특혜를 누리는 일부 후진 계층은 과연 평등한가?

카스트가 없는 새로운 사회를 열망하며 도입한 이 제도는 카스트 제도를 강화하는 결과를 낳았다. 카스트에 대한 의식을 없애기보다 양측의 계급의식을 고취시키는 부작용을 낳아 힌두 사회의 통제에 역기능을 하고 말았다. 인도인은 공개적으로 카스트 제도를 비난하지만 속으로는 그 보존을 희망한다. 낮은 계층은 특혜를 누릴 수 있고 상층 카스트는 기존의 사회적 기득권과 우월성을 지킬 수 있기 때문이다. 카스트의 끈질긴 생존력을 보여주는 산 증거가 아닐 수 없다. 이러니 카스트제의 전복은 한낱 꿈일 수밖에.

일부 지방에서는 특차로 의과대학이나 공과대학에 진학한 불가촉민 학생들이 10년씩 공부를 계속한다. 낙제를 거듭한 까닭이다. '능력'과 '평등'이 부딪치는 이 제도는 결론을 내리기 어려운 양가적 문제이다. 그대의 의견은 어떤가?

해방구로 가는 비상구

"내려와!" "내려와!"

아래층에서 친구들이 외친다. 마음의 준비를 마친 나는 낡은 옷을 입고 계단을 내려간다. 나를 겨냥한 여러 개의 물풍선이 날아와 터지고 금방 옷이 흥건하게 젖는다. 그러나 이 정도로 만족할 친구들이 아니다. 밖으로 나오자마자 갖가지 물감을 탄 물바가지 세례가 쏟아지고 나는 다른 친구들처럼 물에 빠진 생쥐 꼴이 된다. 엉망진창이 된 친구들은 진창에 뒹굴며 정신을 저당한 채 미친 듯이 한바탕 논다. 때로 흥을 돋우기 위해 대마초도 등장한다.

홀리, 여름을 알리는 전령사인 3월의 축제다. 사람들은 겨울의 먼지를 털고 묵은 때와 더러움을 씻어낸다. 빨간 물감과 파란 물감, 온갖 물감과 물, 진흙으로 범벅을 한 1부는 오전에 막을 내린다. 2부인 야간 쇼는 마른가지를 모아 모닥불을 피우며 시작된다. 모닥불은 신체적·사회적 더러움과 악을 태운다는 상징이다. 불 앞에서 노래를 부르고 제사를 올린다. 우리의 대보름처럼 땅콩과 호두를 먹지만 이는 부럼이 아니라 곡식이 익었는가를 테스트해보는 의미이다.

홀리는 엄격한 일상으로부터의 일탈이다. 남자에게 눌려 살던 여성과 계급 제도의 저변에서 당하기만 하던 많은 사람들을 위한 날이다. 평소 눈엣가시이던

● 홀리 축제를 즐기는 사람들. 오, 해피 데이!

사람들에게 합법적으로 '빠떼루'를 줄 수 있는 기회인 것이다. 여성이 남성을 공격하고 낮은 카스트가 브라만을 공격한다. 얌전한 골방 샌님도 모처럼 문제 아가 될 수 있다. 물론 공격 무기는 흉악한 것이 아니라 무지개색 물감과 시원한 물이다.

축제는 홀리 며칠 전부터 지나가는 사람에게 물풍선을 던지면서 시작된다. 경건한 여성들은 전날 밤부터 단식에 들어간다. 남학생들이 여학생을 상대로 심한 장난을 치기 때문에 캠퍼스는 며칠 동안 썰렁한 분위기고 당일에는 사람 그림자도 얼씬거리지 않는다. 젊은이들은 몰려다니면서 "홀리!"라고 외치고 격

● 홀리 기간에 색색의 가루를 파는 노점상. 색색의 가루는 홀리 축제에 없어서는 안 될 필수 품목이다

렬한 춤을 추며 음란한 말을 주고받는데 이 음란성 때문에 인도를 통치한 영국인은 홀리를 질색했다.

　인류학자의 보고를 보면, 홀리에서 가장 공격을 많이 받는 쪽은 브라만들이고 공격을 가하는 쪽은 가장 천하다고 여겨지는 불가촉민, 즉 청소부와 노동자들이다. 이 축제에는 남성들도 여성들을 피해 도망을 다니고 장난꾸러기들은 골목에 숨어서 호시탐탐 어른들을 노린다. 따라서 홀리는 성, 계급, 연령의 간격을 줄이는 동시에 엄격한 계급 제도를 이완하고 전통적 역할을 바꾸는 기능을 한다. 즉 사회적 저항과 반란을 막는 안전밸브이다.

홀리를 즐기는 사람들은 크리슈나 신과 그의 연인 라다의 열정적인 사랑을 축하한다. 홀리 축제는 크리슈나 축제와 유사점이 많다. 크리슈나 축제는 수백 명의 남녀 숭배자들이 한데 어울려 드럼을 치며 거리를 행진하거나 사원이나 집에 모여 열광적으로 노래를 부르고 춤을 춘다. 크리슈나 종파는 명상적이고 감정을 절제하는 상층의 힌두교와 달리 있는 그대로 감정을 표출하고 소리를 질러댄다.

크리슈나 종파는 정통 힌두교로부터 해방을 기도한다. 그들은 기존 사회의 엄격한 신분질서를 뛰어넘어 낮은 계층의 참여를 환영한다. 이 종파는 낮은 카스트와 여성은 물론 힌두 세계의 바깥에 있는 불가촉민에게도 최초로 문을 연 집단이다. 숭배의 기준은 카스트와 같은 타고난 위상이 아닌 신에 대한 헌신과 열성이다. 타고난 위상 때문에 경멸을 받거나 가진 것이 없는 계층도 구원을 받을 수 있다고 보는, 불평등한 다른 힌두 종파와 달리 민주적이라고 할 수 있다.

크리슈나는 인도 여러 신 가운데 가장 대중적인 신으로 보수적인 힌두도 서구화된 사람들도 숭배한다. 푸른색 얼굴의 영원한 소년 크리슈나는 만 6,000명의 아내와 18만 명의 자식을 두었다고 한다. 더욱 놀랄 일은 그가 수천 명의 처녀를 유혹하고, 결국은 아름다운 연상의 유부녀 라다와 열정적인 사랑에 빠졌다는 점이다. 기혼인 라다는 다른 인연을 끊고 크리슈나를 따랐다.

서양 최초의 바람둥이 돈 후안과 카사노바에 결코 뒤지지 않는 인도의 멋쟁이, 크리슈나. 신화를 보면 그가 부는 플루트의 선율을 따라 여인들은 최면에 걸린 듯이 뒤도 안 보고 달려 나갔다. 우유, 버터, 요구르트에 집착하고 도둑질과 같은 비도덕적인 행동도 서슴지 않는 그는 자유와 자연스러움의 대변자였다.

아버지와 같은 엄격한 가부장적 신이 아니라 본능적인 쾌락을 추구하는 개구

쟁이 같은 크리슈나 앞에서 숭배자들은 정숙한 행동을 버리고 자신까지 포기했다. 16세기에 실존한 라지푸트 공주 미라바이는 크리슈나에 대한 사랑을 위해 남편과 왕궁을 떠나 한평생 크리슈나에 대한 시와 노래를 지으며 살았다.

그의 숭배자들은 자의식을 포기하면서 엄격하게 구조화된 사회에서 겪는 내적·외적인 억압을 해소한다. 홀리 축제처럼 성, 계급, 연령 간의 차별을 푸는 것이다. 그래서 크리슈나는 인도 전역에서, 어린아이부터 노인에 이르기까지 모두에게 사랑을 받는다. 추종자들은 열렬한 숭배를 통해 본능적인 쾌락을 느끼며 신과의 합일을 경험한다. 물론 그 합일은 관능적이다.

크리슈나와 라다가 사랑을 나눈 무대는 노란 유채꽃이 깔린 인도의 에덴동산, 델리에서 가까운 마투라 지방의 브린다반이다. 그러나 아무리 신비한 은유를 담아도 라다와 크리슈나의 사랑은 불륜이 아닐 수 없다. 중세의 바크티[神愛] 사상은 신을 소유하고 신에 의해 소유되는 에로틱한 사랑이었는데, 라다와 크리슈나의 사랑이 그 중심이었다. 바크티는 금지된 영역을 벗어나는, 세상과 사회를 부인하는 해방감을 선사한다. 그리하여 숭배자는 사회적인 제약과 그물을 뛰어넘는 엄청난 순간을 경험할 수 있다.

● 홀리를 즐기는 크리슈나와 라다(무굴 세밀화)

어쩌면 가장 바람직한 연인은 유부녀인지도 모른다. 가장 위험부담이 높기 때문이다. 이는 만고불변하는 에로스의 원칙이다. 인도 고대의 시와 글은 결혼을 사회·종교적 의무라고 언급했다. 크리슈나와 라다의 조건 없는 사랑은 그 의무에서의 즉각적인 해방을 뜻하며 기존 남녀관계로부터의 일탈을 상징한다. 홀리 축제 때 크리슈나와 라다의 사랑을 축하하는 이유가 여기에 있다.

오늘날 크리슈나를 따르는 종파는 전 세계에 널리 퍼져 있다. 해체 이전의 소련에도 상당한 추종자가 있었고 미국 등지에 특히 많은 숭배자들이 있다. 파자마 같은 헐렁한 주황색 옷과 화환을 걸친 맨발의 그들은 '하레 크리슈나'(모든 기쁨의 근원인 크리슈나 신)를 외치며 떠돌아다닌다.

자, 이제 또 하나의 비상구를 소개한다. 인도 남부 케랄라 주에 사는 남부드리 브라만은 인도 최고의 보수집단이다. 청정한 그들은 부정이 타는 걸 막기 위해 불가촉민은 물론 다른 카스트와도 거리를 유지했다. 접촉은 고사하고 보기만 해도 부정을 탄다고 천민이 가시권에 들어오는 것을 막은 독선적인 계층이었다. 크샤트리아 계층인 나이르 여성과 어쩔 수 없이 결혼은 해도 밥은 절대로 같이 먹지 않는 그들, 지금은 거의 다 사라진 그들의 의식을 통해 엄격한 사회의 뒤꼍을 살펴보자.

남부드리 브라만은 쇠고기를 비롯한 각종 고기와 술, 심지어 아편까지 차려놓고 여신에게 제사를 드렸다. 제사가 끝난 후 참석한 사람들은 다 같이 둘러앉아 제사 음식을 먹었다. 나누어 먹는 것이 아니라 이 사람이 한 입 저 사람이 한 입 베어 먹는, 인도에서는 상상하기 어려운 방식이었다. 음식이 바닥날 때까지 그렇게 먹었는데 이때는 전혀 부정이 타지 않는다고 여겼다.

먹는 일이 끝나고 아편까지 한 대 피우고 나면 그대로 그 자리에서 아무나 얼싸안고 집단으로 정사를 나누었다. 그날 하루는 브라만과 불가촉민의 구별 없이 모든 카스트가 대등했다. 브라만은 육식을 하지 않거니와 다른 카스트와 신체적 접촉을 하거나 음식을 교환 또는 함께 먹으면 부정을 타는 것이 일반적인 금기였으나 그날 하루만 이 모든 일탈이 도덕적 행동으로 간주되어 문제를 삼지 않았다고 한다. 단 하루의 해방이 영원한 속박을 견디게 하는 것일까?

엄격한 신분 사회의 해방구인 크리슈나와 홀리, 남부드리 브라만의 일시적인 집단적 일탈. 사람들에게는 그렇게 숨 쉴 공기가 필요한 법, 세상에 출구 없는 방은 없었다.

"내려와!" "내려와!"

인도 사회의 이방인인 나는 허름한 옷을 입고 기꺼이 그 부름을 받았다.

인도 여성은 차별을 받으며 보이지 않는 억압의 그물에 갇혀 있다.
여자는 남편의 아내라는 자리보다는 한 집안의 며느리로 먼저 규정되는데
어머니와 며느리로서의 역할을 강조하는 것은
결국 여성의 성을 희석하게 된다.

5. 베일의 세계

여자가 무서버

1990년대, 인도의 한 유명한 탤런트가 결혼을 하지 않고 아이를 가졌다. 여러모로 자유분방한 그녀의 배가 불러갈수록 뱃속 아이의 아버지를 맞히는 내기의 열기도 더해갔다. 한동안 각 주간지와 연예계 잡지는 관련 기사로 어지러웠는데, 남의 눈을 의식하지 않는 그녀인 만큼 '예비 아빠'의 물망에 오른 사람이 한둘이 아니었다. 기자들은 데이트 시기와 친밀도를 따져보고 여러 가지 정황을 종합한 결과 어느 연극 연출가를 후보 0순위에 올렸다. 그리고 카운트다운. 열, 아홉, 여덟······.

드디어 아이가 세상에 모습을 드러냈다. 아이가 태어난 지 얼마 되지 않아 곧 아버지의 정체가 드러났다. 아이의 외모가 평균적인 인도인과 너무 달랐기 때문이다. 새카맣게 윤이 나는 피부와 곱슬머리를 가진 아이의 아버지는 후보군에서 뒤로 밀렸던, 서인도제도 출신의 크리켓 선수였다.

인도 사회는 여성의 성에 대해 상당한 두려움을 가지고 있다. 수천 년 동안 내려오는 카스트 제도의 성공 여부는 전적으로 여성의 섹슈얼리티에 달렸기 때문이다. 순수와 청정성을 부르짖는 브라만이 그 순수성을 유지하기 위해서는 브라만 여성이 다른 카스트 남성과 성적 관계를 갖지 않아야 한다. 브라만 여성이 앞의 탤런트처럼 예상할 수 없는 후손을 낳는다면 고귀한 혈통은 곧 훼손되고 오염될 것이 아닌가.

또한 아이가 자기 자식인지를 확인하는 것도 사실상 불가능하다. 김동인의 소설에서 보이듯 아이의 발가락이 나와 닮았는지를 확인하거나 유전자 감식을 해가며 노심초사할 순 없지 않은가. 그래서 인도 남성은 끊임없이 여성을 감시하고 관찰한다. 지치지 않고 여성의 순수성을 강조하고 남편에게 순종하라고 강조한다. 이슬람의 영향을 받은, 베일로 몸을 가리는 관습도 다른 남성의 시선을 막아 잠재적 불륜을 차단하려는 의도에서 나왔다.

"불은 끝없이 연료가 필요하고 대양은 수많은 강으로도 메워지지 않으며 여성은 결코 한 남자로 만족하지 못한다." 이렇듯 남성들은 여성이 욕망이 강하고 방탕하며 믿을 수 없다고 생각한다. 출가한 남성에게 독신을 강조하는 것도 알고 보면 여성을 유혹자나 해탈의 방해자로 여기는 것이다.

부처님이 제자에게 이르셨다.

"여자를 보아서는 안 되느니."

"만약 여자를 보면 어떻게 합니까?"

"말을 하지 마라."

"만약 여자가 말을 걸면 어떻게 합니까?"

"정신을 바짝 차려라."

성숙한 여성의 성에 대한 두려움은 결혼 제도에 반영되었다. 〈마누 법전〉에는 이상적인 남편과 아내의 연령 차이가 16~18세라는 기록이 보인다. 사실상

아버지와 딸의 나이다. 지금도 인도 농촌에서는 여성의 조혼이 드물지 않다. 한 사회학자의 연구에 따르면, 인도 남성들은 아직 성숙하지 않은 사춘기 소녀에게 특별한 매력을 느끼고 성숙한 여성의 성에는 위압감을 가진다고 한다.

여성은 성관계를 가진 후에 부정을 탔다고 간주된다. 같이 자고도 여성만 부정을 탔다고 여겨지는 것이다. 여성의 성기는 부정의 온상으로 간주된다. 여성의 생식기chuta와 부정chhuta이라는 단어를 연관 짓는 학자도 있다.

특히 생리를 하는 여성은 '완전부정'의 상태이다. 음식을 만들거나 신을 숭배하지 않으며, 힌두 사원에도 갈 수 없다. 생리가 시작된 사춘기 소녀는 오빠나 아버지와 신체적 접촉을 자제한다. 스카프로 가슴도 가려야 한다. 가슴을 제대로 가리지 않으면 불륜을 초래한다고 하여 행실이 좋지 못한 여자로 간주되기 때문이다.

앞에서 말했듯이 인도인들은 성관계 후의 사정이 남성의 몸을 해친다고 굳게 믿는다. 따라서 성관계를 자제하지 않고 과도하게 잠자리를 요구하는 아내는 남편을 '잡는' 나쁜 여자로 여겨진다.

성숙한 여성의 성에 대한 인도인의 태도는 《카마 수트라》에도 보인다. 성에 대한 지침서인 이 책에는 유부녀를 유혹하는 여러 가지 방법이 들어 있다. 신성한 강물에 목욕을 해도 씻기지 않는 5대 죄악 중 하나는 사부의 아내와 저지른 불륜으로 명시되어 있다.

힌두의 악습으로 오랫동안 지탄을 받아온 사티 제도, 즉 죽은 남편과 함께 살아 있는 아내를 불에 태우는 관습도 아내에 대한 남편의 두려움에서 나왔다. '내가 죽은 다음에 행복하게 잘살게 될 아내'에 대한 질투심 때문만이 아니라 가장 행복한 여자는 남편보다 먼저 세상을 뜨는 여자라는 사실을 증명하려는

것이다. 만약 남편이 죽은 후에도 아내가 살아남아 아무 불이익 없이 잘산다면 불만이나 다른 동기를 가진 아내가 자기 남편을 처치하려고 독약을 쓸지도 모를 일이다. 가엾은 남편들. 아내의 손은 약손이지만 '독약을 든 손' 일 수도 있는 법이다.

그리스인의 기록을 보면, 역사상 인도 최고의 황제로 꼽히는 마우리아 왕조의 찬드라굽타는 늘 주변의 여인들을 두려워했다. 잠든 사이에 주변의 후궁이 자신에게 독을 먹이고 후계자와 부부가 될 가능성을 염두에 둔 그는 낮잠을 자지 않았다. 편히 잠들 수 없는 왕은 행복하지 않았다. 아내의 음모와 권모술수가 두려운 남성들은 남편의 죽음이 여자에게 지상 최대의 재앙이도록 만들었다.

이즈음은 줄었으나 오랫동안 홀어미들은 원색의 삶을 버리고 금욕적으로 회색의 삶을 살았다. 보석이나 장신구를 할 수 없고 원색의 사리를 입을 수도 없으며 환하게 웃거나 뭇 남성의 눈에 띄어서는 안 되었다. 소복을 입어야 하고 남자를 유혹하는 화장이나 향수의 사용도 자제했다. 본능을 부추기는 음식도 먹을 수 없었다.

1856년, 과부의 재가를 허용하는 법령이 제정되었지만 용기 있는 극소수를 제외하면 대다수는 여전히 홀어미 신세를 면치 못했다. 생활 수단이 막막한 일부 홀어미는 거지나 매춘부로 전락했다. 그래서 홀어미라는 뜻의 '라얀드' 는 매춘부를 뜻하는 단어와 동의어다. 이와 관련해서 현존하는 인류학자 비나 다스가 채집한 이야기를 살펴보자.

• 한 사회학자의 연구에 따르면, 인도 남성들은 아직 성숙하지 않은 사춘기 소녀에게 특별한 매력을 느끼고 성숙한 여성의 성에는 위압감을 가진다. 어린 소녀들(위)과 결혼한 여성들(아래)

왕이 한 신하의 아내를 마음에 두었다. 신하가 여행을 가자 왕은 반지를 주며 유혹하지만 실패했다. 여행에서 돌아온 남편은 왕이 아내의 방에 남기고 간 반지를 발견했다. 화가 난 남편은 아내에게 불륜을 저질렀다고 나무랐다. 그러고는 여종을 시켜 아내에게서 모든 것을 거두고 홀어미의 옷을 입히라고 했다. 그녀가 홀어미의 옷을 입고 하루에 한 끼씩 먹는다는 소식을 들은 친정에서는 딸이 간통을 했다고 결론을 내렸다.

홀어미를 죽은 남편과 함께 화장한 이유에는 잠재적 불륜에 대한 염려가 포함된다. 젊었을 때 홀어미가 된 여성은 죽어서 도깨비가 된다고도 했다. 홀어미가 질투심으로 사람들에게 불행을 초래한다고 두려워한 것이다. 그러나 나이가 들어서, 즉 성적인 욕망이 어느 정도 해결된 후에 남편을 잃은 홀어미에 대해서는 이러한 뒷이야기가 없다.

남편을 신으로 여기고……설사 옳지 않은 행동을 해도 참아야 한다…… 술주정뱅이든 문둥병자든 혹은 아내를 두들겨 패던 남편은 신으로 받들어야 한다. 남편을 받들 때는 장신구와 꽃, 옷으로 단장하고 언제나 '사랑의 신'으로 섬겨야 한다.

힌두 서사시가 알려주듯 아내는 아침마다 자기 삶의 중심인 남편을 위해 기도를 드리고, 1년에 하루, 남편의 무병장수를 비는 축제를 맞아 '신'과 같은 남편을 위해 단식을 한다.

같은 기숙사에 살던 라크시미는 화학을 전공하는 박사 과정 학생으로 남편은 그녀의 클래스메이트였다. 한시적 클래스메이트가 영원한 룸메이트로 바뀐 것인데, 그녀도 그날 남편을 위해 종일 굶었다. "라크시미, 너마저……." 내가 웃자 그녀는 쑥스러운 표정을 지었다. "나쁠 것은 없잖아." 그렇게 대답한 라크시미와 남편은 박사 학위를 받은 뒤 미국으로 가서 유수한 대학에서 가르치고 있다.

이처럼 인도 여성은 차별을 받으며 보이지 않는 억압의 그물에 갇혀 있다. 여자는 남편의 아내라는 자리보다는 한 집안의 며느리로 먼저 규정되는데 어머니와 며느리로서의 역할을 강조하는 것은 결국 여성의 성을 희석하게 된다.

● 인도의 과부. 이마에 남편의 죽음을 알리는 까만 빈디가 선명하다

넬슨 제독의 날카로운 눈을 가진 시어머니와 프라이버시라는 말이 무색한 대가족 제도에서 가지는 번개 같은 남편과의 만남, 일방적이고 순간적인 관계에도 불구하고 어쨌든 인도 인구는 계속 늘어만 간다.

사티 부인의 찬란한 슬픔

1987년 9월. 꽃다운 나이 열여덟. 루프 칸와르는 산 채로 남편의 시체와 함께 화장되었다. 수백 명의 군중이 지켜보는 가운데. 그리고 그녀는 사티 여신으로 승천했다. 여성 단체와 언론의 히스테리에도 불구하고 사티를 기념한 열사흘 날에는 30만 명의 인파가 모여들어 그녀를 추모했다.

당시 인도에 있던 나는 항의 서한에 서명하고 다른 여성들과 함께 가두시위에도 끼었다. 그러나 그녀가 죽은 자리에 세워진 사티 사당, 힌두가 세운 무덤과 유사한 화장된 그 자리는 오늘도 순례지로 번성을 구가하고 있으며 그녀의 이야기는 20세기의 전설이 되었다.

사티는 본래 수많은 아내를 가진 시바 신의 '퍼스트레이디'였다. 사티는 아버지가 남편에게 퉁명스럽게 대한 데 대한 항의의 표시로 분신자살을 기도했다. 남편에 대한 아내의 진정한 헌신이 무엇인지를 증명한 사티 부인. 그리고 여전히 남편을 삶의 중심에 두는 사티의 후예들.

사티는 죽은 남편을 화장하는 장작더미에 몸을 던진 힌두 여성과 그 관습을 지칭하는 단어가 되었다. 오늘날의 페미니스트들이 땅을 칠 노릇이지만 사티는 남편이 없는 삶은 아무런 의미도, 가치도 없다면서 세상을 버리는 여성들을 지칭한다. 살아서도 죽어서도 아내는 남편과 일심동체라는 것.

이론적으로 사티는 사랑 때문에 남편의 뒤를 따르는 아내의 자발적인 행동이다. 기이하지만 유교 문화권의 여필종부(女必從夫)와 유사하다. 남편을 따르지 않는 여인은 질시의 대상인 홀어미가 된다. 그러나 아무리 홀어미의 생활이 힘들고 고달파도 생에 대한 인간의 욕구는 대동소이할 터.

그래서 수많은 여성들이 강제로 죽임을 당했다고 전해진다. 본래 사티는 남편의 시체를 무릎에 눕히고 장작더미 위에서 침착하게 죽어가는 여성을 기대하지만, 그것이 가능하겠는가. 사티를 한 대다수의 여성들은 남편의 시체에 묶이거나 대나무 막대기로 두들겨 맞으면서 억지로 장작더미에 올랐다. 게다가 타오르는 불길을 피해 뛰어나오는 것을 막기 위해 사전에 아편이나 다른 환각제를 먹였다는 주장도 있다.

인도에 온 영국인들은 살아 있는 여자를 태워 죽이는 사티 제도를 보고 경악했다. 1800년대 초반 벵골 지방에서는 연간 500~800건의 사티가 발생했다. 문명국을 자처한 영국인들은 1828년 비인도주의적인 사티 제도를 폐지했다. 인도의 야만성과 몽매함에 대한 서양 근대 세계의 승리를 상징하는 사건이었다.

이후 사티의 수는 급격하게 줄었고 1947년 독립 후에는 간헐적으로 약 40여 건의 사티가 보고되었을 뿐이다. 물론 사전에 경찰이 막아서 무산된 경우도 여러 차례 있었다. 그리고 1990년대를 얼마 앞둔 그 해, 루프 칸와르가 죽었다.

사티는 약 2,000년 동안 상층 카스트에 의해서 계속되었으나 그 기원은 분명하지 않다. 고대의 〈마누 법전〉은 홀어미의 청정한 생활을 강조하지만 사티를 언급하지는 않았다. 사티에 관한 기록은 기원전 4세기 인도에 원정한 그리스인을 시작으로 주로 외국인들이 남겼다.

중세에는 사티가 상당한 정당성을 인정받은 것으로 보인다. 무슬림이 인도를 통치한 이후 일부 힌두 왕국에서는 사티가 마치 전염병처럼 널리 퍼졌다. 무슬림과 힌두 간에 영토 분쟁이 만연하자 전쟁터에서 사망한 남편의 뒤를 따르는 아내들의 집단적인 사티도 자주 목격되었다. 라자스탄에는 여성들이 사티를 하기 전에 찍은 빨간 손바닥 자국이 선명한 벽도 남아 있다.

유럽인의 여행기를 보면, 15세기 남부 지방에서 번성을 자랑한 힌두 왕국 비자야나가르에서는 홀어미의 사티 관행이 극성이었다. 왕이 죽으면 그를 모시던 수많은 젊은 후궁이 왕과 함께 화장되었는데, 기록에 따르면 때로 그 수가 400～500명에 이르렀다.

크샤트리아 계층과 달리 브라만 여성의 사티는 브라만이 성서를 잘못 해석한 데서 비롯되었다는 주장이 있고, 아내와 함께 화장하면 내세의 복이 보장된다는 믿음을 가지고 있는 일부 부족의 영향이 있었던 듯하다. 죽은 자의 재산을 상속받는 아내를 제거하려는 시가 식구들의 음모도 빼놓을 수 없는 요인으로 지적되었다. 신과 같은 남편을 '잡아먹은' 엄청난 죄과를 진 여성을 처벌하는 성격도 있었다.

힌두의 결혼은 대개 나이 많은 신랑과 어린 신부의 결합이었다. 따라서 사티는 살아남은 젊은 아내의 예상되

● 사티를 묘사한 그림. 서양인은 한동안 이국적 관습인 사티를 낭만화했다

● 사티를 하기 전의 여성이 남긴 손바닥 자국이 새겨진 벽

는 불륜과 그 결과인 원치 않은 아이들 문제를 사전에 예방하는 성격도 있었다. 예전에 질투심이 많은 남성은 오랫동안 여행을 떠날 때 아내에게 정조대를 채웠다고 전해지는데, 영원한 여행을 떠나는 남편이 아내와 함께 떠나 편안히 잠들고 싶었는지도 모르겠다.

벵골 지방에서 사티가 가장 성했던 것은 기근과도 연관이 있었다. 기근이 극성이던 18세기 말에 사티가 가장 널리 행해진 것으로 드러났다. 먹을 입을 줄이기 위한 궁여지책이었던 모양인데 그 만만한 대상이 홀어미들이었다. 사실 영국의 전진기지인 벵골 지방의 기근은 막대한 벵골의 부가 해외로 유출된 데서 비롯된 것이지만, 이런 관습을 통해 영국의 만행은 면죄부를 받은 셈이었다.

브라만과 같은 상층 카스트의 규범과 관행을 모방하여 자신의 위상을 과시하려는 일부 신진 계층도 사티를 받아들였다. "보시오. 우리도 사티를 하잖소?" 영국 통치하에서 새로 부자가 된 그들은 자신들이 더 높은 카스트임을 증명하기 위해 사티를 시행했다. 사티는 자연히 농촌보다 도시 지역의 중산층에게서 많이 나왔다.

가장 좋은 옷을 차려입고 보석과 장신구로 단장한 뒤에 죽은 남편과 함께 타오르는 불길 속에 용감히 산화하는 여성들의 죽음. 충성심과 절개에 높은 점수를 주고 낙화암에 몸을 던진 백제 궁녀들의 용기와 지조를 칭찬하는 우리는 인도의 이 찬란한 슬픔의 히로인을 어떻게 이해해야 할까?

1987년 사티를 행해 세상을 놀라게 한 칸와르는 중학교를 졸업한 신식 여성이었다. 결혼 기간은 겨우 7개월. 남편과 같이 지낸 시간은 몇 주일도 되지 않았다. 하룻밤에도 만리장성을 쌓는다지만 중매결혼을 한 그녀에게 남편에 대한 지고지순한 사랑을 기대하는 건 아무래도 무리일 것이다.

루프 칸와르가 살던 지역은 사티의 전통이 강한 크샤트리아 계층 라지푸트족의 땅, 라자스탄이라는 것에 주목해야 한다. 사티를 라지푸트족의 오랜 관행으로 여기는 사람들은 이것을 종교의 한 의식으로 보았고 전통이라는 이름으로 루프 칸와르를 방어했다. 그녀가 죽은 날도 수백 명의 목격자가 있었으나 진실은 드러나지 않았다.

루프 칸와르가 스스로 내린 결정이었다는 주장이 있었다. 남편의 시체를 무릎에 눕히고 담담하게 타죽었다는 목격자의 증언도 이어졌다. 반면에 불더미 속에서 뛰어나오는 그녀를 건장한 남자들이 막대기로 후려쳐서 막았다는 정반대의 주장도 나왔다.

라자스탄 주정부는 사티가 불법임에도 불구하고 널리 사전에 공고된 그 사건에 아무런 조치를 취하지 않아 공범 의혹을 자초했다. 경찰이 사진을 찍는 기자의 카메라를 빼앗았다는 주장도 있었고 고의적인 취재 방해도 드러났다. 그러나 죽은 자는 물론이고 산 자도 종교의 이름으로 말이 없었다.

서구화된 엘리트들은 사티를 살인이라고 규정한다. 자발성보다 강제성을 강조한 것으로, 만에 하나 여성이 스스로 사티를 선택했다고 하더라도 그것은 부당한 대우를 받아야 하는 홀어미의 생활을 염두에 둔 어쩔 수 없는 선택이라는 것이다. 사람들은 사티를 보기 위해 모여들지만 현실에서는 불길한 존재인 홀어미를 되도록 피하고 여러 방식으로 차별하기 때문이다.

물론 사티를 하면 단번에 여신이 된다는 조건을 앞세운 그릇된 세뇌나 이데올로기에 의한 결정일 가능성도 있다. 남편을 잡은 홀어미의 내세는 암울하나 사티는 그 반대이기 때문에 여성이 내세를 위해 사티를 자발적으로 선택한다는 것이다. 그러나 죽기를 원하는 것이 죽을 수 있는 충분조건은 아니다. 아무리 세상이 황량해도 남편을 뒤좇는 아내의 자살이 미화될 수는 없다.

그런데 더욱 모순적인 것은 사티를 지지하는 보수주의자들이 여성의 '자유 의지', 즉 자발성을 강조한다는 점이다. 여성 단체들이 죽은 여성을 제도의 '희생자'인 수동적인 존재로 여기는 반면에 전통을 고수하는 사티 지지자들은 사티가 제도가 아니라 개인의 결정에 의한 자발적이고 능동적인 행동이라고 방어했다. 오히려 페미니스트들이 내세우는 여성의 주체성을 강조하면서, 여성이 주체적으로 사티를 결정했다는 당당한 논리를 내세웠다.

"사티를 하지 못한 것이 한이 되어요." 루프 칸와르 사건 후, 유명한 어느 정치가의 둘째 부인이 남편이 죽은 다음에 한 말이다. 심각한 문제는 이러한 사티의 낭만화와 자발적 사티에 대한 끝없는 매혹이다. 그리스 시대 이래로 수많은 사람들이 사티를 하는 여인의 용기에 경탄을 보냈다.

1987년의 시끌벅적한 사건은 보수적인 주정부가 반(反)사티 법령을 제정하는 것으로 막을 내렸으나 사티가 일어난 지역은 수많은 순례자들이 끊이지 않는 성지로 바뀌었다. 사건 이후 루프 칸와르의 친정과 시가 양가가 상당한 부를 챙겼음은 물론이고 사티를 하는 그녀의 모습이 담긴 합성사진이 날개 돋친 듯이 팔려나갔다. 사티와 관련된 사업으로 상업적 이득을 본 사람도 적지 않았다. 일부 정치인도 전통과 보수주의를 팔아서 정치적 이득을 거두었다.

자살이든 타살이든 사티는 여성이 주어진 상황과 맺은 타협의 소산으로 볼 수 있다. 열녀문을 받기 위해 시어른한테서 보이지 않는 위협을 엄청나게 받았을 우리 조선의 양반집 홀어미들. 은장도의 존재가 우스운 오늘날에도 우리는 그 여인들의 용기 있는 결행을 비웃지 않는다.

당시 루프 칸와르의 사티를 1면 톱으로 보도하면서 제3세계 여성의 위상 운운하며 비난을 서슴지 않은 《뉴욕 타임스》의 태도처럼 우리는 막상 자기가 가지고 있는 여성에 대한 차별과 편견에는 눈을 감으면서도 다른 사회에는 비판의 칼을 들이댄다. '어찌 그런 일이!'라고 인도를 비난하지만, 사실 사티는 미국이나 우리 사회에 만연한 여성에 대한 차별과 편견의 다른 얼굴이다.

고대의 마누는 "여성의 몸은 신성하기 때문에 꽃으로라도 세게 때려서는 안 된다"고 했다. 근대의 마하트마 간디는 "힌두 여성은 신이 인류에게 준 선물"이라고 말했다. 어떤 의미에서든 진리는 역설이 분명하다. 먼 훗날 인도 여성이 갖게 될 진리는 과연 온전한 모습일까?

허니문과 비터문

어느 날 잠을 자려고 불을 끄던 나는 무엇인가 이상한 물체를 보았다. 두려움이 산처럼 밀려왔다. 다음 날도 마찬가지였다. 은근히 수소문을 해본 결과, 몇 해 전 내 방에서 한 여학생이 목숨을 끊었다는 사실을 알게 되었다. 원치 않는 결혼이 원인이었던 모양이다. 상대 남성의 기대치와 그녀 아버지의 능력 사이의 거리는 결국 그녀의 죽음으로 메워졌다. 내가 본 물체가 과연 그녀와 관련이 있는지, 헛것을 보았는지는 지금도 알 수 없다.

그 무렵 인도 동북부에 있는 한 도시에서 세 자매가 천장의 선풍기에 목을 매 자살했다. 결혼 지참금을 마련해야 하는 아버지의 부담을 덜기 위해서였다. 그러나 아버지의 가슴에는 그 부담보다 수백 배 무거운 돌덩이가 얹혔으리라. 끔찍한 그들의 모습이 언론에 공개되고 사람들은 한동안 우울해했다. 뒤틀린 결혼 관습과 사람들의 욕망은 언론의 도마 위에서 여러 차례 토막이 났다.

아직도 대다수 인도인은 중매결혼을 한다. 첫눈에 반하는 낭만적 사랑이 없진 않으나 그 사랑이 결혼에 이르기까지에는 난관이 너무 많다. 중매결혼은 카스트와 궁합을 가장 먼저 따져본다. 여기에 '돈' 문제가 아니 낄 수 없다. 원칙적으로는 공개적으로 지참금을 언급하지 않는 것이 예의라지만, 실제로는 신부 측의 능력을 넘는 신랑 측의 기대 때문에 '라운드' 협상에 들어가게 된다.

타밀나두 지방의 기독교인들은 목사 앞에서 지참금을 타협하고 그 액수의 10퍼센트를 교회에 헌금한다고 한다. 물론 액수는 공개하지 않는다. 마침내 협상이 끝나고 결혼이 성사되면 신부 측은 빳빳한 새 돈을 준비한다. 007가방에 반듯이 누운 그 새파란 돈뭉치는 신부의 오빠가 신랑의 집에 찾아가서 직접 전달하는 것이 예의이다. 가방이 쫙 열리고…… 인도 버전의 007작전인 셈이다.

결혼 지참금은 외상이 없고 카드는 절대사절이다. 007가방을 인수하지 않은 신랑이 결혼식을 거부하는 경우는 얼마든지 있다. 한번은 신랑에게 주기로 약속한 자동차가 결혼식 당일까지 출고가 되지 않은 불행한 일이 일어났다. 신부 측이 자동차 구입 계약서를 보여주며 통사정을 했는데도 자동차를 신부보다 더 사랑한 신랑은 끝내 고집을 피우고 결혼식에 참석하지 않았다.

설마 그럴까, 하겠지만 지금도 수많은 인도 여성들이 결혼 지참금으로 죽어가고 있다. 평화와 정신주의를 열창하고 비폭력을 외친 간디의 나라에서 말이다. 공식적인 통계를 보면, 이 문제와 관련하여 연간 6,000여 명의 인도 여성이 사망한 것으로 추정된다. 통계가 늘 그렇듯이 실제 죽음은 이보다 더 많을 것이다.

신문에는 부엌에서 밥을 짓던 주부가 입은 옷에 불길이 붙어서 타죽었다는 기사가 종종 실린다. 아직도 도시의 서민층은 예전에 우리가 야외에서 쓰던 가스버너와 비슷한 취사도구를 쓰는데, 좁은 부엌에서 움직이다가 질질 끌리는 사리의 자락이 불길에 닿아 사고가 생기는 것으로 추정된다. 이즈음은 여성들이 풀 먹이고 다리는 면제품보다 화학섬유를 선호하기 때문에 불은 순식간에 생명까지 앗아간다.

그런데 이러한 죽음의 상당수가 사고가 아니라 사건이라고 짐작된다. 결혼지참금과 관련하여 시댁에서 학대를 받거나 더 많은 금품을 가져오라고 시달리던 여성들이 시댁 식구에게 죽임을 당하는 것이다. 이들 희생자들은 한두 명 정도 자식을 둔, 결혼한 지 3년 이내의 여성들이 많다. '허니문'에서 '비터문'으로 직행하는 것이다. 그래서 북부 펀자브 주에서는 결혼하고 7년 이내에 집에서 죽은 여인이 있을 경우에는 모두 형사사건으로 조사하고 있다.

불에 탄 경우는 증거가 남지 않기 때문에 우연한 사고와 고의적 사건을 구별하기 어렵고, 물증 없이 심증만으로 수사를 할 수는 없어 원인 규명이 쉽지 않다. 어렵사리 수사가 시작돼도 재판까지 가는 데는 5~6년이 걸리고 그것도 유죄를 받는 경우는 거의 없다고 봐야 옳다. 델리에서 1990년대 발생한 천여 건의 사건에서 유죄를 받은 경우는 겨우 4건에 불과하다.

여자가 시집갈 때 금품을 챙겨가는 것은 어제오늘의 일도, 인도만의 고유한 관습도 아니다. 한국 사회에 만연한 혼수 증후군을 보아도 그렇다. 인도 정부는 특별법을 제정하여 악습을 근절하려고 노력하지만 물질주의가 팽배할수록 중매결혼의 물질적 동기도 더 강해진다. 1980년대에 연간 400여 명이던 희생자가 1990년대에는 그 열다섯 배로 크게 늘었고 2000년 이후 그 희생자는 더욱 증가하고 있다.

신부는 결혼할 때와 그 직후에 가구와 식기, 침구류와 전자제품, 시댁 식구에게 가는 옷감과 신랑에게 주는 손목시계와 옷 그리고 현금을 마련한다. 부유한 사람들은 냉장고와 자동차 같은 고가품을 제공하기도 한다. 당사자는 살림에 필요한 다른 물품, 즉 방석과 같은 수예품을 직접 준비하여 비용을 줄인다. 북부지방에서는 혼수에 토지와 같은 부동산은 절대 포함되지 않는 것이 원칙이다.

부모는 딸을 낳는 순간부터 저축을 시작해 그때부터 결혼 준비에 들어간다고 해도 과언이 아니다. 그러니 딸은 신의 선물이 아니라 '빚'의 탄생으로 여겨진다. 결혼 지참금은 결혼할 때 주는 것으로 끝나지 않는다. 그것은 일생 동안 이어질 '지참금 시리즈'의 일부에 불과하다. 외가는 아이가 태어날 때부터 결혼할 때까지 중요한 고비마다 상당한 부담을 져야 한다. 외삼촌의 등골이 휘는 것이다.

시댁의 기대에 부응하지 못하는 혼수와 추가로 와야 할 부담을 친정이 감당하지 못할 때, 새댁은 심한 학대를 받는다. 악역은 역시 만국 공통으로 시어머니가 맡는다. 가장 흔한 시나리오는 잠자는 며느리에게 휘발유를 뿌려서 태워 죽이고 부엌에서 일어난 불의의 사고로 위장하는 것이다. 일부 여성은 시달리다 지쳐서 자살을 선택하기도 한다. 이래서 이혼율이 낮은 인도에서 여성의 자살률은 높다.

딸에게 지참금을 마련해준 부모는 당연히 아들에게서 그 보상을 기대한다. 아들은 없고 딸만 여럿인 부모는 딸들에게 기둥뿌리를 다 뽑아주고 거리에 나앉는 경우도 있다. 결혼 시장에서 여성의 개인적인 능력은 중요하지 않다. 직장이 있는 여성과 얼굴이 예쁘거나 피부가 백설처럼 흰 여성은 약간의 할인이 가능하지만 그것도 보편적이진 않다. 의사와 결혼하는 여의사도 지참금을 가져갈 정도다.

내 친구 수난다는 정치학 박사로 델리에 있는 유명한 연구소의 선임연구원이다. 마흔이 넘은 그녀는 결혼에 냉담하다. 예쁘지 않은 얼굴에 피부도 가무잡잡

● 신부 측 결혼식 행렬(위)과 결혼 피로연(아래)

한 자신이 결혼이라는 시장에서 좋은 상품이 아니라고 진단하기 때문이다. 게다가 경제적으로 넉넉하지 않은 부모와 낮은 카스트라는 배경을 가진 수난다는 결혼을 의도적으로 회피하고 있다.

결혼 지참금이란 원래 생산력이 없는 부양식구를 맞아들이는 신랑에게 지불하는 경제적 보상의 성격을 지녔다. 재산 상속의 일부라고도 해석되는데, 아들에게 물려줄 재산의 일부를 딸에게도 나눠준다는 의미였다. 그리스에서는 결혼하는 딸에게 아들과 동등하게 토지와 가옥을 배분했다고 하지만, 인도에서는 그 배분이 일정하지 않고 결혼 시장에서 신랑 값의 등락에 따라 유동적이었다.

그러나 결혼 지참금은 신랑보다 신랑의 가족에게 주는 선물이라고 여겨지면서 많은 지참금은 신부 가족의 위상을 과시하는 수단이 되었다. 유능한 신랑감을 재력으로 사는 것이다. 오늘날 최고의 신랑감인 '행정고시' 합격자는 우리가 상상할 수 없는 엄청난 값을 부르고 엔지니어와 의사도 결혼 시장에서 인기가 높다. 그런데 아들에 대한 투자를 회수하려는 부모를 이해하는(?) 교육받은 남자들이 더 많은 지참금을 요구하고 있어 아이로니컬하다.

자존심을 가진 배운 여성들은 굴욕적인 지참금을 거부하고 수난다처럼 결혼을 부정한다. 하지만 잘난 아들을 둔 부모들은 결혼 시장의 동향에 민감하며 한탕 할 기회를 잡으려 눈초리를 빛낸다. 신랑 후보들은 시장에서 돼지고기처럼 등급이 매겨진다. 사위는 힌디어로 '자마이'라고 하는데 그 어원이 '자마', '야마'(염라대왕)인 것을 보면 우리의 '백년손님'처럼 진정한 가족의 일원이 아닌 것만은 분명하다.

햄릿이 물었다. "좋은 소식이 있느뇨?"

"사람들이 점점 착해지고 있다 하옵니다."

"세상의 종말이 가까워오는구나."

19세기 이래 사회 개혁의 첫 번째 대상인 과도한 혼수 문제는 깨인 사람들의
비판에도 불구하고 개선은커녕 양적·질적으로 심각해지고 있다. 물질문명은
발전해도 정신문명은 그 반대로 가는 것일까? 특히 물질의 단맛을 본 도시 중
산층에서 결혼 지참금이 극성이다. 결혼이 필수로 간주되는 사회에서 '싱글'로
남는 딸자식의 장래가 두려운 부모는 '울며 겨자 먹기'로 집안의 기둥뿌리를 뽑
을 수밖에 없다.

인도 인구의 절반은 여성이다. 정신주의와 비폭력의 나라에서 물질 때문에
자행되는, 인구의 절반인 여성에 대한 폭력은 탐욕의 산물이라고 할 수밖에 없
다. 결혼은 천국에서 이루어진다고 말하지만, 인도에서 결혼은 때로 천국과 지
옥이 너무 가까워 보인다.

나, 결혼했어요!

2주간의 짧은 겨울방학에 맞선에서 결혼까지 초고속으로 결혼 행진을 마친 샤르밀라는 유부녀의 티를 덕지덕지 붙이고 학교에 나타났다. 나는 오랜 기다림 끝에 임신하여 자랑스럽게 배를 내밀고 다니던 어렸을 때 본 옆집 아줌마를 기억하면서 그녀를 귀엽게 봐주었다.

그녀의 가르마에는 빨간 꿈꿈 가루가, 이마에는 엄지손톱보다 큰 곤지(빈디)가 핏빛처럼 선명했다. 목에는 구속을 알리는 결혼목걸이가 반짝였고 팔에는 여러 개의 팔찌가 젱그렁거렸다. 이제 그녀는 알록달록 물이 든 고운 사리만 입을 것이다. 아, 그랬다. 꼼작거리는 그녀의 발가락에 나란히 자리한 은빛 발가락지와 발목을 감싼 발찌도 보였다. 머리에서 발끝까지 그녀는 이제 완벽한 유부녀였다.

우리는 그렇게 알 수 있다. 그녀가 혼자가 아닌 누군가의 귀중한 반쪽이라는 걸. 50미터 전방에서도 대번에 유부녀임을 알 수 있다. 이제 그녀는 조금은 뻔뻔해지고 허리는 절구통처럼 두꺼워지겠지만, 소속이 있어서 행복하고 치근거리는 사람이 없어서 약간은 서운할 샤르밀라, 그녀의 이름은 유부녀였다.

인도에서는 그렇게 외양만으로도 결혼한 여성을 쉽게 구별할 수 있다. 그래야 순진한 남성들이 헷갈리지 않는 것일까? 인도의 기혼 여성이 우리나라의 배우들이 그러듯 인기를 위해 미혼 여성처럼 꾸미는 일은 불가능하다. 이마에 찍은 큰 곤지는 남성의 접근 금지를 알리는 빨간 경고등과 같다. "스톱! 나, 유부녀예요!"

코의 오른쪽에 구멍을 내어 다는 링은 여성이 성적으로 한 남자에게 종속되었음을 알리는 표시다. 여러 남자를 상대하는 매춘부는 코의 링을 뺄 '권리'가 있다고 한다. 언젠가 북부에서 만난 한 여성의 코 링은 입까지 축 내려오는 엄청난 크기였다. 그녀는 먹을 때마다 왼손으로 그것을 들어 올리는 불편을 참았다.

한 여자가 4형제의 맏이에게 시집을 갔다. 남자들은 늘 해가 져야 들판에서 돌아왔다. 시어머니와 새댁은 관습대로 베일로 얼굴을 가리고 저녁밥을 차렸다. 보름이 지났다. 새댁은 조심스럽게 시어머니에게 물었다.

"어머님, 네 사람 중 누가 제 남편이에요?"

"아가, 네가 이 집에 온 지 이제 겨우 보름이 지났다. 난 25년 동안이나 내 남편과 시동생을 구별하지 못했단다."

결혼한 여성은 베일로 얼굴을 가리는 것이 보통이다. 이것은 남성의 시선이 미치지 않는다는 사회적 격리를 뜻한다. 여성은 외부인은 물론이고 시아버지와 시동생 등 남자 가족과도 거리를 둔다. 불륜을 미연에 방지하자는 취지이다. 그러므로 다른 사람의 부인에 대해 안부를 묻거나 남의 집을 방문해서 그 아내에게 말을 거는 것도 바람직한 행동은 아니다.

외간남자와 '소 닭 보듯, 닭 소 보듯' 하는 결혼한 여성은 연장자나 남자의

동반 없이 혼자 나다니지 않는 것이 원칙이다. 특히 이방인의 시선이 수북이 날아오는 복잡한 곳은 될 수 있으면 피한다. 베일이라는 방패로서는 '늑대 같은 남자들'을 막을 수 없다는 것이다.

인도 남성이 여성들의 성적 선택을 두려워한다는 말은 앞에서 이미 했다. 고전인《니티 슬로카》만 봐도 "꿈의 의미, 왕의 성격, 가을날 구름의 결과, 여자의 마음은 알 수가 없다"거나 "여자의 마음을 알기보다는 차라리 흰 까마귀나 물고기 발자국을 보는 것이 쉽다"라고 했을 정도로 여성에 대한 불신과 두려움이 가득하다.

결혼한 여성에게 붙는 분명한 표식들은 남성이 여성에게 가진 두려움의 반영이다. 결혼한 여성이 팔뚝에 수북하게 차는 팔찌는 움직일 때마다 쟁강쟁강 예쁜 소리를 낸다. 자이푸르에서 만든 유리 팔찌는 소리가 한층 투명한데, 그 소리는 여성의 위치를 알려주는 일종의 감시 레이더와 같다. '아, 마누라가 뒤뜰에 있구나. 휴!'

남성들의 여성 보호는 여성에게 약한 존재인 자기에 대한 고백에 다름 아니다. 아내의 불륜을 '자나 깨나 살펴보는' 그 남성들이 여성을 향해 성희롱과 성폭력을 자행한다는 사실은 역설적이다. 내가 인도에 도착해서 들은 첫 번째 충고는 '해진 후에 절대로 밖에 나가지 말라'는 것이었다. 마치 사방천지가 늑대 소굴이라는 표정으로.

남부 지방은 비교적 괜찮지만 북부 지방은 여전히 여성의 행보가 안전하지 않다. 호랑이 같은 순사 나리가 때로 요주의 인물로 부각된다. 현대적인 빌딩과

● 유부녀는 분명한 표식을 가지고 있다. 가르마에는 빨간 꿈꿈 가루, 이마에는 빨간 빈디, 목에는 결혼목걸이, 손에는 결혼반지, 팔에는 여러 개의 팔찌가 쟁그렁거린다

국가 행정기관이 죽 늘어선 수도 델리, 역사의 중심지로 이질적인 문화가 혼합된 델리도 여성의 안전지대는 아니다. 오랜 유학 기간에 델리의 야경을 본 적이 드물 정도로 델리의 밤은 어둡다.

남녀 불평등이 심한 인도에서 남성의 성희롱과 성폭력은 수준급이다. 시내버스에서 엉덩이를 꼬집히는 것은 일상이고 매시간 어디선가 한 여성이 남성의 폭력 앞에 무릎을 꿇는다는 통계도 있다. 이건 공식적 기록이다. 비공식 기록은 적어도 훨씬 높을 것이다.

여행을 하면서 노골적이고 직접적인 성희롱에 혈압이 몇 번씩 오르내렸다. 말을 모르니 육탄전까지 진행되지 않아도 분위기는 명백했다. 대개의 인도 남성은 온순한 편이지만 그래서 더 원초적인지도 모를 일이다.

남녀평등과 여성 해방의 시대지만 인도 사회의 성희롱과 성폭력은 여전하다. 따라서 인도에는 여성들에 대한 제도적 보호 장치가 여럿 마련되어 있다. 시내버스 좌석의 반은 공식적으로 여성의 몫이다. 버스에 오른 여성은 그 자리에 앉은 남성들을 당당히 째려볼 권리가 있다. 기차에도 여성을 위한 특별한 방이 매 칸마다 마련되고, 기차표를 사거나 공적인 일을 처리하는 곳에는 예외 없이 여성을 위한 창구가 별도로 설치되어 여성을 보호한다.

사회학을 전공하는 내 옆방의 수잔은 캐나다에서 온 팔등신 미인이었다. 그녀의 고민은 남자들이 자기를 대하는 태도였다. 싸구려 미국 영화의 영향인지 백인 여자들은 모두 '프리섹스'를 즐긴다고 생각하고 치근거린다는 것. 해결 방안을 숙고한 우리는 '굿 아이디어'를 생각해냈다. 그녀의 손가락을 감싼 가짜 결혼반지, 그날부터 집적거리는 남자가 현저히 줄었음은 물론이다.

여성에 대한 범죄가 끔찍한 이 사회에서 아내를 보호하는 일은 당연한 건지

● 기차역의 여성 전용 대합실. 남성의 시선에서 벗어난 여성들이 한숨을 돌리고 있다

도 모른다. 인도에서는 한번 소속이면 영원한 소속으로, 결혼은 있으나 이혼은 거의 없다. 그래서 설사 아내가 불륜을 저질러도 이혼에 이르는 경우는 드물다. 특히 브라만의 경우가 그렇다. 간 큰 아내가 공개적으로 바람을 피우지 않는 한 소문을 부인하고 부인을 변호한다. 자신의 위상을 지키기 위해.

북부 하리아나 지방에는 "아내가 없는 집은 악마의 소굴"이라는 말이 있다. 끔찍하게 보호받는 아내가 있는 천국. 이왕에 소유라고 표시를 했으면 내 물건을 아끼고 소중하게 다루어야 하지 않을까? 쟁강쟁강 팔찌 소리가 투명하게 울리는 진짜 천국이 되도록.

여자의 남자

어떻게 이런 전통이 생겼을까?
사내아이가 태어나면 드럼을 치면서
내가 태어날 때는 놋주발을 때렸다니!

인도 북부 지방의 이 민요처럼 시골에서 자란 나는 아이를 낳은 후 등장하는 금줄의 차이에 익숙했다. 누가 사내아이를 낳으면 그 집 대문에 걸리는 큰 잣나무와 잣나무 가지 사이에 걸린 새끼줄에 매달린 붉은 고추들. 어린 우리들은 단박에 알았다. 그 집에 누가 태어났는지를. 딸이 태어난 집은 그런 표시가 없었으니까. 딸은 그렇게 축복을 받지 못하고 태어났다.

인도도 예외는 아니다. 시골에서 남자 아이의 탄생은 드럼을 치거나 피리를 불어서 온 동네에 알리는 좋은 뉴스이다. 동네 여자들은 찾아와서 축하의 노래를 부르고 아들을 낳은 집은 달콤한 탄생을 축하하는 뜻에서 온 동네에 단것을 돌려 기쁨을 나눈다. 사내아이를 받은 산파는 모처럼 두둑한 보수를 챙긴다. 심지어 출산을 도운 동서에게도 선물이 주어진다.

우리가 '살림 밑천'이라고 말하는 첫딸의 경우는 다소 예외가 있지만 딸의 탄생에는 떠들썩한 축하 행사가 없다. 집은 슬픔에 잠기고 찾아온 사람들은 슬퍼하는 산모에게 "다음에는 꼭 아들을 낳을 거예요"라고 위로한다.

지금도 일부 보수적인 집안에서 계속되는 '뿜사바나' 의식은 뱃속에 든 아이가 여자일 경우에 아들로 바꾸어달라고 비는 의식이다. 이렇게 아들을 낳으면 박수를 치고 딸을 낳으면 서운해 하는 모습은 그 역사가 오래되었다. 고대 《우파니샤드》에도 "신이여, 제게 사내아이를 주시고 다른 사람에게 딸을 주세요"라는 이기적인 발언이 엿보일 정도로.

인도 사회에서 남아 선호 사상은 그 타당성이 아주 없진 않다. 아들은 아버지의 영혼을 평안하게 하는 존재이다. 아들은 산스크리트로 '푸트라'라고 하는데 지옥에서 구해주는 사람이라는 의미이다. 아버지를 지옥에서 구원해줄 아들이 없다는 것은 장례를 치를 사람이 없다는 뜻이다.

아들이 없는 남자는 자신의 인생이 실패했다고 여긴다. 내세에 기댈 대상이 없는 까닭이다. 가부장적 사회에서 아들은 집안의 이름을 지니고 대를 이어 부모의 존재를 지속시킨다. 딸만 낳은 여성은 집안에서나 사회에서 존경을 받지 못함은 물론이거니와 냉담한 대우를 감수하지 않으면 안 된다.

일부 학자들은 영국 제국주의가 작은아들에 의해 이루어졌다고 말했다. 집에서 기대할 것이 없는 작은아들들이 남아프리카와 인도 등 제국에서 행운을 잡기 위해 모험을 감행했다는 것이다. 인도의 전통도 큰아들은 가업을 잇고 작은아들은 학교에 보냈다. 북부 지방에서는 아들 중 한 명을 군대에 보내는 것이 가문의 자랑이었다.

아들과 달리 딸은 결혼하고 언젠가 집을 떠날 '손님'으로 여겨진다. 경제적으로 도움이 되지 않을뿐더러 결혼을 시킬 때 상당한 지참금을 챙겨주는 딸은

● 아들을 낳은 아내라야 진짜 아내이다. 아들을 안고 관광 온 일가족의 단란한 모습

내 가족이 아닌 것이다. 딸을 시집보내고 빚더미에 앉는 가족이 종종 있기 때문에, 딸은 가족의 빈곤을 초래하는 존재로, 장차 돈을 벌 아들은 집안의 구세주로 여긴다.

따라서 아들의 타자인 딸의 위상은 다른 사람에게 주려고 잠시 보관하는 물건과 비슷하다. 아끼고 사랑하다가 언젠가는 돌려주어야 할 물건, 마치 진 빚을 갚듯이. 부모는 결혼을 하고 집을 떠나는 딸에게 다음과 같이 말한다. "우리는 최선을 다해 너를 사랑했다……그러나 우리가 혹시 너에게 서운한 일을 했다면 용서해다오." 북부 지방에서는 시집가는 딸이 집을 향해 어깨 너머로 밀알을 던진다. 친정의 복을 다 가지고 가지 않는다는 의미이다.

남자 아이를 선호하다 보니 자연히 여자가 남자에 비해 적을 수밖에 없다. 실제로 남성과 여성의 비율은 2001년 기준으로 1,000 : 933명으로 여성의 수가 훨씬 부족하다. 델리는 1,000 : 821명으로 아주 낮았고 펀자브와 같은 북부 지방도 비슷한 수치를 기록했다. 여자 아이와 결혼 지참금 문제로 죽는 젊은 여성의 죽음이 많은 것이 주요 원인으로 지목되었다.

여아는 젖을 먹이는 기간도 짧고 먹이는 음식의 질도 떨어지는 등 태만하게 기르기 때문에 죽을 위험이 많다. 사내아이는 잘 먹이고 아프면 치료도 받지만 딸아이는 죽도록 내버려두는 경우가 다반사다. 인도 최대의 주인 우타르프라데시는 5세 이하 여아의 사망률이 남아보다 70퍼센트나 높을 정도다.

한평생 집안의 부담일 뿐인 여자 아이는 가능하면 세상에 나오기 전에 미리 손을 쓴다. 그래서 뭄바이 같은 대도시에서는 조직적인 낙태가 성행한다. 태아의 성별을 감별하여 여아일 경우에 낙태를 하는 것이다. 1990년, 뭄바이에 있는 한 병원의 자료에 의하면 여아를 확인한 96퍼센트의 산모가 뱃속의 아이를 지웠다고 한다. 힌두에게 태아를 죽이는 일은 이 세상에서 끝내 씻지 못하는 중대한 죄이지만, 그래도 여아들은 죽어갔다.

농촌에서는 계집애가 태어나는 즉시 그 소리를 없애버린다. 물에 담그거나 목을 졸라 죽이기도 하고 독약을 먹여 살해하기도 한다. 이는 대개 어머니 '혼자만의 비밀'이다. 태어난 여자 아이의 약 10퍼센트가 '생즉사(生卽死)'를 경험한다는 통계가 나왔다. 한 여성 운동가가 '1996 미스월드 대회'를 보이콧하는 사람들에게 그 에너지를 여아 살해 문제에 돌리라고 일침을 가한 것은 이런 상황을 의미심장하게 보여준다.

여아 살해의 폭력이 가장 심한 지방은 땅이 척박하고 자원이 빈약한 라자스탄과 마디아프라데시이다. 서부의 라자스탄에는 살아남은 딸이 워낙 드물어서 백마를 타고 신부 집으로 오는 신랑의 행차를 수십 년씩 못 본 지방이 꽤 있다고 한다. 일찍이 1800년대 초반에 법으로 여아를 죽이는 관행을 살인으로 규정했으나 라자스탄의 오지에서는 200년이 지난 지금도 이러한 폭력이 진행되고 있다.

이 모든 것은 남성 중심 사회의 유산이다. 모계 전통을 지닌 남부 케랄라 주에는 오히려 여성 인구가 2001년 남성 1,000명당 1,058명으로 남성보다 많았다. 그것은 여아의 사망률이 다른 지방보다 현격하게 낮은 데서 기인한다. 인도에서 여성의 사회·경제적 위상과 교육률이 가장 높은 케랄라는 여성의 평균 수명이 가장 길고 여성의 사회 참여율도 가장 높다.

어머니가 되지 못한 여자의 일생은 불완전하다고 하는데 이런 인도 사회에서 여성의 자신감과 자존심은 아들에게서 나올 수밖에 없다. 여성은 어머니가 됨으로써 딸과 아내로서 누리지 못한 존경과 인정을 동시에 받는다. "아들을 낳은 아내라야 진짜 아내이다"라는 말과 "아들을 못 낳으니 차라리 진흙이 되는 게 낫다"는 속담이 있을 지경이다.

〈마누 법전〉은 "스승은 다른 사람보다 열 배 이상 존경해야 한다. 아버지는 스승보다 백 배 이상 존경해야 한다. 어머니는 아버지보다 천 배 이상 존경해야 한다"고 했다. 그러나 그 어머니는 아들을 낳아야 그러한 존경을 받았다.

대서사시 《라마야나》의 주인공 라마가 아내 시타를 받아들인 것은 아들을 처음으로 만난 후였다. 또 다른 서사시의 주인공 두샨타가 샤쿤탈라를 아내로 인정하는 것도 어린 아들을 본 후였다. 이처럼 인도 사회에서 여성의 존재는 딸,

● 인도의 미래, 여학생들이 소풍을 나왔다(뉴델리)

아내, 어머니 등 늘 다른 사람과의 관계로서만 파악된다. 그 중에서 어머니와 아들의 관계는 인간관계의 기본적이고 궁극적인 모형이다.

"엄마, 나 어떡해?"

마마보이가 많은 것은 당연한 귀결이다. 오래전, 북부에 사는 아그라왈 집단을 대상으로 어머니와 아들의 친밀도를 조사한 적이 있었다. 그 결과를 보면 결혼한 남자들의 반 이상이 아내보다 어머니와 더 가깝다고 응답했다. 겨우 20퍼센트의 남자가 아내와 더 친밀하다고 시인했을 뿐이다.

오늘날 도시 중산층 부부의 상호 친밀도는 예전보다 높아졌지만 농촌의 현실은 그다지 변하지 않았다. 어머니는 여전히 아들을 통해 자신의 권위를 행사한다. 《탈무드》에서는 "양(며느리)과 호랑이(시어머니)가 한 우리에서 살지 못한다"고 했다. 인도에서도 아들을 독점하려는 시어머니의 계략이 성공을 거두는 셈이다.

● 세밀화에 보이는 연상녀 라다와 크리슈나의 행복한 시간

어머니의 정체성은 아들에 대한 사랑으로 나타난다. 영원한 소년 크리슈나 신과 라다의 사랑은 인도판 《아들과 연인》이다. 어머니뻘 되는 연상의 여성 라다는 아들을 연인으로 여기는 힌두 여성의 무의식적 환상이라고 할 수 있다. 라다는 남편을 버리고 기꺼이 크리슈나를 따라간다. 남부 지방의 한 보고를 보면, 남성은 성숙한 아내가 아이와 친밀해지는 것에 두려움을 느낀다고 한다.

인도 사회는 여성의 에너지를 믿고 수많은

여신을 숭배한다. 그러나 여성은 아이를 낳고 남편의 욕망을 충족시키는 존재로만 묶인다. 딸아이를 '부의 여신'이라고 부르면서도 딸의 탄생을 슬퍼한다. 여성에 대한 여성의 폭력인 여아 살해와 조직적인 낙태는 인도 문화의 일그러진 단면이다.

어떤 이들은 여성 인구의 부족으로 인류가 멸망하지 않을까, 라고 걱정한다. 그러나 여성은 인류의 생존을 이끌어온 만만치 않은 존재이다. 여성들의 남아 선호는 라이벌 여성을 교묘하게 통제하여 먼 훗날 모권 사회를 만들기 위한 장기적인 음모의 일환일지 누가 아느뇨?

인도에서는 릭샤에서부터 택시에 이르기까지
모든 탈것이 시간에 관대하다.
한 시간도 좋고 두 시간을 기다려도 'No Problem!' 이다.
지리를 모르는 이방인이면 빙빙 돌아가서 요금을 올리는
얕은꾀를 부려도, 시간을 가지고 인상을 쓰는 일은 절대 없다.

6. 인도에서 사는 법 II

배꼽미와 각선미

1980년대에 소설 《파리대왕》으로 노벨 문학상을 받은 영국의 작가 윌리엄 골딩이 인도를 방문했다. 그는 소감에서 엄청난 "문화적 충격"을 받았다고 고백했다. 인도 언론은 인도가 더럽고 가난하다는 느낌을 다르게 표현한 것에 지나지 않는다고 그에게 시큰둥한 반응을 보였다. 사실 그의 발언은 오만한 '대왕'의 냄새가 풀풀 났다.

그러니 그보다 백여 년 전, 19세기 말 인도에 온 기독교 선교사들이 인도 문화에 경악한 것은 너무도 당연했다. 특히 그들이 충격을 받은 건 가슴을 있는 그대로 드러내고 거리를 활보하는 여성들이었다. 빅토리아 시대의 엄숙주의에 젖은 선교사들은 천박한 모습의 여성들에게 '부끄러움'을 가르쳤다.

먼저 기독교로 개종한 낮은 계층의 여성들이 가슴을 가리기 시작했다. 블라우스라고 부르는 윗저고리가 등장한 것이다. 수천 년 동안 내려온 관습의 포기는 가슴을 가리던 유일한 계층인 상층 브라만과의 갈등을 야기했다. 문제가 정치적 색채를 띠게 되자 식민 당국은 선교사들에게 부디 자제할 것을 당부했고 그것으로 블라우스 문제는 일단락되었다.

1881년, 동부의 벵골 지방에서는 힌두 개혁 집단인 '아리아 사마즈'를 추종하는 여성들이 블라우스를 입어서 센세이션을 일으켰다. 그때까지 뱅골 지방에서 사리 자락이 아닌 별도의 옷으로 가슴을 가리는 것은 매춘부의 특권(?)이었다.

그로부터 백여 년이 지난 지금, 거의 모든 여성이 가슴과 어깨를 가리는 웃옷을 착용한다. 물론 나이 든 하층 계급의 여성들은 여전히 가슴을 가리는 데 인색하고, 말라바르 지방이나 일부 부족 여성들은 고유한 방식을 지키며 가슴을 노출한다. 보석과 장신구로 웃옷을 대신하는 여성들도 있다.

옛날 아주 옛날, 호랑이가 담배 피우고 사람들이 정글에서 열매를 줍고 사냥을 하던 그 시절부터 인도에서는 웃통을 벗는 것이 바른 예절이었다. 옷이란 결국 오염의 매개체이다. 힌두 사원의 브라만 사제들이 모두 웃통을 벗고 일하는 것은 그 때문이다. 윗사람을 만나면 존경의 표시로 위에 걸친 옷이나 스카프를 벗는 사람들도 있다. 그대 앞에서 누가 웃통을 벗어도 결코 상스러운 행동이 아니라는 걸 기억하자.

19세기 말에는 우리나라 여성들도 가슴을 드러내고 다녔다. 시골 출신인 나는 아이에게 젖을 먹이는 어머니들의 가슴을 실컷 보며 자랐다. 물론 요즘은 시골에서도 그런 '매너 없는 어머니'는 드물다. 빅토리아식으로 아니 미국식으로 세련되게 진화한 한국의 어머니들은 사랑하는 아이들에게 자기의 가슴 대신 보이지 않는 소의 가슴에서 나온 우유를 먹이고 있으므로.

인도의 여성들이 블라우스를 입지 않았던 것은 예의나 염치가 없어서가 아니었다. 인도 옷의 특징은 바느질을 하지 않는다는 점에 있다. 인도 여성의 우아한 사리는 폭 1미터에 길이가 5~7미터인 통으로 된 옷감이다. 접어 입으면 미니스커트와 흡사한 남성들의 '룽기'도 핀이나 단추를 쓰지 않은 1~2미터짜리

천 조각이다. 숄이나 남성들이 어깨에 덮는 스카프도 마찬가지. 입는다기보다 몸에 두른다.

덥기도 하지만 종교적인 청정성을 유지하기 위해 목욕을 자주 하는 인도인들. 한 장으로 된 커다란 옷감은 깨끗함을 유지해주고 입고 벗기가 용이하다는 장점이 있다. 그들은 맘만 먹으면 순식간에 아담과 이브가 될 수 있다. 물론 빨래하기도 쉽다. 하지만 빨래를 하려면 신성한 강물을 더럽혀야 한다. 내 위생을 위해 지구의 위생을 더럽혀서는 아니 될 일, 되도록 빨래를 적게 하는 방법은 옷의 부피를 줄이거나 오래 입는 것이다.

남부 닐기리 산악 지방에 사는 한 부족은 이 점에서 아주 철저했다. 그들은 한번 옷을 사면 다 해어져 걸레가 될 때까지 절대로 빨거나 바꿔 입지 않았다고. 땀에 절고 비바람에 시달린 옷이 넝마에 가까워지면 그제야 버렸다. 혼자 깨끗한 척 중간에 옷을 빨면 마을에서 즉시 쫓겨났다. 이유는 물이 아주 귀한 지역이기 때문이다. 위생은 0점이지만 환경 점수는 백 점인 셈이다.

이제 블라우스는 다양한 디자인을 자랑하고 유행도 탄다. 가장 매력적인 샤우라스트라 스타일은 가슴의 곡선을 사실적으로 드러내며 뒤에다 십자로 끈을 묶는 비교적 야한 스타일이다. 몸에 꼭 끼고 길이가 짧은 블라우스와 사리 사이의 허리는 맨살로 때운다. 마치 비키니를 입은 것과 같다. 날이 더우니 시원하기도 할 것이다.

나는 유학 초기에 여성들이 드러낸 맨살에 눈 둘 곳을 몰라 쩔쩔맸다. 수업 시간에는 여자 교수들의 드러난 허리를 보는 것에도 민망해했다. 허나 3개월 정도 지나자 더 이상 '감동할 깜짝쇼'는 없었다. 한 뼘은커녕 두세 뼘씩 허리를 드러낸 여자를 봐도 '평온지심'이 되었다.

"다리를 내놓는 게 야하지 허리를 보이는 게 뭐 어때서?"

인도 여성들은 다른 나라 여성의 짧은 치마를 보며 그렇게 말하고 싶을 것이다. 인도에서는 가슴과 배꼽을 보이고 맨허리는 한 뼘씩 드러내도 괜찮지만 다리를 노출하는 것은 아직도 망측한 일로 여긴다. 발등까지 내려오는 치렁치렁한 사리 안에서 땀띠가 아무리 바쁘게 감수분열을 하더라도 참아야 한다.

인도에 간 초기, 더운 나라인지라 나는 종아리를 내놓고 돌아다녔다. 그러나 어느 날 문득 날씬한 내 다리에 만인의 시선이 와 박힌다는 걸 깨닫고는 최대한 인도식으로 스타일을 바꾸었다. 인도에 가면 인도인이 되라는 말씀은 백번 지당하다.

상체의 노출에는 관대하면서 다리에 대해서 엄격한 풍습은 흥미롭다. 다리를 보이는 영화배우는 싸구려배우 취급을 당하고 '롱 다리'를 겨누는 미인대회도 인도인에게는 감격적인 행사가 아니다. 영화에 등장하는 이상적인 여성상은 늘 사리를 휘어감은 다소곳한 여인이다. 하긴 윤복희가 미니스커트를 입고 나타나 우리를 놀라게 한 것이 겨우 1960년대였으니, 그 변화는 앞으로 두고 볼 일이다.

인도의 전통 의상인 사리와 룽기는 허리에 둘러 입는다. 허리에 몇 번 돌려 감은 후 허리 부분에서 주름을 잡아 배꼽 부근에 찔러 넣고 남은 부분은 왼쪽 어깨로 넘기는 방식이다. 이때 주름은 배꼽 아래로 내려서 신체의 중요한 부분을 가리고 보호하는 역할을 하게 한다. 악을 막는 효과도 있단다. 배가 불룩한 남자들이 웃통을 벗고 두른 룽기는 배꼽 밑의 언덕 아래에 아슬아슬하게 걸려 있기 마련이어서 불안했지만 흘러내리는 비상사태(?)는 단 한 번도 없었다.

무슬림이 인도에 온 이후 옷에도 변화가 생겼다. 남성들의 옷에는 페르시아

● 다양한 전통 복장을 한 여성들. 다리를 노출하지 않는 것이 특징이다

와 터키식의 디자인이 도입되었다. 꼭 끼는 바지와 셔츠, 하이칼라의 긴 코트를 입은 네루 스타일이 그 전형이었다. 북부 지방의 여성들은 사리 대신 무릎까지 오는 긴 윗도리와 통바지를 입기 시작했다. 일찍이 4세기에 주조된 동전에 새겨진 바지가 인도에 수용되는 데는 천 년이란 긴 세월이 걸린 것이다. 머리에 베일이나 모자를 쓰는 것도 무슬림의 영향이다.

반대로 인도가 영국으로 수출해서 유명해진 스타일도 있다. 바로 파자마. 몸에 꼭 끼는 옷을 입고 동방에서 불철주야 바쁘게 뛰던 빅토리아 시대의 영국인들은 인도인이 입는 헐렁한 옷이 마음에 들었다. 낮에는 어쩔 수 없지만 밤에라

도 자유롭고 싶었던 그들은 헐렁한 잠옷을 만들고 인도인이 입는 통이 큰 바지의 이름을 따서 '파자마'라고 불렀다. 아무렇게나 어깨에 걸치는 '숄'도 인도가 영어권에 빌려준 단어이다.

오늘날 위성TV의 공격을 받는 도시의 일부 젊은이들은 이제 청바지를 즐겨 입고 서양의 패션을 흉내 낸다. 외국의 유명 브랜드를 선호하는 사람들도 나타났다. 델리 한복판에서 초미니스커트를 입고 다리를 뽐내는 여성도 생겼다. 그러나 인구의 절대 다수는 인도 전통 복장을 선호한다. 젊은 남성은 바지와 셔츠를 많이 입어도 여성, 특히 결혼한 힌두 여성은 처녀 때의 패션과 상관없이 여성적이고 우아하다고 믿는 사리로 돌아간다.

내가 석사 과정을 마치고 2년 동안 머물던 기숙사를 떠날 때였다. 후배들은 떠나는 선배들에게 작은 선물과 함께 개인의 이미지에 어울리는 문장을 하나씩 지어주었다. 내게 붙여진 표현은 간디의 말인 "소박한 생활, 고상한 생각 simple living, high thinking"이었다. 나의 내숭이 성공을 거둔 셈이었다. 고백하면, 나는 소박하다기보다 촌스럽다는 표현이 맞다.

인도인의 의생활은 대체로 단순소박하다. 소수의 신흥 부자들이 물을 흐리지 않는 건 아니지만 대체로 인도인은 전통과 고유의 물빛을 유지하며 살고 있다. "이왕이면 다홍치마"라거나 "옷차림도 전략입니다"라고 단언하며 투쟁 정신을 부추기는 사회에서 나 같은 촌뜨기는 '고상한 생각'을 할 여력을 종종 잃는다. 그럴 때면 인도가 그립다.

• 펀자브 지방의 여성들이 즐겨 입는 전통 옷. 펀자브가 본산인 시크 여성들도 이 차림을 즐긴다

인도에는 카레가 없다

"인도에 오래 있었으니 카레는 실컷 먹었겠군요?"

그런 말을 들을 때마다 그냥 "네" 하고 입을 다물지만 가슴에는 작은 파도가 일렁인다. 붕어빵에 붕어가 없고 몽골에 칭기즈칸 요리가 없듯이 인도에도 우리가 말하는 카레는 없기 때문이다.

카레라는 이름은 양념이 많은 풍성한 인도 음식을 지칭하는 영어권의 명칭이다. 어원은 소스라는 뜻을 지닌 타밀어 '카리'라는 것이 지금까지의 정설이다. 인도인은 물론 카레가 아니라 커리라고 부르지만, 여기서는 편의상 우리식으로 '카레'라는 이름으로 설명해보자.

카레가 최초로 언급된 때는 477년이다. 여행자들은 마우리아 왕조 시대에 인도에 온 그리스 대사 메가스테네스의 《견문록》을 인용하여 이렇게 기록했다. "상 위에는 황금색의 음식이 놓여 있다. 그것을 밥에 붓고 거기에 각종 고기를 얹어 먹는다."

카레의 맛은 25가지의 양념을 섞어서 낸다. 가장 널리 알려진 양념은 크로커스 꽃에서 나오는 사프란으로 노란색을 낸다. 카레의 매운 맛은 정향, 생강, 후추 등 여러 가지 양념에서 나오는데, 이러한 양념들은 몸을 차갑게 만든다고.

인도의 더운 날씨를 생각하면 옛사람의 지혜가 놀랍다.

카레는 그 내용물에 따라 종류가 다양하다. 야채가 주재료이면 야채카레이고 생선이 들어가면 생선카레가 된다. 힌두와 달리 파르시, 무슬림, 기독교인 등 닭고기, 양고기, 쇠고기를 먹는 사람들은 고기를 넣어 카레를 만든다. 그러다 보니 카레의 종류가 무려 2,000여 가지. 매운 카레를 먹은 후에는 열을 받은 몸을 식히라고 요구르트가 제공된다. 음식궁합이라는 말이 실감난다.

대체로 인도 음식은 우리 음식처럼 양념이 많이 들어간다. 향신료라는 이름으로 알려진 인도의 양념은 새콤달콤한 맛보다는 의학적인 기능을 염두에 두고 선택하는 것이 보통이다. 정향은 항생제의 성분이 있고, 생강은 소화에 좋다. 덥고 열악한 환경을 고려하여 밥 주고 약까지 주는 아름다운 배려인 것이다.

편리한 것만을 추구하는 요즘 사람에게는 답답하기 그지없겠지만, 인도인은 그때그때 필요한 양의 양념을 사다가 즉석에서 빻거나 갈아 사용한다. 카레의 종류에 따라 양념이 다르고 조리하는 사람에 따라 맛이 다른 것은 바로 이 때문이다. 그래서 인도 음식은 프랑스, 중국 요리와 함께 세계 3대 요리에 당당히 꼽힌다.

인도의 기숙사에 들어간 첫날 밤, 내 방을 두드린 첫 손님은 식당 일을 맡은 학생이었다. 그녀는 내게 채식을 하는지 육식을 하는지를 물어보

● 스테인리스 쟁반에 담긴 남인도의 한 끼 식사. 밥과 튀긴 빵(푸리), 두 가지의 커리와 요구르트가 나왔는데, '리필'이 가능하다

• 다양한 양념을 파는 가게. 서양은 인도의 향신료를 구하기 위해 인도 항로를 '발견' 했다

려고 찾아왔다. 그런 구분 없이 고루 먹으라고 가르치는 사회에서 자란 나는 그 질문에 잠시 당황했다. 한 번도 생각해보지 않은 구분이었기 때문이다.

그 차이가 뭐냐고 되묻자 곧바로 대답이 돌아왔다. "매일 아침 달걀과 바나나 중 한 가지를 선택해야 해. 일주일에 한두 번 나오는 양고기카레와 치즈볶음 중에서 네가 뭘 택할지도 알아둬야 준빌 하거든." 1년에 두어 번, 다이어트를 감행하다 자살한 앙상한 닭다리를 만날 수 있다는 설명도 덧붙였다.

인도 친구들은 나처럼 고민하지 않고 바나나를 먹을 것이라고 생각한 내 예상을 깨고 실제로 채식하는 학생의 수가 훨씬 적었다. 이들이 서구 교육을 받은 젊은 세대이기 때문만은 아니다. 1993년에 마무리된, 장장 8년에 걸친 인도 사

회에 대한 조사보고서에 따르면, 인도 전역에 흩어져 있는 각 집단의 88퍼센트가 육식을 하는 것으로 드러났다.

실제로 쇠고기를 먹는 힌두도 있고 생선과 육류를 먹는 브라만도 존재한다. 들쥐를 먹는 집단도 보이고 새끼악어나 사향고양이, 심지어 재칼을 먹는 무리도 있다. 선택의 여지없이 무엇이든 먹어야 하는 가난한 사람들도 있을 것이니 '비폭력의 나라' 운운하면서 실망할 것은 없다.

대체로 보다 전통을 이고 사는 남부 지방 사람들이 채식을 한다. 그것은 육식을 하는 유목민과 무슬림의 영향이 적었기 때문인데, 지리나 기후와도 무관하지 않다. 사시사철 뜨거운 이 지방에서는 육식을 자제하는 경향이 도드라지지만, 대신 양념은 아주 걸다. "날씨는 덥고 음식은 뜨거우며 양념은 더 뜨겁다"는 말처럼.

반대로 북부 지방의 음식은 기름지고 다양하다. 양고기로 만든 요리만 수백 가지가 넘는다. 날씨가 추운 히말라야 산악 지대의 브라만은 대개 육식을 한다. 해안 지방의 브라만이 생선을 먹는 것도 같은 차원에서 이해할 수 있다. 따라서 추운 북부 지방의 음식은 남부 지방보다 양념이 적다.

엄격한 채식주의자는 달걀은 물론 치즈나 우유도 육식으로 간주한다. 그러나 우유를 마시거나 달걀까지 먹는 채식주의자도 있다. 인간의 머리 모양을 한 양파와 마늘, 버섯은 식물성이지만 채식주의자들이 기피하는데, 인간의 머리를 닮은 것보다는 이러한 음식이 원초적 본능을 자극하는 것이 주된 이유이다. 달걀과 생선을 먹으면서 채식주의자라고 우기는 사람들도 있다. 알고 보면, '주의'니 '이즘'이니 다 종이 한 장의 차이가 아닌가?

채식주의는 살생을 금하는 비폭력의 원리와 관련이 있다. 즉 '남이 네게 행하기 원치 않는 일을 남에게 하지 말라'는 원리이다. 윤회를 믿고 보다 길고 전체적인 시각으로 세상을 바라보는 인도인은 생을 인간과 동물, 식물의 관계까지로 인식한다. 식탁에 오른 고기가 전생이나 내세의 자기 모습일 수도 있으니까.

채식주의자들이 꺼리는 육류 중에서 가장 천한 취급을 받는 품목은 돼지고기다. 돼지는 더러운 곳에서 자라는 동물이고 게다가 지방이 많아서 더운 인도에서 가장 빨리 상하기 때문에 육류 중에서 제일 낮은 위상을 갖는다. 모든 육류를 다 먹는 무슬림도 종교적 금기인 돼지고기는 먹지 않는다.

냄새가 강렬하고 냉장 시설이 부족하기 때문에 생선도 환영을 받지 못한다. 좁은 기숙사 복도에서 생선 요리를 신나게 해먹는 일부 부족 출신 학생들을 바라보던 힌두 학생들의 차가운 눈초리가 생각난다. 로마에 가면 로마식으로 살아야 하는 건데…….

힌두가 쇠고기를 먹지 않는 이유를 소를 숭배하기 때문이라고 종교적으로만 해석할 수는 없다. 소는 노동력의 원천으로 농사를 돕고 짐을 운반하는 고마운 존재이다. 동물성 단백질을 섭취하지 않아 부족한 영양은 우유와 버터, 요구르트, 치즈와 같은 유제품에서 공급받으면 된다. 쇠고기는 소화가 잘 되지 않는다는 점도 기억해야 한다. 날씨가 더운 열대 지방에서는 땀을 많이 흘리게 마련이고, 수분이 과다하게 증발되면 위장의 기능이 떨어지므로 소화가 안 되는 음식은 건강을 해치게 된다.

평생 동물성 음식을 입에 대지 않는 사람들은 육식 냄새에 민감하다. 인도 친구들은 식물성이라고 아무리 설명해도 우리의 김에서 나는 생선 냄새를 용서하지 못했다. 방금 먹은 음식을 자백하는 입 냄새도 채식주의자들에게는 고문이다. 24시간이 지나도 구별이 가능하다니, 인도에 가면 입을 조심해야 할 것이다.

한번은 한국 유학생이 자기 방에서 몰래 오징어를 구워 먹었는데, 인도 학생들이 소리를 지르며 복도로 달려 나왔다. 자초지종을 알고는 인상을 쓰며, 고개를 절레절레 흔들며 제 방으로 돌아간 인도 친구들은 오징어를 굽는 냄새가 시체를 화장하는 냄새와 흡사하다고 말했다.

인도인들은 대개 모든 것을 인정하는 관용적인 태도를 드러내지만 음식에 관한 한 타협심이 떨어진다. 그중 채식을 고집하는 힌두와 쇠고기를 먹는 무슬림의 심한 갈등이 단적인 예이다. 힌두의 음식은 종교적 의례와 밀접한 연관이 있는데, 세대를 거치면서 음식과 위생에 관한 엄격한 규정이 마련되었다.

힌두는 음식을 감염체로 간주한다. 그러므로 부정을 타지 않으려고 카스트에

따라 음식을 같이 먹는 대상을 제한하는데, 상층으로 갈수록 금기가 심해진다. 부정을 병적으로 경계하는 브라만은 브라만이 만든 음식만 먹을 수 있지만 모든 힌두는 브라만이 조리한 음식을 먹을 수 있다. 요리사들 가운데 브라만이 많은 것은 이 때문이다. 식사를 같이 할 수 없는 여성과 결혼하기는 어렵기 때문에 먹는 문제는 카스트 간의 결혼 장벽을 높이는 데도 기여한다.

그러나 세상이 복잡해지고 도시화가 진행되면서 이러한 규정을 백 퍼센트 지키기란 쉽지 않다. 그래서 직장인들은 안전하게 자기 아내가 싸준 도시락을 들고 다닌다. 뭄바이 같은 일부 지방에는 남편이 출근한 후에 아내가 만든 따뜻한 음식을 점심시간까지 직장에 배달해주는 정교한 도시락 배달 체계가 발달되어 있다.

지역과 카스트, 계층에 따라 상이한 인도의 식습관. 단순히 종교의 안경을 쓰고 들여다보면 이해하는 데 한계가 있다. 인도 음식에는 더운 날씨와 지리적 차이 그리고 이국의 영향이 날줄과 씨줄로 얽혀 있으니까. 인간의 생존은 적응하는 능력에 달렸다는 미국의 사회학자 파슨스의 말이 떠오른다.

인도의 음식 문화는 인간이 환경과 어떻게 조화를 이루며 사는가를 잘 보여준다. 집을 떠난 순례자들이 직접 음식을 해먹고 불가피한 경우에는 끓인 음식만 사먹는 것은 무지하고 몽매한 짓이 아니다. 오늘 우리의 지식은 그들이 피하는 물이나 날음식이 오염원이 될 수 있음을 알려준다. 인도를 방문한 이방인도 그처럼 조심하면 낯선 땅에서 건강을 염려하지 않아도 될 것이다. 푹푹 삶은 음식을 골라 먹고 아무 물이나 마시지 않으면 된다!

• 모든 것이 다 있는 풍성한 뭄바이의 채소 가게(위)와 즉석에서 생선을 튀겨주는 첸나이 해변의 노점(아래)

마지막으로 일급비밀 한 가지를 알려드린다. 카레라이스는 노란 소스를 뿌린 부분과 소스가 덮이지 않은 흰 밥 부분이 5 : 3의 비율일 때 가장 맛이 있다고 한 다!

술 권하는 사회, 술 금하는 사회

이번에는 애주가들이 슬퍼할 소식을 알려야 할 차례다. 인도에서는 술을 마실 기회가 드물다. '숨은 그림'을 찾아 나서면 어딘가에 있긴 하겠지만, 유학 기간 나는 델리에서 술을 파는 가게나 술집을 한 번도 보지 못했다. 찌는 날씨에 시원한 맥주 한 잔은 늘 그림의 떡이었다. 금주령의 오랜 전통이 있고 현재도 지방에 따라 금주법이 실시되는 곳이 바로 인도이다.

그러나 본래 술을 발견한 것은 인도의 브라만이었다. 아라비아 숫자를 발견한 명민한 브라만이 찾아낸 또 하나의 영물이 바로 술이었다. 그리스에 바커스라는 술의 신이 있다면 인도에는 일찍이 소마 신이 있었다.

모든 종교적인 의식은 제사를 통해 이루어지고 제사에는 신에게 바치는 한 잔의 술이 빠질 수 없다. 고대 경전에 전하는 인도의 주신(酒神) 소마의 이름은 소마라는 술에서 유래했다. 소마주는 소마라는 식물의 줄기에서 뽑은 액체에 우유와 버터, 보릿가루를 섞어 만든 술이었다.

아득한 옛날, 고대에는 신도 사람도 소마주를 즐겨 마셨다. 《베다》에는 이렇게 소마를 칭송하는 글이 보인다.

나는 소마를 마셨다.

나는 불사신이 되었다.

나는 광명을 얻었다.

나는 신을 가까이했다.

    그러나 브라만을 비롯한 상층 카스트는 점차 술을 멀리했다. 나중에 인도에 둥지를 튼 무슬림도 종교적인 이유로 술을 입에 대지 않았다. "자, 내 술 한잔 받으시오" 하면서 술잔을 주고받는 계층은 주로 잊어야 할 고통이 있는 사회의 하층민이었다. 그들은 그 때문에 상층한테서 경멸과 따돌림을 받았다.

    1881년부터 인도에서는 10년마다 인구센서스가 시작되었다. 일부는 조사를 담당한 이방인에게 '우린 천민'이라고 고백하기가 싫었다. 그러나 마을에서 특정한 자리에 속하는 사람이 가진 사회적 위상이 한 사람의 주장으로 간단하게 바뀔 수는 없었다. 하층 카스트들이 조사자에게 자신들이 더 높은 카스트라고 우기려면 집단 전체가 일치단결해야 가능했다.

    불가촉민이나 수드라 계층이 크샤트리아라고 우기기 위해서는 모든 구성원이 크샤트리아다운 생활을 해야만 했다. 그래서 그들은 상층처럼 술을 끊고 고기도 먹지 않고 가끔 단식도 하면서 위상에 맞는 생활을 했다. 한두 세대가 흐르면서 마을 사람들의 기억이 가물가물해지면 그때 그들은 자기들의 생활 방식을 근거로 크샤트리아라고 당당히 주장했다. 이런 과정에서 술은 더욱 천한 사람이 마시는 것으로 여겨졌다.

    술 하면 빼놓을 수 없는 인물이 마하트마 간디이다. 간디의 비협력 운동에는 금주 운동이 포함되었다. 바이샤 출신인 간디는 술, 담배, 고기를 금하는 자이나교의 전통이 강한 구자라트 출신으로 브라만처럼 음주를 사회의 악습이라고 생각했다. 노동자와 농민들이 어렵게 번 돈을 술로 낭비하는 것도 몹시 안타까워했다. 무엇보다도 수입양주를 통해 상당한 세금을 챙기는 식민 정부에 타격을 주려고 그는 금주 운동을 전개했다. 금주 운동은 힌두 상층 카스트와 무슬림에게서 전폭적인 지지를 받았다. 비폭력 운동이었으나 술집과 술병은 폭력을 써서 때려 부수었다!

독립 후 인도 정부는 간디의 입장을 채택하여 전국에 금주령을 내렸고, 1960년대까지 금주는 전국적인 현상이었다. 그러나 간디의 맏아들은 소문난 술꾼이었고, 네루 총리도 애주가였다. 사람들이 모두 마하트마처럼 자기 통제를 할 수 있다면 좋으련만 보통사람은 '절대 금주!' 표어를 수없이 벽에 붙였다가 떼어내는 것이 정상이다. 특히 삶이 고달픈 수많은 하층 인생들은 고통을 술로 달래는 주당의 골수당원들이다.

그러나 무더운 인도에서는 금주가 상당한 설득력을 가진다. 날이 더워 정신이 나갈 판인데 술판을 벌이다가는 바로 황천길로 갈 가능성이 높으니까 말이다. 인도는 정말 더운 나라다. 45도가 넘는 날씨가 몇 달씩 계속된다. 더울 때는 '차라리 죽는 게 낫다'는 생각도 들 정도이다. 추운 지방이라 보드카를 즐겨 마시는 러시아와는 본질적으로 다르다.

● 인도의 대표적인 맥주 킹피셔

간디의 고향 구자라트를 비롯한 몇몇 지방은 금주령이 변심한 애인의 눈빛보다도 싸늘하다. 술 한 병만 가지고 있어도 범법자가 되었다. 이들 지방에서 바커스 신이나 소마 신을 면담하려면 문을 단단히 걸어 잠그고 스파이처럼 은밀하게 움직여야 했다.

다른 지방의 금주 규정은 그보다 덜 까다롭다. 술을 파는 시간을 정해놓거나 일정한 장소에서만 마시는 것을 허용하는데, 남부 타밀나두에서는 캄캄한 곳에서만 술을 마실 수 있다. 너무 어두워서 앞에 있는 술병이 보이지 않는다고 하니 스파이만큼은 아닐지라도 은밀한 분위기는 있을 터.

한 남자가 술집에 들어와서 술을 시켜 급히 마시고는 일어섰다. 바텐더는 남자에게 "술값을 주셔야지요?"라고 말했다.

그 남자는 "아까 주었잖소?" 하고는 그냥 가버렸다.

곧 다른 남자가 들어왔다. 그 역시 한 잔 마시고는 돈을 내지 않고 나가려고 했다.

"술값은요?" 하고 손을 내미는 바텐더에게 남자는 "선불이었잖아" 하고는 가버리는 것이었다.

세 번째 남자가 들어와 술을 주문했다. 바텐더는 그에게 "선생이 오기 전에 두 사람이 와서 술을 마시고는 돈을 내지도 않고 냈다고 우기고 갔어요. 선생은 어떻게 생각하세요?"라고 물었다.

"자, 쓸데없는 소리 말고 어서 내 잔돈이나 주시오."

술은 이렇게 배짱을 키운다. 술 권하는 우리 사회가 증명하듯이 사람은 어떤 방식으로든 눌린 가슴을 열 창구가 필요하다. 금주령의 한편에서 밀주와 밀수

● 술을 사려고 줄을 선 사람들

가 성행하는 것은 그 때문일 것이다. 해마다 조잡하게 만든 밀주를 마시고 수백

명이 목숨을 잃는데 메틸알코올을 섞었기 때문이다. 술을 마시다가 죽거나 술

로 인해서 가정 파탄이 나는 경우는 그보다 많다.

남편들이 쥐꼬리만 한 수입을 술과 바꾸고는 가정을 외면하자 여성들이 정부

에 금주령을 요구하고 나선 사례도 있었다. 여성단체의 거센 압력에 굴복한 안

드라프라데시 주정부는 당시 금주령으로 연간 4,000억 원에 가까운 세금을 감

수하면서 적자재정으로 갈팡질팡했다.

엄청난 세금의 규모는 상층 카스트나 도덕교과서가 뭐라 하든지 술 마시는

사람이 많다는 증거이다. 주세가 높다 보니 술 한 병 값이 한 끼 밥값을 넘는 건

예사고 어느 지방에는 맥주 한 병이 콜라 열 병과 맞먹을 정도로 비싸기도 하다.

각 주정부는 막대한 주세 수입과 금주령이라는 윤리 사이에서 심한 갈등을 겪는다. 게다가 금주법을 집행하고 단속하는 데도 많은 비용이 필요하다.

어느 금주 교실, 강사가 수강생들에게 물었다.
"술 한 동이와 물 한 동이가 있다면 당나귀는 어느 걸 먹을까요?"
"물이오!"
수강생들은 합창을 했다. 신이 난 강사가 다시 물었다.
"왜 그럴까요?"
"당나귀는 바보니까요."

인도에서 당나귀와 달리 술을 선택하고 취한 남편들이 저지르는 가정 폭력과 가족에 대한 무관심은 큰 문제로 대두된다. 더 큰 우려는 금주법이 1930년대의 미국처럼 조직적인 폭력과 연결될 가능성이다. 차라리 술을 팔고 주세를 받아서 어려운 여성과 가정을 돕자는 의견도 제시되고 있다.

금주령을 해제해야 한다는 '자유론'도 만만치 않지만, 금주를 주장하는 여성의 목소리에도 점점 힘이 실린다. 여성의 금주 운동이 시작된 당시 한 시사 주간지가 조사한 바에 따르면, 응답자의 80퍼센트 이상이 금주 운동을 지지했다. 물론 정부가 금주령을 내린다고 모두 술을 멀리하는 건 아니지만, 인도의 여러 지방에서는 점차 '술 금하는 사회'가 타당성을 얻고 있다.

칙칙폭폭, 철도 문화

술 한 병과 탄두리치킨을 든 남자가 철로에 길게 누워 있었다. 지나가던 사람이 놀라서 소리를 쳤다.

"여보시오! 아니, 왜 철로에 누워 있는 거요? 기차가 오면 어쩌려고."

"아, 바로 그거요. 난 더 이상 살고 싶지 않거든요. 기차에 치어 죽으려는 거요."

"죽을 사람이 술과 닭다리는 왜 들고 있소?"

"여보시오! 기차가 한 번이라도 제시간에 오는 걸 봤소? 나더러 기차가 올 때까지 굶다가 죽으란 거요?"

델리에서 남부 지방 트리반드룸까지 기차를 타고 가면 꼬박 50여 시간이 걸린다. 이렇게 말하면 인도의 기차가 거북처럼 느리기 때문일 거라고 지레짐작한 학생들은 막 웃는다. 그러나 델리에서 트리반드룸까지는 3,000킬로미터가 넘는 머나먼 길이다. 나도 몇 번 기차를 타고 갔는데 가도 가도 끝이 없는 먼 거리였다.

인도는 아주 넓다. 델리에서 아침 6시에 출발하면 두 밤을 기차에서 자고 셋째 날 오후에야 목적지에 도착하여 기차에서 해방된다. 초특급 열차는 그래도

• 장거리 여행의 작은 '안방', 이등 침대칸. 때론 이렇게 이삼 일을 견뎌야 한다

비교적 제시간에 목적지에 닿는 편이다. 시도 때도 없이 아무 데서나 서고 이렇다 저렇다 말 한마디 없이 움직이지 않는 삼등 열차와는 다르다.

　인도 친구들에게 집이 어디냐고 물으면 델리에서 아주 가깝다고 말한다. 그 말을 믿고 우리나라의 서울을 기준으로 수원이나 인천 정도를 생각하면 큰 오산이다. 대개는 기차로 열 시간 가량 걸리는 먼 곳으로 부산이나 목포보다도 한참 먼 경우가 보통이다. 인도는 코끼리만 한 우박이 내린다거나 물고기의 비늘로 유리창을 만들었다는 것과 같은 대국적인 사고가 필요한 나라이다.

　철도가 인도에 첫 선을 보인 해는 1853년이다. 같은 해 뭄바이에도 기차역이 세워졌는데, 영국의 빅토리아 여왕의 이름이 붙었다. 1900년에는 이미 96개의

노선을 가지고 연간 여행객이 2억 명, 화물 수송량이 5,000만 톤이 넘는 세계 4위의 규모를 자랑하게 되었다.

"영국의 통치를 받지 않았다면 과연 인도가 철도를 건설하고 근대 국가를 이룰 수 있었을까요?"

일본의 통치가 우리나라 산업화에 기여했다는 주장에는 반대하면서, 인도에 대해서는 노골적으로 영국의 제국주의를 지지하는 사람들을 적지 않게 만난다. 하긴 약자와 가까운 마르크스도 영국의 통치가 인도를 위한 축복이며 철도 부설은 인도 산업화의 초석이 될 것이라고 전망했다.

인도의 철도 부설은 영국의 전략적인 고려가 우선이었다. 내륙 지방의 산물은 해외로 수출하기 위해 철도를 통해 항구로 보내졌다. 면화와 곡물의 수출이 급격하게 증가하고 영국 맨체스터의 면제품이 수입되어 철도로 내륙으로 이동되었다. 그러나 광대한 영토가 철도로 연결되자 이전에는 꿈도 못 꾸던 먼 여행이 가능해졌다. 1885년, 뭄바이에서 열린 인도 국민회의 창립총회는 전국에서 기차를 타고 온 대표자들로 북적거렸다.

현재 인도에는 2,000개의 역이 전국에 흩어져 있고, 150만 명의 직원들이 서비스를 다하고 있다. 인도 철도의 총 길이는 6만 킬로미터에 달한다. 어제도 오늘도 매일 만 천 대의 기차를 타고 천만 명이 넘는 사람들이 어딘가를 향해서 움직인다. 해방 직후에는 철도의 수송 분담률이 90퍼센트에 육박했지만 지금은 라이벌인 도로에 다 뺏기고 약 50퍼센트 정도가량 책임지고 있다.

카스트의 나라인 인도에는 기차에도 여러 층의 위계가 있다. 일등칸, 이등칸의 구분뿐만 아니라 그 안에 에어컨의 있는지, 침대가 2층인지 3층인지에 따라 다시 등급이 여럿으로 나뉜다. 지금은 돈만 있으면 누구라도 어느 기차든지 탈 수 있으나 영국이 통치하던 시절에는 돈이 많아도 인도인은 일등칸에서 밀려나야 했다. 1930년대에 발표된 한 단편소설에는 영국에서 교육받은 인도인 변호사가 일등칸을 타고 여행하는 중에 무식한 영국 군인에 의해 기차 밖으로 던져지는 장면이 그려졌다.

인도 사람들은 적어도 여행 한 달 전에 기차표를 예약하는 것이 보통이다. 완행을 제외한 모든 기차는 예약이 필수이다. 급히 볼일이 생기면 자리를 구하기 어려워 낭패를 보게 마련이다. 기차를 타러 가면 기차 바깥벽에 승객 명단이 붙어 있고, 기차가 출발한 후에는 차장이 돌아다니면서 일일이 본인 여부를 확인한다.

언젠가 여행길에서 나는 명단에 적힌 내 이름을 확인하고 차에 올랐다. 기차가 출발한 후 확인 조사를 하던 차장은 나보고 당장 내리라고 명령했다. 확인해 보니 좌석을 예약하면서 여성임을 밝히지 않은 게 화근이었다. 담당자는 그냥 '미스터'로 적은 모양이고, 차장은 남성이 아닌 나를 의심할 수밖에 없었던 것이다.

장거리 여행을 할 때는 어쩔 수 없이 기차에서 한두 밤을 보내야 한다. 승객이 앉아 있던 자리와 그 위에 침대를 만들면 금세 이층이나 삼층 침대가 생긴다. 따라서 승객 중 한 사람이 잠을 자면 다 같이 취침을 해야 한다. 억지로 딱딱한 침대 위에 누워서 자는 척을 하는 건 생각보다 고역이다. 이삼층은 밖을 내다볼 수도 없고, 밖이 보이지도 않는다. 며칠 동안 달리는 기차에 꼼짝없이 갇히는 것이다. 게다가 "짜이, 짜이, 짜이!", "까피, 까피!"를 외치며 아무 때나 예고 없이 홍차와 커피를 팔러 다니는 장사꾼은 영원한 잠 훼방꾼이다.

기차 안에 마련된 식당은 끼니때마다 승객의 주문을 받아서 따뜻한 음식을 배달한다. 이등칸도 마찬가지다. 어떤 승객은 며칠간 먹을 음식을 잔뜩 싸가지고 와서 매끼마다 꺼내 먹으면서 여행을 즐긴다. 바람을 가르며 철마가 잠시 숨을 돌리는 동안에 역에 내려서 재빨리 음식을 먹을 수도 있다.

에어컨이 설치된 '라즈다니', '샤타브디'와 같은, 대도시를 연결하는 초특급 열차는 아주 빠르고 소수의 역에서만 멈춘다. 이런 초특급 열차는 음식과 차, 물

● 기차 안에 마련된 식당은 끼니때마다 승객의 주문을 받아서 따뜻한 음식을 배달한다

이 공짜로 제공된다. 공짜라는 말이 요금에 음식 값이 포함된다는 말보다 기분 좋지 않은가. 그러나 인도는 역시 인도, 때로 특급 열차도 아무 데나 선다. 갑자기 비상 체인을 잡아당기는 호기심 많은 이들이 적지 않기 때문이다.

'달리는 궁전'이라는 근사한 이름을 가진 특별 열차는 옛 왕국들의 수도와 사막의 도시 자이살메르를 연결하며 라자스탄 지방을 달린다. 아름답게 꾸미고 서비스도 일급인 '달리는 궁전'은 하룻밤에 수십만 원이 넘게 드는 부유한 외국인 관광객을 위한 열차다. 최근에는 유사한 목적을 가진 유사한 열차가 다른 지방에도 들어섰다.

기찻길 옆 오막살이의 아이는 기차 소리가 요란해도 잠을 잘 잔다? 인도에서 여행을 하다 보면 철도 주변에 웬 사람들이 그리 많이 사는지 놀라울 정도다. 기차가 굉음을 내면서 달리는 철로 바로 옆에 살림을 차린 일가족도 드물지 은 광경이다. 승객이 바삐 오가는 길 한가운데서 아내는 불을 피워 음식을 만들고 남편은 자기 집 안방처럼 길게 누워 담배를 피우고 있다. 철로 주변만 아니면 일반 가정과 다를 바 없는 모습이다. 말하자면 기찻길 옆은 작은 일가의 안방이고 역전 광장은 수백 명이 웅크리고 자는 대중 여인숙이다. 대도시의 역전은 예전보다는 정리가 된 편이나 아직도 대다수 역 주변은 빈곤층의 노숙이 흔하다.

철도 하면 반드시 떠오르는 사람들이 '쿨리'라고 불리는 짐꾼들이다. 이들은 아무리 무거운 짐도 감당하는 놀라운 능력의 소유자이지만 마른 몸매로 자기 몸무게의 몇 배가 되는 짐을 이고 지고 든다. 트렁크 서너 개와 보따리 몇 개

• 철도 주변의 사람들. 기찻길 옆은 작은 일가의 안방이고 역전 광장은 수백 명이 웅크리고 자는 대중 여인숙이다

는 식은 죽 먹기다. 빈약한 쿨리의 몸과 풍성한 짐들을 보면 마음이 편치 않다. 그래도 역에 도착하면 짐을 낚아채는 쿨리들에게 못 이기는 척하고 짐을 넘기곤 했다.

인도 열차를 말할 때 빼놓을 수 없는 게 또 있다. 입구의 여섯 자리를 작은 방으로 꾸며 칸마다 '레이디'를 위한 특별실을 마련해놓은 시설이다. 혼자 여행하는 여성들이 남성의 시선과 희롱으로부터 자유로울 수 있는 좁은 공간이다. 원래 좌석은 여섯이지만 아이를 데리고 들어온 여성들 덕분에 2~3일 동안 동거할 식구들이 열 명을 넘기는 건 보통이다. 이국의 여성들과 아이들로 붐비는 좁은 공간에서 때로 인내를 배우고 가슴 가득히 사람을 안는 것도 나쁘지 않다.

여행을 다니며 나는 종종 인도 시골 역에 쭈그리고 앉아 정시에 오지 않는, 그러나 언젠가는 반드시 올 완행열차를 기다렸다. 언제 올지 모르지만 반드시 한 번은 우리에게 찾아올 죽음을 기다리듯이 그렇게 나는 인도의 열차를 기다렸다.

달리는 카스트

델리에 있는 무굴 왕궁의 접견실 벽에는 "지상에 천국이 있다면 그곳은 여기다. 바로 여기다"라는 페르시아어 시구가 적혀 있다. 인도의 거리에 나가면 "지상의 탈것은 여기에 다 있다"는 말이 절로 나온다. 조랑말이 끄는 마차에서 최고급 벤츠까지, 각양각색의 탈것이 어지럽게 굴러다닌다.

언젠가 한번은 농민 출신의 연방의회 의원이 뉴델리에 있는 의사당에 소달구지를 타고 출근한 적도 있었다. 여의도 국회에 누가 달구지를 타고 나타난다고 생각해보라. 아마도 경찰보다 성질이 급한 운전자들에게 먼저 혼이 날 것이다.

달구지 말이 나왔으니 먼저 그 이야기를 해보자. 북부 지방의 소도시에는 아직도 조랑말이 끄는 달구지(통가)가 화물과 여객을 운송하는 주요 수단이다. 안락함과 편리함과는 거리가 멀고 대개 짐짝처럼 취급되기 일쑤지만 급할 때는 요긴하게 이용할 수 있다. 나중에 언급할 인력거처럼 일정한 요금이 없기 때문에 출발 전에 요금을 정하는 것이 더운 지방에서 혈압을 관리하는 방법이다.

현진건의 〈운수 좋은 날〉을 읽은 독자들은 인력거꾼의 비참한 생활을 기억할 것이다. 명월관의 기생이 타던 그 시절의 인력거가 형태를 바꾸어 오늘도 수도 델리에서 바람을 가르며 달리고 있다. 델리에는 당국의 허가를 받은 인력거가 5

만여 대, 허가받지 않은 불법 차량이 20만여 대나 된다.

인도인은 인력거를 릭샤라고 부르는데 '력거(力車)'의 일본식 발음이다. 1871년 일본에서 개발된 인력거는 1900년 중국인에 의해 인도 동부의 콜카타에 상륙했고, 1914년부터 손님을 모시기 시작하여 오늘에 이르렀다.

시골에서 자라 소가 가여워 소달구지도 타지 못하던 내가 사람이 끄는 릭샤를 보고 대경실색한 것은 너무도 당연했다. 그나마 델리의 릭샤는 사람이 힘으로만 끌지 않고 페달을 밟아 움직이는 세발자전거 형태의 '사이클릭샤'다. 처음에는 사람이 끈다는 것이 마음에 걸려 타기를 주저했지만 '타는 것이 돕는 것'이라는 선배의 말을 받들어 종종 릭샤를 이용했다. 일요일 아침 릭샤를 타고 텅 빈 대학 캠퍼스를 한 바퀴 도는 것은 나만의 스트레스 해소법이었다.

그런데 문제는 인도식의 비정형성, 즉 탄 사람이 알아서 지불하는 요금이 문제였다. 받는 사람은 많이 받을수록 좋고 주는 사람은 그 액수가 적을수록 즐거운 것이 인지상정인데, 다음 이야기에서 알 수 있듯이 많지 않은 요금을 타협하고 흥정하는 과정이 편치만은 않았다.

남부 지방의 상인이 북부의 한 도시를 방문했다. 그 지방의 언어를 아는 상인은 마차꾼에게 목적지를 대며 태워주겠느냐고 물었다. "물론입니다요, 손님. 이 마차는 나리 겁니다요."

이런저런 대화를 나누며 마차는 목적지를 향해 달렸다. 상인은 한참을 달리다가 요금이 얼마나 되는지 궁금했다. "그런데 삯이 얼마요?"

● 바람을 가르며 거리를 달리는 사이클릭샤는 서민의 주요한 탈것이다

"알아서 주십시오. 이 마차는 나리 겁니다요." 상인은 가장 적은 액수를 말했다.

마차꾼은 상인 옆에 다가와서 그의 귀에다 속삭였다. "쉿, 말이 듣겠습니다요."

요금에 관한 시비가 가장 심한 것이 인력거인데, 여기에도 수요와 공급이라는 경제의 기본 원칙이 작용한다. 항상 공급이 수요를 넘기 때문에 소비자는 요금을 적게 부르는 릭샤를 골라 탈 수 있다. 아무래도 외국인은 약간의 바가지를 각오해야 한다. 한번은 열심히 페달을 밟은 릭샤왈라(릭샤를 끄는 사람)의 발을 보니 슬리퍼가 다 해져 있었다. 슬리퍼를 하나 사 신으라고 평소 요금의 다섯 배를 주었더니 더 달라고 눈을 부릅뜨는 게 아닌가? 늘 이런 식이다.

세련된 뉴델리에서는 보기 어렵지만 델리 대학교가 있는 올드델리에서는 릭샤가 주요한 운송 수단이다. 버스가 다니지 않는 구석진 곳을 마다않는 릭샤는 하루 수십만 명의 손님에게 서비스를 다한다. 특히 여성이나 단거리 손님들이 애용한다. 언덕을 올라갈 때 운전사가 낑낑거리는 걸 보면 민망하고, 거기다 뚱뚱한 사람들이 두세 명씩 타는 걸 보면 때로 화가 치민다.

영화 〈시티 오브 조이〉를 떠올려보자. 영화의 주인공은 콜카타의 슬럼에 거주하는 릭샤왈라였다. 콜카타의 릭샤는 델리의 릭샤처럼 사이클이 아니라 사람이 끄는 진짜 인력거. 큰 바퀴를 가진 릭샤의 무게가 자그마치 90킬로그램이나 되는데 거기에 60킬로그램의 몸무게를 가진 사람을 둘만 태워도 간단히 200킬로그램이 넘는다. 인간의 일이 아니다.

콜카타에는 한때 2만 5,000명이 넘는 릭샤왈라가 있었다. 콜카타 시내의 차량 속도가 시간당 9킬로미터로 교통난이 심해지자 릭샤가 주요 원인으로 지목되면서 주정부는 "릭샤를 끄는 일이 인간 이하의 노동"이라는 이유를 내세워 릭샤를 없애겠다고 발표했다. 이즈음에는 큰 바퀴가 달린 릭샤를 끌고 맨발로 달리는 릭샤왈라를 콜카타 시내의 중심가에서만 볼 수 있다.

지방 중소 도시의 역이나 공항에 내리면 수십 대의 릭샤가 벌떼같이 달려들어 '선택의 자유'를 압박한다. 별다른 기술이 필요 없으니 무작정 도시로 몰려온 사람들이 너도나도 릭샤를 끌기 때문에 양이 지나치게 많다. 릭샤는 개인이 소유하는 것이 아니라 지입제 택시처럼 일당을 바치는 것이 보통이다. '일용할 빵'의 수단을 빼앗길 사람들을 고려하여 정부가 쉽게 그 폐지를 결정하지 못하는 사이에 오늘도 릭샤는 늘어만 간다.

릭샤 위에 사이클릭샤가 있고 그 위에는 한 단계 높으신 '오토릭샤'가 있다. 오토릭샤는 시끄럽고 요란한 세발자동차이다. 문이 없어서 바람이 자유롭게 넘나드는 세발자동차는 매연을 죽죽 뽑아내서 도시의 오염치를 올린다. 이 때문에 뭄바이의 중심가는 삼륜차 '출입금지 구역'으로 선포되었다.

앞에 운전자가 앉고 뒤에 세 사람이 탈 수 있는 공간이 마련된 오토릭샤는 대여섯 명도 거뜬히 태울 수 있는 신축성이 자랑이다. 겨울에는 찬바람을 막는 거적문이 손님을 위해 내려진다. 사방이 열려 있어서 비상사태에는 언제라도 지나가는 사람에게 응원을 청할 수 있어 여성 손님에게 안전하다는 평을 받는다. 택시의 반값인 요금 덕분에 주머니 사정이 넉넉지 않은 서민의 발이 되고 있다. 그러나 강도 높은 매연과 마주할 용기가 승객의 필요충분조건이다.

마지막으로 오토릭샤보다 상급인 택시를 살펴보자. 인도의 택시는 아직도 몸체가 큼직한 '앰배서더'가 대부분이다. 1950년대 영국의 모리스옥스퍼드를 모방한 이 차는 구식이지만 내부가 꽤 넓다. 인도에서는 길거리에 나다니는 택시를 보기 어렵다. 모든 택시가 '콜택시'라서 불러야 나타난다. 요금은 달리는 거

• 릭샤와 승용차 등이 뒤섞인 올드델리의 찬드니초크(달빛거리)는 무굴 제국의 중심지였다

리만큼 나오지만 여지없이 운전사가 미터기가 고장 났다고 선수를 치는 것이
보통이다. 다른 택시를 부르겠노라고 협박을 해야 협상에서 이길 수 있다.

　인도에서는 릭샤에서부터 택시에 이르기까지 모든 탈것이 시간에 관대하다.
한 시간도 좋고 두 시간을 기다려도 'No Problem!'이다. 지리를 모르는 이방
인이면 빙빙 돌아가서 요금을 올리는 얕은꾀를 부려도, 시간을 가지고 인상을
쓰는 일은 절대 없다. 거기에 길들여진 나는 지금도 기동력이 필요한 서울의 택
시 타기가 서툴고 두렵다.

　한꺼번에 많은 사람을 실어 나르는 버스도 있지만 그 수가 적고 움직임이 거
칠어서 타고 내리는 일이 만만치 않다. 인도에서 자가용 탈것은 오토바이와 스

● 이층버스와 택시가 뒤엉킨 상업도시 뭄바이의 거리 풍경

쿠터가 압도적으로 많다. 도시의 러시아워에는 혼다, 야마하 등 일제 이름을 단 이륜차의 행렬이 장관을 이룬다. 승용차는 일본 스즈키 사와 제휴한 소형 마루티와 앰배서더와 같은 국산차 이외에 많은 외제 자동차들이 거리를 누빈다.

혼란과 무질서, 공해의 표상인 인도 거리는 어지럽고 변화가 필요하다. 다만 어느 쪽으로 변화의 바람이 불어야 할지 그것이 문제이다. 도로의 기능을 떨어뜨리는 릭샤나 오토릭샤를 몰아내야 하지만 가난한 사람들의 생존 기반을 박탈할 수 없다는 것이 인도 정부의 고민으로, 이는 지극히 인도다운 고민이다. 그 고민의 와중에서 거리에는 오늘도 느림보 릭샤와 현대자동차가 함께 달리고 있다. 🏛️

극장에 가면 인도가 보인다

인도는 시네마 천국이다. 전국에 만 2,000여 개의 극장이 있고 연간 천여 편의 영화를 제작하여 언제나 세계 4위 안에 들고 때로 1위도 한다. 인구를 고려하면 크게 놀랄 일은 아니다. 정작 놀라운 것은 세계 영화 시장을 주도하는 할리우드 영화가 인도에서는 맥을 못 춘다는 사실이다. 세계화에 둔감한 인도인이 국산품만 고집하기 때문이다. 값싼 오락영화는 인도 최대의 쇼이자 지상 최대의 쇼다. 요즘은 라이벌인 TV를 만나서 밀리지만 영화는 여전히 인도 대중의 도피처이며 안식처이다.

예외 없이 영화를 상영하는 시간도 만만디처럼 느리고 길다. 세 시간이 보통이고 중간에 한참을 쉰다. 볼일도 보고 차 한잔 마실 기회를 주는 것이다. 이러니 영화 한 편 보려면 오가는 시간까지 꼬박 한나절을 투자해야 한다. 그런데도 인도의 극장이 붐빈다는 것은 인도에 백수들이 엄청 많다는 간접적 증거이다. 사람들은 소풍을 가듯이 식구들이나 친구들과 어울려서 영화를 보러 간다. 외출할 기회가 많지 않은 여자들은 모처럼 예쁘게 차리고 집을 나선다.

다행인지 불행인지 영화 한 편 보는 영화관의 입장료는 저렴하다. 인도 영화는 우리처럼 젊은이의 전유물도 아니다. 중산층뿐 아니라 그늘에 누워 있는 거

● 자이푸르의 라즈 만디르 극장

지나 가난한 인력거꾼도 영화의 열렬한 팬이다. 어쩌면 그들이 더 간절하게 영
화의 개봉을 기다리고 주인공을 맡은 배우들을 사랑한다고 할 수 있다. 흑백의
삶을 사는 그들은 자기에게 없는 멋진 애인과 멋있는 컬러의 세상을 보려고 일
당의 전부 또는 일부를 극장 매표원의 손에 아낌없이 넘긴다.

　새 영화가 개봉되면 사람들은 일찌감치 표를 예매하고 좋아하는 스타를 만날
생각에 가슴이 부푼다. 이처럼 영화를 사랑하는 이들로 인해서 인도 영화계의
스타는 진짜 슈퍼스타가 된다. 우리나라의 슈퍼스타들이 영화 편당 수억의 출
연료를 챙긴다지만 이는 인도 스타들에 비해 턱없이 적다. 게다가 인도 슈퍼스
타들은 여러 편에 겹치기로 출연한다.

　"신은 높이 있고 차르(황제)는 멀리 있다"고 한 러시아 농민들과 마찬가지로,
대중은 멀리 있는 총리는 몰라도 가까이 있는 대스타는 기억한다. 가게 안이나

오토릭샤에는 인기 영화배우들의 다채로운 사진이 신의 그림들과 나란히 붙어 있다. 영화인들 중에는 은막의 인기를 바탕으로 정치에 입문, 주수상에 오른 인물도 세 명이나 된다. 그들은 거의 배우가 아니라 자신이 연기했던 신으로 추앙되었다. 국회의원으로 변신한 배우도 많다.

남부 타밀나두 주의 수상을 지낸 MGR, 즉 라마찬드란은 영화에서 주로 신의 역할을 맡았다. 1987년, 라마찬드란이 세상을 떠난 후 한 여자 배우가 그의 정치적 후계자가 되었다. 그녀는 라마찬드란과 함께 출연한 영화에서 자신이 그에게 횃불을 넘겨받는 장면을 마치 정치적 후계를 뜻하는 양 광고했다. 순진무구한 유권자들은 신을 믿었고, 결국 그녀는 1991년 선거에서 승리하여 말도 많고 탈도 많은 주수상이 되어 최근까지 정치가로 영욕을 누렸다.

라마찬드란의 이야기를 좀 더 해보자. 그의 죽음은 많은 사람들에게 엄청난 슬픔과 절망을 안겨주었다. 몇 사람은 그의 뒤를 따라 죽음을 선택했다. 영화에서 신의 역할을 맡았던 그는 이미 신의 대열에 올라섰다. 실물 크기의 그의 초상 앞에서는 열렬한 신도들이 숭배를 드리고, 만여 개의 팬클럽은 그 정당의 정치적 기반이 되었다.

라마찬드란의 경우에서 볼 수 있듯이 인도에서 영화의 주인공은 단순한 배우가 아니다. 신을 연기하면 신이 되고 영웅의 역할을 맡으면 멋진 영웅이 된다. 사람들은 신을 숭배하듯 신이 나오는 화면을 향해 아낌없이 꽃과 돈을 던진다. 무대에는 지폐와 동전이 수북이 쌓이고 노래와 춤이 나오면 한바탕 같이 즐긴다.

장면 1. 노란 바바리코트에 흰 구두와 빨간 양말을 신은 수십 명의 여자들이 검은 우산을 빙글빙글 돌리고, 빨간 셔츠와 청바지를 입은 한 남자가 그 앞에서 신나게 춤을 춘다.

장면 2. 분홍색 양장과 분홍색 모자로 멋을 낸 한 무리의 여자들이 지팡이를 들고 춤을 추고 그 앞에서 줄무늬 바지에 줄무늬 모자를 쓴 남자가 매끄럽게 몸을 흔든다.

영화는 인도 사회를 반영한다. 앞에 인용한 두 장면처럼 영화는 인도의 현실과 거리가 멀다. 화면에는 일상의 생활과 다른 이질적인 삶이 화려하게 펼쳐진다. 평소에 보기 어려운 아름다운 여인의 각선미, 국적이 의심스러운 화려한 의상과 호화판 생활이 들어 있다. 관객들은 로맨스와 폭력, 음악과 춤, 섹스와 코미디가 골고루 버무려진 비현실적인 영화를 사랑하고 그걸 보며 한바탕 꿈을 꾼다.

상업성과 예술성은 영원한 맞수이다. 영화의 구성은 엉성하지만, 여자 배우는 아름답고 남자 배우는 잘생겼다. 주인공이 20명의 건장한 악당들을 만나도 조금도 걱정할 필요 없다. 그는 박수를 받으며 악당들을 다 물리치는 천하무적의 영웅이니까. 악당은 늘 비참하게 패배하고 주인공은 언제나 승리한다. 인도 영화의 주인공은 절대로 죽지 않는다. 신과 같은 스타는 영원불멸이 아니랴!

굳이 영화가 예술영화일 필요는 없을 것이다. 인도 영화, 특히 양념처럼 모든 것이 버무려진 마살라 영화는 스트레스를 푸는 데 최고의 명약이다. 잠시 고단한 일상을 잊고 한바탕의 꿈을 꿀 수 있다. 영화 〈시티 오브 조이〉는 인도에서는 결코 '조이joy'가 아니었다. 매일 보는 지겨운 일상을 돈을 내고 영화관에서 또 보는 걸 누가 하겠는가. 배운 사람들은 영화가 현실 도피적이라고 몰아세우고 '집단적 판타지'라고 비판하지만 대중은 사실주의 영화를 경계한다.

● 거리에 걸린 인도 영화 포스터. 청바지를 입은 철부지 여주인공은 결혼을 하면서 사리를 입은 조신한 힌
두 여성으로 변한다

   인도 영화는 사회적 가치를 담는다. 권선징악을 가르치고 사람들 머릿속에
전통적인 여성상을 심는 것이다. 청바지나 미니스커트를 입은 철부지 여성도
결혼만 하면 단박에 사리를 입은 조신한 힌두 여성으로 변한다. 서양의 싸구려
밤무대를 베끼고 선정적인 춤이 양념일지라도 영화에는 혼전 성관계와 같은
'오랑캐 문화'는 없다. 영화에 키스신이 허용된 것도 그리 오래되지 않았다. 드
디어 연인이 입을 맞추는 순간, 화면에는 갑자기 바람에 흔들리는 꽃이나 새와
분수가 나타나며 상상력을 자극한다.

   누드를 용납하지 않는 인도 영화에서 에로티시즘은 여성에 대한 악당의 성폭
력으로 표현된다. 소름끼치는 성폭력 장면이 적지 않아서 '강간의 사회화'라는
비판을 받을 정도다. 그러면서도 영화의 주요 명제는 어머니와 애국이다. 악당
은 언제나 모국을 위협하는 외국의 앞잡이고 주인공인 영웅은 외세를 물리치고

'좋은 나라' 인도를 구한다. 가상의 현실에서 불가능한 미션을 그린다는 점은 할리우드 영화나 홍콩 영화와 크게 다를 바가 없다.

아, 영화음악이 빠졌다. 인도의 대중음악은 영화에 나왔던 노래가 주류를 이룬다. 노래와 춤이 범벅인 영화가 성공하면 영화에 삽입된 노래는 그 장면을 기억하는 사람들에 의해 특별한 사랑을 받는다. 인도 영화의 역사에서 최대 흥행작으로 꼽히는 1994년의 한 영화는 행복이 인생의 필수라는 메시지가 담긴 작품인데, 영화에 나온 14곡의 노래 중 한 곡은 수십억 원을 벌어들였다.

인도에는 예술영화가 없는가? 모든 인도 영화가 현실 도피적이고 상업적인 것은 아니다. 우리나라에서도 영화가 개봉된 쇼티아지트 레이 감독은 인도 영화의 주류인 상업적 영화가 아닌 훌륭한 예술영화를 만들었다. 그가 만든 영화의 주제는 현대 사회의 문제들이었다. 1992년에 세상을 떠난 그는 아카데미 특별상을 받았고 세계적으로도 널리 인정을 받은 위대한 인도의 영화인으로 평가된다.

콜카타가 중심인 소위 예술영화는 나름의 역할을 지속하고 있고, 교육받은 사람이 증가하면서 비현실적인 내용의 영화는 줄어들고 있다. 배운 사람들이 늘어나면서 영화의 질은 오르지만 반면에 재미는 뚝뚝 떨어진다. 그럼에도 인도의 마살라 영화는 4억이 넘는 인도의 문맹자들이 즐기는 유일한 오락이다. 만약 영화가 없다면 그들은 고단한 현실을 위무해줄 꿈같은 오락을 어디에서 찾을 것인가?

가장 이상적인 것은 잊을 현실이 없고 꿀 꿈이 없는 상태이지만, 그 역시 꿈인 것을.

비하르와 우타르프라데시 같은 갠지스 평원은 인구의 절반이 빈곤층이고,

인구가 천만이 넘는 서해안의 대도시 뭄바이도 시민의 절반이 슬럼에서 살고 있다.

해결책은 무엇인가?

주어진 운명에 순응하여 낳을 수 있는 만큼 아이를 낳는 것이 최선일까?

아이를 줄이고 삶의 질을 높여야 하는 걸까?

7. 다원 사회의 명암

작은 인도 — 네루 가(家)

　　왕관을 장식하는 아름다운 보석처럼 한 나라의 역사는 뛰어난 여러 인물로 빛을 더한다. 근대 인도의 역사에서 빼놓을 수 없는 인물 중의 한 명은 인도 연방의 초대 총리를 지낸 자와할랄 네루이다. 그와 그의 가족사는 굴곡 많은 인도 역사처럼 매우 다채롭고 때로 경이롭다. 20세기에 가장 오래 존속한 네루 왕조의 선두주자 네루와 그 가족을 통해 인도의 여러 얼굴을 살펴보자.

　　공화국과 세습제는 정치적으로 양립할 수 없다. 그러나 인도에서는 두 얼굴이 공존했다. 1947년 영국에서 독립한 이후 50년 동안 네루 집안이 인도를 통치한 기간은 38년이었다. 네루는 1964년까지 무려 16년 9개월이나 장기 집권했고, 그의 딸 인디라 간디는 1966~1977년과 1980~1984년 두 차례 정권을 잡았다. 인디라 간디의 맏아들인 라지브 간디는 어머니가 암살된 1984년에 사십대 초반의 젊은 나이로 혜성처럼 등장하여 5년간 총리를 역임했다.

　　카슈미르 지방의 브라만인 네루는 인도 국민회의 지도자이자 변호사인 모틸랄 네루를 아버지로 두어 유복하게 성장했다. 영국의 해로우 고등학교와 케임브리지 대학교에서 공부한 네루는 변호사가 되어 귀국하여 아버지와 함께 독립 운동에 가담했다. 독립 운동을 하는 동안 감옥에서 보낸 시간이 무려 9년에 이르는 그는 1930년대 국민회의의 지도자가 되어 독립과 함께 인도 연방의 총리에 올랐다.

감옥에 있는 동안 세련된 필치로 세 권의 책을 쓴 그는 소문난 로맨티시스트였다. 독립 운동의 지도자인 나이두 여사와 아름다운 교감을 나누었고(아내가 죽은 뒤에), 그들이 주고받은 러브레터는 책으로도 나왔다. 인도를 통치한 마지막 영국 총독의 부인 에드위나와 네루의 로맨스도 전 세계 지성인이면 누구나 아는 비밀이다. 우리의 독립 운동가가 미나미 일본 총독의 부인과 사랑을 했다면? 그건 소설에서도 불가능하지 않을까.

● 네루 가. 앞줄 가운데가 모틸랄 네루, 뒷줄 왼쪽 첫 번째는 자와할랄 네루, 뒷줄 오른쪽에서 두 번째가 인디라 간디
●● 라지브 간디(왼쪽)와 타밀나두 주수상 MGR (오른쪽)

정치 지도자로서 그의 이력은 생략하자. 단지 그가 민주주의의 기반을 닦았고 장기 집권이 그렇듯이 독재로 흐르지 않았다는 점만 덧붙인다. 낭만적 사회주의자인 네루는 더 나은 사회와 모든 집단의 '평화로운 공존'을 위해 전심전력을 기울였다. 여러 차례 전쟁도 있었고 낙담한 적도 없지는 않았으나 네루는 본질적으로 훌륭한 인도인인 동시에 멋진 영국 신사였다.

네루의 무남독녀 인디라 네루는 1917년
생이다. 감옥을 오가는 아버지 밑에서 독립
운동을 배웠고 결국 아버지가 떠난 얼마 뒤
정권을 물려받았다. 영국 옥스퍼드에서 공
부한 그녀는 공부보다 인생의 반려를 찾는
데 성공했다. 인디라가 만난 잘생긴 페로즈
간디는 파르시였다. 네루는 사윗감이 내심
내키지 않았으나 내색하지 않고 딸의 선택
을 축복했다. 아버지를 위해 '퍼스트레이디'

● 젊은 시절의 인디라 간디. 아버지 네루
에 이어 16년간 총리로 재임했다

로 활동한 인디라 간디는 아버지의 사후 2년 만에 선거에서 승리하여 1966년
총리에 올랐다.

인디라는 40세의 젊은 나이에 세상을 떠난 페로즈 간디와의 사이에 두 아들
을 두었다. 큰아들 라지브 간디와 작은아들 산자이 간디였다. 부모를 닮아 외모
가 출중한 두 사람은 여러 면에서 대조적이었다. 라지브는 영국에 유학해서 어
머니처럼 공부보다는 평생의 짝을 찾는 데 뛰어난 능력을 보였다. 그가 파티에
서 만난 아름다운 소냐는 이탈리아 여자였다. 모든 면에서 평범한 라지브는 파
일럿이 되어 행복한 가장의 길로 들어섰다.

산자이 역시 공부에는 소질이 없었다. 대학에 떨어진 그는 영국 롤스로이스
사의 수습사원이 되었다. 수습 중에 귀국한 산자이는 자동차 산업을 시작, 일본
스즈키 사와 합작하여 마루티를 생산하기 시작했다. 그러다가 정치적 야심을
키운 그는 어머니의 측근으로 활약했다. 그러나 산자이도 네루 가의 전통대로
다른 종교를 믿는 여자와 결혼을 했다. 그의 아내는 시크인 마네카였다.

젊은 산자이는 욕심이 많았고 다른 분야에서 겪은 실패를 정치에서 보상받으려고 애썼다. 그를 둘러싸고 비판이 거세지자 인디라 간디는 과감하게 긴급조치를 선포했다. 긴급조치의 우산 아래서 산자이는 무기력한 정부 위에 군림하여 무소불위의 권력을 행사했다. 하룻밤에 슬럼을 제거하고 인구 문제를 해결한다면서 사람들을 무더기로 트럭에 실어 날라 강제로 불임 시술을 자행했다. 절대 권력 아래서는 절대 부패가 생겨난다.

산자이와 긴급조치를 방어하던 인디라 간디는 높아가는 비판에 맞서 총선거를 실시했다. 그러나 문맹이 다수인 인도인들은 멋지게 한 표를 행사하여 인디라에게 패배를 안겨주었다. 선거에서 이긴 연립 정권이 갈팡질팡하자 인디라와 산자이 간디 모자는 1980년 다시 정권을 잡았다. 그러나 얼마 되지 않아 산자이는 뉴델리에서 비행 연습을 하다가 사고로 세상을 떴다. 그가 생산하기 시작한 자동차 이름인 바람의 아들처럼 바람처럼 가버린 것이다.

인디라 간디는 산자이가 죽은 후 하루아침에 10년은 늙어 보였고 정치적인 민감성도 상실했다. 그녀의 가슴에 난 구멍을 메우기 위해 대타로 큰아들 라지브 간디가 정치판에 끌려왔다. 서구화된 그의 생활도 언론에 노출되었다. 홀어미가 된 산자이의 아내 마네카는 시어머니와의 불화로 집을 나가고, 곧바로 정치에 투신하여 인디라 간디와 맞섰다. 서른이 채 안 된 젊은 나이였다.

곧 마네카의 종교인 시크교도가 북부 펀자브에서 분리주의 운동을 전개했다. 1984년 인디라 간디는 측근의 만류를 뿌리치고 분리주의자들의 아지트가 된 시크교도의 성지 '황금사원'을 탱크와 박격포로 공격, 진압했다. 그로부터 4개월 후 인디라 간디는 총리 관저에서 세 명의 경호원에게 무참히 살해되었다. 범인은 모두 시크교도였다. 암살의 여파로 델리 지역에서는 2,000명이 넘는 시크교도가 성난 힌두에게 살해되었다.

전국적인 애도의 분위기 속에 사파리를 차려입은 라지브 간디가 총리로 선출되었다. 정치에는 초년인 전직 파일럿은 21세기를 약속하면서 경제 개혁과 깨끗한 정부를 강조했다. 그러나 구찌 신발을 신고 콜라와 햄버거를 좋아하는 젊은 총리는 '검은 고양이'라고 불리는 경호원들과 서구화한 측근의 장벽 속에서 점차 국민과 유리되었다. 옷은 사파리에서 인도 옷으로 바뀌었지만.

'미스터 클린'으로 불리던 라지브는 국민과 멀어지면서 부패와 친해졌다. 부패 스캔들에 휘말린 그는 '미스터 더티'가 되어 1989년의 총선에서 졌고 네루 왕조도 그 막을 내렸다. 1991년, 정권 회복과 왕조 회복을 위해 애를 쓰던 그는 남부 지방에서 유세하던 도중에 어머니 인디라 간디처럼 암살되었다. 아내 소냐와 막 성년이 된 1남 1녀가 뒤에 남았다.

싸움닭처럼 씩씩하고 용감한 마네카 간디는 1989년 이래 두 차례 환경부 장관을 역임했다. 지금은 남편의 이름을 딴 환경 재단을 운영하면서 아들 하나를 데리고 환경 수호자로 활약하고 있다. 인도에서 높은 위상을 상징하는 비단 사리를 누에고치 때문에 포기한 그녀는 동물성 기름이 들어간 화장을 하지 않는 것은 물론, 헝겊으로 만든 가방을 들고 환경 보호를 솔선수범한다. 환경을 다룬 몇 권의 책도 출간했다.

아무리 외제가 좋다지만 아내까지 외제냐는 정치적 공격을 유발시켰던 이탈리아 출신의 소냐 간디는 남편 이름을 앞세운 라지브 재단을 운영하고 있으며 우리나라에도 왔었다. 시어머니와 남편을 암살로 잃은 기억을 가슴에 묻고 살던 그녀는 1999년에 정계에 입문해 지금은 명실상부한 인도의 권력 실세가 되었다. 외국에서 유학하던 아들과 딸도 귀국해 어머니를 도우며 정치 일선에서 활약하고 있다.

올해로 60년이 된 인도 연방의 역사는 네루 가의 역사와 궤를 같이했다. 네루의 집안은 인종, 종교, 언어, 세계관, 생활 방식 등 인도의 다양한 얼굴을 반영하고 포용했다. 힌두교, 가톨릭, 시크교, 조로아스터교를 믿고 힌디어, 영어, 이탈리아어, 우르두어, 펀자브어를 쓰는 다양한 출신이 일가를 이루었다. 또한 네루, 인디라 간디, 인디라의 두 아들은 서양에서 교육을 받았지만 인도의 생활 방식을 버리지 않았다. 수천 년의 인도 역사처럼 이질적인 것들의 공존이었다.

합리주의자로 불린 네루의 유해는 갠지스 강에 뿌려졌고 열정적이던 인디라 간디의 유해는 히말라야에 내려졌다. 파일럿이었던 라지브 간디는 정치가로 죽었고 정치에 몸을 담았던 산자이 간디는 비행 연습을 하다가 사망했다. 상대방의 영역에서 돌발적으로 세상을 떠난 형제를 생각하면 인도인이 믿는 개인의 의무가 떠오른다. 어디까지가 우연이고 어디까지가 필연인가. 나는 그것이 궁금하다.

천 년의 사랑이 깨질 때

　먼저 인도 사회의 최대 골칫거리인 힌두-무슬림 간의 갈등을 풍자한 재담을 소개한다. 한 고고학자가 힌두 사원 터에서 녹슨 와이어로프를 발견했다. 브라만 사제는 기자회견을 자청하고 자랑스럽게 말했다. "고대 힌두들은 전화를 사용한 것이 분명합니다."

　이에 질세라 무슬림들도 모스크 터의 발굴에 나섰다. 그러나 아무리 파도 보이는 것이 없었다. 회견장에 나타난 이슬람 사제는 감격에 찬 목소리로 외쳤다. "이로 미루어볼 때 고대 무슬림은 무선전화를 사용한 것이 분명합니다."

　622년 예언자 마호메트에 의해 창시된 이슬람은 유일신 알라를 믿는 종교이다. 《베다》에는 33명의 신이 등장하지만 힌두교는 3억 3,000만(1931년 인구 조사를 할 당시 인도 인구가 그 정도였다. 지금쯤은 11억이 넘지 않을까?)이 넘는 수많은 신을 믿는다. 무슬림은 노래와 춤을 꺼리는데 비해 힌두 사원에서는 엄청난 볼륨의 음악을 사방에 퍼붓는다. 무슬림이 메카를 향해 기도를 올리는 순간에도 여지없다.

　아라비아인의 패션처럼 머리에서 발끝까지 감싸는 무슬림은 여성의 곡선미를 있는 대로 자랑하는 힌두 사원의 나체상이 거북하다. 힌두는 소를 아끼고 대개 쇠고기를 먹지 않지만 무슬림은 소를 잡고 그 고기를 먹는다. 쇠고기를 먹는 사람과 소를 도살하는 사람은 경건한 힌두의 눈에 부정의 원천이며, 자기 종교에 대한 모욕이다. 무슬림에게는 똥을 먹는 더러운 돼지가 참을 수 없는 가벼운 존재이다. 힌두 하층은 그 고기를 먹는다.

힌두, 무슬림 친구를 다 가진 나는 고도의 기억력과 순발력을 사용해야 했다. 집에서 부쳐온 쇠고기라면 하나, 소시지 하나를 먹을 때도 상황에 따라 대처해야 했다. 자칫 잘못하면 우정에 금이 가고 일단 금이 가면 언젠가는 와그르르, 태산도 무너지기 때문이다. 외교는 균형의 유지가 기본이다.

로샤나라는 키 크고 아름다운 무슬림 친구가 있었다. 그녀는 힌두 청년과 10년이 넘게 사랑을 나누었으나 두 사람은 끝내 다른 길을 걸어갔다. 영화에서는 그들과 같은 운명적인 연인들이 수많은 역경을 넘어 행복한 결말을 맺지만 실제로는 결혼을 계약으로 여기는 무슬림과 신성한 결합으로 간주하는 힌두는 합일보다 영원한 평행선이 보통이다.

《구약 성서》의 출애굽기에는 "나의 이름은 질투하는 야훼, 곧 질투하는 신이다"라는 말씀이 보인다. 이러한 유대인의 도전적이고 공격적인 성격은 같은 전통을 가진 기독교와 이슬람교에도 드러난다. 선교의 개념이 없는 힌두교는 공격적인 이슬람교의 존재가 이질적이고 편치 않다.

어떠한 우상 숭배도 금지하는 이슬람교는 알라신 아래 모든 신도의 우애와 평등을 내세우지만, 일체의 우상을 숭배하는 힌두는 모든 사람이 불평등하다는 원리에 입각한 카스트 제도를 가지고 있다. 모호하지만 모든 것을 인정하는 힌두교는 이슬람교의 배타적이고 독단적인 태도에 심기가 불편하다.

● 우타르프라데시의 수도 러크나우에 있는 아름다운 모스크

이렇게 도저히 어울리지 않는 두 집단이 인도에서 함께 살게 될 줄은 예언자 마호메트도 브라만 점성술사도 예전엔 미처 몰랐으리라. 농촌에 가면 두 집단은 한 마을에서 경계 없이 뒤섞여 살며 때로 힌두 사원과 모스크가 나란히 붙어 있다. 같은 땅을 밟으며 같은 공기를 마시는 그들의 동거는 벌써 천 년이나 되었다.

그런 그들이 헤어졌다. 1947년, 무슬림은 파키스탄에다 딴살림을 차렸다. 그러나 가지 못하고 뒤에 남은 무슬림은 그냥 인도의 고향에서 산다. 1991년의 인구를 보면, 무슬림은 인도 전체 인구의 11.4퍼센트를 차지하는 최대의 소수 집단이다. 힌두와 무슬림은 어제의 형제들처럼 다시 뭉치기는커녕 서로를 노려보고 있다. 이것이 바로 인도의 가장 큰 골칫거리이다.

공포의 술탄, 가즈니 왕조의 마흐무드는 1001년부터 1027년까지 무려 열일곱 번이나 인도를 침략하여 약탈과 살육, 파괴를 자행했다. 이 때문에 힌두는 오랫동안 무슬림을 잔인무도함과 동일시했다. 마흐무드는 갔으나 이후 인도에서는 본격적인 무슬림 지배가 시작되었다. 1857년, 무굴의 멸망까지 800여 년이라는 길고 오랜 세월이었다.

그 후 힌두와 무슬림은 함께 사는 방법을 배우고 익혔다. 이방인 출신의 정통 무슬림은 언제나 무슬림 총인구의 5퍼센트 미만이었다. 나머지는 이슬람으로 개종한, 원래 힌두였던 농민들이었다. 극소수가 다수를 통치하기 위해서는 '개종 아니면 죽음'이라는 강압적인 방법은 통하지 않았다.

'코란이냐, 칼이냐?' 지금도 서방의 영화를 보면, 모든 테러는 무슬림의 음모다. 이란, 이라크, 아랍 세계의 민족주의는 언제나 서방의 안전에 적신호로 간주된다. 몽매한 원리주의자라는 무슬림에 대한 편파적인 묘사는 기독교 세계가 이슬람 세계에 대해 가진 두려움을 감추기 위한 과장된 반어법이다.

인도에서 이슬람 개종은 '칼'의 힘이 아닌, 이슬람 신비주의파 수피의 영향이었다. 수피는 소박한 신앙생활을 하며 하늘의 은총을 빌고 명상과 설교를 소중히 여긴다. 수피의 일상생활을 통한 종교적 윤리와 명상·수련의 방법은 원래 힌두적인 것으로 개종에 도움이 되었다.

영국의 통치가 확립되면서 양측은 사이가 벌어졌다. 바뀐 세상에 적응이 느린 무슬림은 재빠르게 새로운 지배자에게 마음을 주고 요직을 독차지한 힌두에게 상대적인 상실감을 느꼈다. 그 골을 메우기 위해 무슬림 대학이 설립되고 지식인 양성이 시작되었다. 1870년대 지방자치가 실시되고 의회대표제가 도입되자 무슬림은 다수인 힌두의 존재와 힘을 구구절절하게 깨달았다.

그리하여 기초의회와 관직을 향한 자리싸움이 시작되었다. 동거자끼리 하는 집안싸움은 영국에 이로웠다. 자리를 차지하면 자기들 자식에게 유리하게 교육제도를 개정하고 신작로와 저수지를 만들었다. 요직에 자기 자식을 취직시키고 더 많은 이권을 노릴 수도 있었다. 내가 가진 영향력이 상대편에게는 불이익이 되었다. 점차 양측의 경쟁은 심화되었다.

절망과 자기 회의에 빠지면 작은 갈등에도 불이 붙는다. 무슬림은 갑자기 수백 년 동안 들어온 힌두 음악이 싫어졌다. 힌두는 신성한 소를 도살하는 무슬림의 뒤통수가 밉고 화가 났다. 의혹은 의혹을 낳고 음모는 더 큰 음모를 낳았다. 모스크에 무슬림의 금기인 돼지의 피가 뿌려지고 그 반발로 힌두 여성이 무슬림 청년한테 희롱을 당했다.

1909년, 무슬림은 무슬림의 의석을 보장하는 독립 선거구를 얻었고 더 많은 무슬림 의석을 요구했다. 그들은 힌두 중심의 인도 국민회의가 주도하는 독립 운동 참여를 꺼렸다. 1937년이 되면서 무슬림은 영국이 떠난 후 힌두 정권의 탄생을 염두에 두게 되었다. 힌두 국가에서 무슬림의 존재는 2급 시민이 될 것이고 그것은 천 년 동안 지배자였던 무슬림에게 참기 어려운 모욕이었다.

무슬림 지도자 알리 진나는 힌두 다수의 독재를 피해 무슬림의 나라 파키스탄을 제창했다. 네루는 '환상적'이라고 냉소하면서 무시했고 영국의 관리들도 비현실적인 제안으로 여겼다. 그러나 2차 대전이 끝나고 영국의 철수가 임박하자 1946년부터 사태는 예측할 수 없는 방향으로 흘렀다. 두려움과 음모 속에서 무슬림과 힌두는 하룻밤에 수백 명씩 서로를 죽였다. '복수혈전'은 내란의 수준까지 진행되었다.

간디의 눈물겨운 노력에도 불구하고 수단과 방법을 무시한 정치인의 야망과 권력욕 앞에서 50만 명이 목숨을 잃었다. 또 다른 500만 명이 동서를 향해서 살림을 꾸렸다. 파키스탄에 사는 힌두는 인도로, 인도에 사는 무슬림은 파키스탄으로 떠났다. 사랑으로 시작한 동거는 아니지만 파국은 언제나 쓰디썼다. 1947년, 인도와 파키스탄은 따로따로 문패를 달고 새 생활을 시작했다.

호적은 정리했지만 뒤에 남은 사람들은 아직도 후유증을 앓는다. 유일신을 믿는 무슬림과 만신을 믿는 힌두는 각 지방에서 종종 갈등을 빚는다. 무슬림이 다수인 카슈미르 문제는 뜨거운 감자일 수밖에 없다. 파키스탄은 분리주의를 주장하는 카슈미르를 지원하여 인도를 도발한다. 인도-파키스탄의 크리켓 경기는 양 국민의 감정을 재는 바로미터이다. 다른 나라에는 얼마든지 져도 좋지만 반드시 상대국에는 이겨야 한다.

1985년, 65세의 무슬림 이혼녀가 부유한 전남편에게 생활비 청구 소송을 제기했다. 생활 능력이 없는 그녀가 남편에게서 받는 돈은 우리 돈으로 겨우 2,000

원 정도. 남편에게 약 2만 원의 생활비를 지불하라는 대법원의 판결이 내려졌다. 그런데 무슬림들은 판결이 이슬람에 대한 도전이라고 주장하면서 전국적으로 폭동을 일으켰다.

1992년에는 일단의 열성적인 힌두가 모스크를 허물고 라마 신의 신상을 모셨다. 무슬림 통치자가 라마 신을 모신 힌두 사원을 부수고 세웠다는 모스크였다. 그 역사적 정당성은 논의의 여지가 있지만 힌두 민족주의에 기반을 둔 정치인들은 이를 지지하여 상당한 이득을 보았다. 양측은 지금도 이 문제로 감정의 앙금을 지닌 채 살고 있다.

힌두는 소수 집단인 무슬림이 누리는 여러 가지 이득에 곱은 눈을 하고, 다수 속에서 소수인 무슬림은 두려움 때문에 과민반응을 보인다. 이방인의 입장에서 보면 이 갈등이 간단하지만은 않다. 무슬림 친구들은 힌두들을 두려워하고 힌두 친구들은 무슬림 친구에게 마음을 열지 않는다. 한 마을에 수십 년을 같이 살고도 늘 남남으로 패가 갈리는 건 너무 씁쓸하다.

한 여인이 장에 가는데 힌두와 무슬림이 소 한 마리를 두고 자기 것이라고 싸우고 있었다. 아무리 우겨도 해결이 나지 않자 두 사람은 여인에게 물었다.

"누가 주인인 것 같소?"

"잠깐만요. 음, 앞에서 보니 무슬림 당신 것 같은데 뒤에서 보니 힌두 당신 소네요."

닐기리 산악 지대에 사는 한 부족의 민화는 배우지 않은 자의 현명함을 보여준다. 그럼에도 인도에서는 여전히 삶이 있고 종교가 있는 것이 아니라 종교가 삶을 지배하는 경향이 강하다. 개인의 자유보다 종교 집단과 카스트에 대한 충성이 우선인 것이다. 온순한 사람들은 종교적 관습과 숭배 장소를 지키려고 순식간에 극렬분자로 바뀐다. 인도인이 먼저고 그 다음이 힌두나 무슬림인데도 종종 본말이 전도되어 아쉽고 씁쓸하다.

물 한 잔과 인구

1950년대 초, 인구 문제에 관한 세미나가 열렸다. 인구 증가를 억제하기 위한 갖가지 방법이 제시되고 열띤 토론이 벌어졌다. 마지막으로, 행사에 참석한 네루 총리의 소감이 이어졌다.

"신사 숙녀 여러분! 저는 여기에서 논의된 훌륭한 방법이 교육률이 높은 국가에서나 가능하다고 생각합니다. 우리같이 가난한 나라에서는 더 단순하고 간단한 방법이 있습니다."

말을 멈춘 네루는 눈을 반짝이며 바라보는 참석자들을 둘러보았다.

"그것은 한 잔의 물을 마시는 겁니다."

참석자들은 어리둥절한 표정으로 총리의 얼굴을 바라보았다.

"언제요? 전에요, 후에요?"

네루는 미소를 지으면서 대답했다.

"그 대신에요."

네루의 말은 농담이었다. 인도는 제1차 5개년 계획이 시작된 1952년에 일찍이 세계에서 가장 먼저 인구 정책을 논의했으나 네루의 말에서 드러나듯 인구

● 인도에서는 어디를 가나 사람이 많다. 시장에도 기차역에도 사람들이 넘친다

문제를 다루는 인도의 느슨한 태도와 방식은 그 시행을 한참 뒤로 미루었다.

인도에는 사람이 넘친다. 공항이나 기차역이나 어디를 가든지 사람에 밀리고
차인다. 많은 인구만큼 수많은 세미나와 각종 연구가 행해짐에도 불구하고 별
뾰족한 해결책은 없다. 어제도 오늘도 7만 명이 넘는 새로운 인구가 매일 이 땅
에 더해진다.

인도 인구는 정말 엄청나게 늘었다. 1951년의 인구는 4억이 채 안 되었으나
40년이 지난 1991년에는 8억 5,000만 명으로 두 배 이상 증가했고, 2001년에
는 10억을 돌파했다. 증가라는 말이 무색한 폭발적인 현상이다. 질병과 무능력
으로 상징되는 노년기의 증가가 좋은 건지 판단하기 어려우나 인도인의 평균 수
명도 상당히 늘었다. 1951년에는 겨우 32세에 불과했으나 2001년에는 평균 62

세까지 늘어났다.

여자와 통계는 믿을 수 없다는 말이 있다. 여자인 나로서는 남자와 통계는 의심스럽다고 해야겠으나 어차피 인구는 숫자놀음이라 그 의심스러운 통계를 인용하여 대략적인 인도 인구의 그림을 알아보자. 1990~1991년의 유엔 통계를 보면 인도는 세계 인구의 16퍼센트를 차지, 중국에 이어 세계 제2위를 차지한다. 세계 인구 7명 중 한 명이 인도인인 셈이다.

다른 것은 몰라도 인구에 관련된 기록이라면 신이 나는 인도다. 인도 철도청에서 봉급을 받는 사람이 150만 명이고 1969년 타밀나두 주수상의 장례식에는 1,500만 명이 참석하여 이 부문의 최고기록을 세웠다. 2003년 총선에는 6억 7,000만 명의 유권자가 주권을 행사하여 세계 최대의 민주주의라는 표현을 실증했다.

20세기 후반 의료 시설과 서비스의 확대로 생활의 질이 전반적으로 좋아지고 천연두, 말라리아, 역병 등 치명적인 질병이 극복된 데다가 전쟁과 같은 큰 격변이 사라지고 정치적 안정이 지속되자 인도인의 사망률은 대폭 떨어졌다. 식량 생산이 증가하고 그 공급과 배급이 원활해지자 기근이 야기하던 대량 아사(餓死)도 옛말이 되었다. 인구를 조절하는 기능이 없어진 것이다.

1970년대 초, 인도 정부도 출생률을 줄이려고 적극적인 노력을 기울였다. 각종 구호가 난무하고 비상한 아이디어가 속출했다. 불임 수술을 받은 사람에게는 트랜지스터를 지급했고 다량의 콘돔도 배부했다. 긴급조치 시대에는 강제 불임 시술도 이루어졌다. 불임 수술을 받은 사람에게는 재정적인 지원도 했다.

그러나 인도인의 정서를 뛰어넘는 지나친 가족계획이 오히려 역효과를 가져왔다는 주장도 만만치 않다. 무지한 사람들은 강제 시술이 두려워서 사탕수수밭에 숨거나 나무 위로 올라갔고, 바깥출입을 자제했다. 그 여파로 정부는 총선에서 대패를 기록했다. 배부된 콘돔이 풍선이 되어 동구 밖 나무에 주렁주렁 매달렸던 건 웃을 일도 아니었다.

대다수 인도인은 여전히 1차 산업에 종사하고 그들에게 자식은 신의 선물일 뿐만 아니라 노동력의 원천이다. 자기 먹을 것은 가지고 태어난다는 우리 옛 어른들의 말씀처럼 생활이 어려운 사람일수록 자식 농사에 열심이다. 아이는 양떼를 몰거나 고사리 손으로 러그와 카펫을 짠다. 자그마치 1억이 넘는 어린이가 노동에 종사한다. 거리에서 흙투성이 얼굴로 구걸을 하는 아이의 저쪽에는 사지가 멀쩡한 어머니가 있게 마련이다. 그들에게 아이는 일종의 노후 보장이다.

폭설로 길이 막힌 외국의 어느 지방에서 출산율이 갑자기 증가했다는 보고가

● 관광객에게 구걸하는 아이들의 저쪽에는 사지가 멀쩡한 어머니가 있게 마련이다

있었다. 데스먼드 모리스는《인간 동물원》에서 의미 있는 활동이 부족한 동물원의 동물들이 섹스에 집착한다고 주장했다. 이방인들은 나태한 인도인들이 오락으로 섹스를 즐긴다고 그래서 인구가 부푼다고 비난한다. 어느 영국인도 인도 농민이 "낮에는 들에서 웅크리고 일을 하고 밤이면 토끼처럼 새끼를 치는" 종족이라고 기록했다.

오늘날, 강력한 인구 정책은 없어도 교육과 의료 서비스의 증진, 경제 발전으로 인도의 인구 증가율은 1960년대 4퍼센트에서 현재는 1.8퍼센트로 크게 줄었다. 여성 1명당 아이의 비율도 6명에서 3명으로 감소했다. 이에 고무된 정부는 '두 자녀 갖기'를 내세웠으나 그 실천은 여의치 않아 보인다. 잘 사는 계층의 성장률은 둔화되었으나 낙후하고 가난한 계층의 증가율이 여전하기 때문이다.

내가 처음 머물던 기숙사의 지킴이 아저씨는 무려 아홉 명의 아이를 두었다. 갓난아기부터 열여섯의 큰딸까지. 자유의지의 표상이었다. 그들 중 아무도 학교에 다니지 못했다. 아이가 아이를 업고 아이가 아이를 안았다. 저녁 무렵이면 머리에 까치집을 지은 아이들이 나이보다 훨씬 늙은 아버지를 찾아 옹기종기 모였다. '그림처럼' 화목한 그 식구들은 단칸방에서 어렵게 살았다.

내 클래스메이트 루파는 부모가 변호사인 유복한 집안의 외동딸이다. 뉴델리 고급 주택가에 있는 그녀의 집은 아름다운 정원이 딸린 3층집이었다. 세 식구를 돕는 도우미들은 그 두 배. 일류 사립 중고교를 나온 루파는 대학원 과정을 마치고 영국으로 유학을 갔다. 부모가 짝지어준 약혼자와 함께. 루파는 그 문지기를 바라보며 자신은 두 명의 자식만 둘 계획이라고 이마를 찡그리며 말했다.

인구 억제 정책이 실패한 것은 이런 이유가 강했다. 배운 중상류층은 '적게 낳아 잘 기르자'인 반면에 무지한 빈곤층은 '최선을 다하자!'를 고수하기에 인구가 기하급수적으로 늘어가는 것이다. 낮은 계층의 높은 출산력은 빵과 잠자리의 공급에서 환경 문제에 이르기까지 인도 정부가 기울이는 엄청난 노력과 비용을 무색하게 만들었다.

인도인의 문자 해득률은 1951년 겨우 16.7퍼센트였으나 2001년에는 65.4퍼센트가 글을 읽고 쓰게 되었다. 그러나 괄목할 문맹률의 감소에도 불구하고 문맹자의 절대 수는 오히려 크게 늘었다. 1951년 3억 명이던 문맹자는 2001년 4억 7,000만으로 크게 부풀었다. 21세기에는 세계 문맹자의 반이 인도인이라는 반갑지 않은 전망이 나와 있다.

로마 말기, 소위 상류층은 피임을 해서 인구를 억제했다. 반면에 유입된 이민족의 인구는 끊임없이 증가하여 로마의 인구 구성에 변화를 촉발했다. 로마가 게르만족의 침입에 효과적으로 대응하지 못한 것은 인구 변화와 상관이 있었다. 앞으로 유럽은 산아 제한을 하지 않는 가톨릭이 다수가 되어 지배 세력이 될 거라고 전망한 사람도 나왔다.

다수결의 원칙은 무섭다. 인도가 인도의 특성을 유지하는 것은 이 과도한 인구 증가와 관계가 있다. 변화에 민감한 사람들은 소수이고 전통을 따르는, 집착할 수밖에 없는 사람들은 다수이다. 즉 교육받은 윤택한 사람들보다 불가촉민과 빈곤층의 인구가 빠르게 늘어가기 대문에 인도의 변화가 더딜 수밖에 없는 것이다.

소수의 엘리트는 스타 TV, CNN을 보는 반면에 다수는 먹을 물과 위생적인 변소를 찾아 도시의 뒤편을 방황한다. 그 다수는 늘 지저분하고 가난하다. 목구멍이 포도청이니 교육이니 뭐니 배부른 소리를 할 처지가 아니다. 삶이 복잡하고 고달프니 온갖 믿음에 매달리는 그들. 그 다수에게는 어제가 오늘과 같고 오늘도 내일과 같다.

타지마할의 주인공인 무굴 황제 샤자한의 아내 뭄타즈 마할. 그녀는 17년간
의 결혼 기간에 무려 열세 명의 아이를 낳고 서른아홉의 젊은 나이로 열네 번째
아이를 낳다가 죽었다. 아내를 끔찍하게 사랑한 황제는 전국을 순행할 때 늘 아
내를 동반했다. 왕비는 거의 매년 남산만 한 배를 하고 전국의 전쟁터를 따라다
닌 셈이다. 이쯤 되면 다정도 병이 아니랴.

비하르와 우타르프라데시 같은 갠지스 평원은 인구의 절반이 빈곤층이고, 인
구가 천만이 넘는 서해안의 대도시 뭄바이도 시민의 절반이 슬럼에서 살고 있
다. 해결책은 무엇인가? 주어진 운명에 순응하여 낳을 수 있는 만큼 아이를 낳
는 것이 최선일까? 아이를 줄이고 삶의 질을 높여야 하는 걸까? 힌두교의 내세
에 대한 약속이 삶의 진정제이자 최면제라도 내세만큼 이승도 중요한 법.

인구 증가의 해답은 무엇보다 여성에 대한 교육의 중요성이다. 여자 아이의
교육 기간이 늘면 조혼이 줄고 가임 기간도 줄어든다. 교육받은 여성은 가족의
수와 질에도 영향을 준다. 평생 아이를 가슴에 매달고 농사일과 가사로 힘들게
살아가는 인도의 젖소부인들, 빈번한 출산으로 인도 여성의 90퍼센트가 빈혈에
시달리고 있다는 통계가 오래전에 나왔다.

인구를 억제하는 단순하면서도 가장 안전한 방법이 없는 건 아니다. 네루가
말한 방법보다 효과가 확실하고 특히 여성이 쌍수를 들 방법이다. 바로 일처다
부제. 히말라야의 산악 지방에는 형제가 한 여자와 결혼하는 사례가 적지 않다.
자원이 부족한 산악 지방의 생존 전략인데, 8세기 초 인도에 온 혜초도 여러 형
제가 한 여자와 사는 풍습을 언급한 바 있었다. 대서사시《마하바라타》에도 드

라우파디 공주가 다섯 명의 왕자와 결혼했다는 내용이 나온다. 여권도 신장하고 인구도 줄이고……. 물론 농담이다.

《인구론》을 쓴 맬서스는 출산을 위한 목적 이외의 성관계를 지양하라고 권유했고, 20세기의 간디도 금욕을 주장한 바 있다. 어떤 이는 두 아이가 행복의 시작이라고 가족계획을 세뇌하는 '바보상자'인 TV와 《카마 수트라》와 같은 상표의 콘돔 판매가 증가하기를 기대한다. 인간이 자기를 통제하는 능력은 한계가 있어서 아무리 '자연적'인 것이 그리운 시대지만 인구 문제는 '인위적'인 노력이 필요하다.

인도는 인구 10억을 넘기고도 몬순에 의존하는 농업이 자급자족한다는 점에서 지난 200년간 금과옥조로 여겨진 맬서스의 인구 법칙을 무색하게 만든다. 최근 인도가 고급 인력 중심의 지식 기반 산업으로 경제 성장을 이뤄가는 사실을 보건대, 인구가 많다는 것이 꼭 부정적인 것은 아니라는 반론도 만만치 않다. 인적 자원에 의한 과학 기술의 발전이 기존 자원을 이용하고 새로운 자원을 개발하며 사람들의 생활을 증진할 수 있어 인구 증가가 문제가 아니라는 것이다.

장차 인도의 많은 인구는 인구의 감소와 고령화 문제로 고민하게 될 여타 세계를 위해 노동력의 보고가 될 것이라는 주장도 그런 맥락에서 나왔다. 인구 문제가 곧 현실화될 우리나라도 조만간 하늘색 터번을 매고 카레를 끓이는 인도인을 이웃으로 맞게 될지도 모른다. 무엇보다 주목할 점은 현재 인도 인구의 70퍼센트가 35세 이하, 50퍼센트가 25세 이하로 매우 젊다는 사실이다. 그들이 노동력의 보고이자 소비자의 대국을 이룰지 그 누구도 모른다.

아버지가 아이에게 물었다. "8 곱하기 9는 얼마지?"

"74요!"

아버지는 아이의 머리를 쓰다듬고 과자를 주었다. 이를 보고 놀란 이웃집 남자가 말했다.

"8 곱하기 9는 72잖아요?"

"나도 알아요. 그러나 점점 나아지고 있다오. 어제는 8 곱하기 9가 88이라고 했거든요."

검은 것이 아름답다

"왜 늘 검은색 옷을 입어요?" 더운 인도에서 발목까지 내려오는 검은색 옷을 즐겨 입는 나를 보고 친구들은 궁금해 했다. "내 인생을 애도하는 중이거든." 검은색을 좋아하는 나는 농담 삼아 그렇게 대답했으나 인도인은 대개 흰색을 선호한다.

이상해보이지만 결혼 상대자의 조건에는 반드시 '백설 같은 피부'가 들어간다. 대다수 인도인의 피부는 갈색인데도 말이다. 영국이 통치하던 시기 영국은 영국 신사를 모방하는 인도인을 가리켜 '갈색 나리'라고 비꼬아 불렀다. 아무리 본토박이보다 영어를 잘하고 세련되게 차려도 백인 영국인의 눈에 비친 그들은 2급 인종이었다.

그래도 인도인은 멜라닌 색소가 빠진 '뭔가 부족한' 피부를 좋아한다. 북부 지방에 관한 조사 연구를 보면, 부모는 딸뿐 아니라 아들의 피부도 백색을 고대한다. 얼굴이 검은 아이를 가진 어머니는 아이를 남에게 보여주길 꺼린다. 특히 브라만을 비롯한 상층 카스트가 백설 피부를 사랑한다. 나이가 젊고 많이 배운 사람일수록 흰 피부에 높은 점수를 주고 수입이 많은 사람일수록 흰 피부를 선호한다. 낮은 계층은 아이의 피부색 따위에 별 신경을 쓰지 않는다. 그럴 여유

● 드라비다어를 쓰는 남부 지방 사람들은 북부 지방 사람보다 피부가 검다. 이들의 선조들이 인더스 문명을
이룬 주인공들이었다

나 여력이 없을 것이다.

 "검은 얼굴의 브라만과 흰 피부의 불가촉민을 경계하라"는 인도 속담이 있다. 이 말은 브라만이 흰 피부, 낮은 계층이 검은 피부를 가졌다는 사실을 전제로 한다. 대개 그늘에서 일생을 보내는 브라만은 피부색이 옅고, 한여름의 열기 속에서 햇빛과 싸움을 벌이는 노동자들은 아프리카인처럼 피부가 검다. 후천적으로 획득한 인자가 유전이 될 수는 없으므로 피부색은 아무래도 인종과 연관이 있을 터.

 베다에는 하얀 피부색을 가진 아리아인 정복자와 구별되는, 피부가 검고 '코가 없는', 즉 납작코의 피정복자들이 언급되었다. 뭉뚱그리면, 드라비다어를 쓰는 남부 지방 사람들의 피부가 검고 인도유럽어를 사용하는 북부 지방 사람들이 그보다 옅은 색의 피부를 지녔다. 노예를 지칭하는 '다샤'는 '검다'는 뜻을 가진 단어로서 노예가 되었을 피정복민의 피부를 가리켰다. 카스트의 상층을 차지한 소수 정복자들의 피부가 선호된 것은 그 당연한 귀결이었다.

 피부색에 대한 편견은 고대 카스트의 관점에서도 드러난다. 옛날, 카스트를 나타내는 이마의 표식은 브라만이 흰색, 수드라가 검은색이었다. 인도는 카스트를 '바르나'라고 부르는데 이는 원래 '색채'를 뜻하고 피부색을 가리키는 말이었다.

 "까마귀 노는 곳에 백로야 가지 마라."

 검은 까마귀보다 백로를 아꼈던 우리 조상처럼 사람은 보편적으로 검은색보다 흰색을 좋아한다. 유럽에서도 흰색은 즐겁고 매력적인 성질을 상징하지만 검은색은 대개 불길함과 죽음을 상징한다. 인도 신화에는 시바 신이 아내 파르바티의 검은 피부를 놀리자 그녀가 황금색 피부를 얻으려고 금욕과 수행을 하는 내용이 보인다. 여성의 흰 피부에 대한 동경은 동서고금을 막론하고 대동소이한 모양이다. 인도에서도 흰색은 순수와 정결을 뜻한다. 학문의 여신 사라스와티는 늘 흰 옷을 입고 흰 연꽃 위에 앉아 있다.

'백설공주'를 사랑하는 인도에서 검은색이 환영받는 유일한 경우는 아마도 '검은돈'일 것이다. 부동산 거래의 60퍼센트가 검은돈이고 깨끗한 돈은 40퍼센트에 지나지 않는다. 정치가도 관리도 검은돈을 비난하지만 우리는 안다. 그것이 '백색 거짓말'이라는 것을. 네루 대학교 아룬 쿠마르 교수의 계산에 따르면, 인도에서 생성되는 검은돈의 규모는 연간 75조 원가량이다. 이런 검은돈을 길러주는 솔로몬의 광산은 하늘 높은 줄 모르고 솟는 부정부패이다.

그럼 여기서, 1996년 선거에서 패배하여 주수상직을 물러난 한 여성 정치인의 저택에 비장된 검은 물품을 구경해보자. 금이 30킬로그램(400쌍의 금팔찌 포함), 은이 500킬로그램, 고급 손목시계 백 개, 고급 사리 만 벌, 250켤레의 신발 등 총 150억 원어치로 필리핀의 이멜다를 무색하게 만들었다. 전직 대통령들의 솜씨에 길들여진 우리에겐 놀라운 액수가 아니지만 이건 빙산의 일각일 뿐이다.

남부 케랄라 주의 한 의원이 북부 펀자브 주의 한 장관의 집을 방문했다. 으리으리한 집과 호화로운 생활에 놀란 의원이 물었다.

"어떻게 이리 큰 부자가 되었소?"

"알고 싶소?"

다음 날 장관은 케랄라 주의원을 데리고 골짜기가 보이는 산으로 차를 몰았다.

"저기 골짜기를 가로지른 다리가 보이오?"

"예."

"저 다리 공사비의 반이 내 호주머니에 들어갔다오."

몇 년이 지났다. 은퇴한 펀자브의 장관은 휴가차 케랄라를 찾았다. 예전의 의원은 주정부의 장관이었다. 케랄라의 장관은 놀러온 펀자브인을 집으로 초대했다. 그의 집은 고급 샹들리에와 이탈리아산 대리석으로 장식된 눈부신 저택이었다. 비싼 벤츠도 있었다. 사치와 호화로움의 극치였다. 놀란 펀자브 주 전직 장관은 그 비결이 궁금했다.

"어떻게 갑자기 이런 큰 재산을 모았소?"

"내일 알려주리다."

다음 날 케랄라 주장관은 북부에서 온 친구를 데리고 골짜기가 보이는 산으로 갔다.

"저기 골짜기에 다리가 보이오?"

"어디요? 안 보이는데요."

"그럴 거요. 거기에 세울 다리의 공사비가 전부 내 주머니에 들어갔으니."

인도 정치인의 극심한 부패를 풍자한 이 이야기는 현재진행형이다. 1996년에 경찰이 잘나가는 정보통신부 장관의 집을 급습했더니 무려 70만 달러가 넘는 현찰이 신상 뒤에 숨겨져 있었다. 총리를 지낸 나라시마 라오도 부정부패 혐의로 '안'에서 지내다 나왔고, 그 밖에도 수십 명의 정치인과 전직 관리들이 부패의혹을 받았다. 암살된 라지브 간디도 부정부패의 스캔들이 끊이지 않았다.

거물급 정치인만 부정부패를 하는 것은 아니다. 거대한 인도에는 공직자가 무려 2,000만 명이다. 이들이 단돈 만 원씩만 꿀꺽해도 엄청난 금액이다. 직위의 높고 낮음에 관계없이 이들 대다수는 이러저런 명목으로 많은 돈을 빼돌린다. 식수를 공급하는 시설이나 국민의 건강 증진을 위한 돈도 그저 모든 것을 운명으로 받아들이는 국민을 기만하고 수중에 넣는다. 저발전국의 관리들이 그렇듯 그들은 공무원이라기보다 사무원에 가깝다.

내가 아는 여성이 인도 연방정부 장관의 며느리로 들어갔다. 그녀의 친정아버지는 지방의 주의원이었다. 초대를 받고 친구들과 함께 경호대의 사선을 넘어 무사히 그의 집에 들어갔다. 기대했던 것보다 훨씬 화려했다. "국산품 애용은 국민이, 외제품 애용은 국민의 공복이"라는 구호가 생각날 정도로 외제가 많았다.

미국, 러시아, 인도의 지도자가 신에게 물었다.

"언제 부정부패가 없어질까요?"

신은 러시아는 25년, 미국은 백 년이 걸릴 것이라고 대답했다.

"우리는요?"

인도 총리의 질문을 받은 신.

"글쎄, 내가 그때까지 살 수 있을까?"

인도를 방문한 언어학자 노암 촘스키는 "인도의 부자 같은 부자는 미국에도 없다"고 일침을 가했다. 부패는 부패를 낳는다. 볼테르의 말처럼 부패는 시간이 가면 갈수록 살이 찐다. 아침이면 '부의 여신' 락슈미에게 더 많은 부를 주십사고 기도하는 검은 양심들. 허나 속이 검다고 겉까지 검을쏘냐? 그래서 그들은 하얀 피부를 선호한다.

대륙 크기의 넓은 인도에는 부와 빈곤, 고층 건물과 토담집이 나란히 서 있다.
제철소와 밭 가는 가래가 함께 존재하고 컴퓨터를 만지는 공학도와
대장간에서 풀무를 돌리는 대장장이가 같이 산다.
고상한 철학과 허무맹랑한 미신이,
전통에 물든 보수와 체제 변화를 기도하는 급진주의가 그 안에 함께 있다.
네루가 말한 '평화로운 공존' 의 땅이다.

8. 인도, 인도인

세계 최대의 민주주의

흐루쇼프는 공산당대회에서 스탈린을 비판했다. 그때 청중 가운데 누군가가 외쳤다.

"당신도 스탈린의 측근이었는데 왜 그의 독재를 막지 못했나요?"

일순 장내는 물을 끼얹은 듯이 조용해졌다.

"누구야? 지금 떠든 인간이!" 흐루쇼프가 꽥 소리를 질렀다. 아무도 대꾸가 없었다. 무서운 정적이 흐른 후 마침내 흐루쇼프가 부드러운 목소리로 말을 이었다.

"이제 그 이유를 알겠지요?"

이처럼 독재는 무섭다. 1970년대 우리나라는 긴급조치로 상징되는 독재의 전성기였다. 유신헌법이 선포된 해가 1972년이었던가? 인도도 우리나라처럼 1970년대에 긴급조치와 독재정치를 경험했다. '빈곤 퇴치'를 내건 인디라 간디의 '부엌 내각'에서 그의 아들 산자이의 목소리가 커지면서 사람들의 불평과 불만이 늘어가자 인디라 간디가 긴급조치를 선포했던 것. 이럴 때 꼭 등장하는 인물이 아첨과 아부의 9단들이다. 이 시대 최고의 아부는 역시 "인디아는 인디라, 인디라는 인디아"일 듯.

긴급조치가 선포된 후 우리 국회에는 '거수기'라는 별명이 붙었으나 인도 의회에는 '고무도장'이라는 서글픈 이름이 따라다녔다. 1975년부터 약 21개월 동안 야당 지도자 700여 명이 체포되었고 재판 없이 구금된 사람도 10만 명이 넘었다. 신문과 방송에 대한 사전 검열이 실시되었고 사람들은 낮말과 밤말을 엿들을까 봐 새나 쥐만 봐도 몸을 사렸다.

시간을 무시하기로 유명한 인도의 열차들이 제시각에 출발하고 도착했고, 만성적인 파업과 태업도 줄었으며 한낮이 되어야 출근하던 사람들이 출근길을 서둘렀다. 느릿느릿한 인도인이 종종걸음을 시작했다. 1976~1977년 1년간 불임 시술을 받은 사람은 무려 750만 명으로 목표를 초과했다. 경찰이 주도한 강제 시술은 아이를 두세 명 둔 기혼자가 대상이었지만 실제로는 미혼인 불가촉민이나 무슬림이 상당수를 차지했다.

사회가 다양하고 불평등하니 독재에 대한 의견과 반응도 각양각색이었다. 각계각층에서 독재정치를 비난하는 화살이 무한정 쏟아져 들어왔다. 인디라 간디는 그렇다면 선거를 치러 정권의 신임을 묻겠다고 말했다. 우리에게도 아주 익숙한 방법이었다. 그러나 인디라 간디의 기대는 무참하게 깨졌다. 인구의 절반이 문맹인 유권자들은 귀중한 한 표를 던져 인디라 간디의 정권을 무너뜨렸다.

문맹이 다수라는 점은 간과할 사항이 아니다. 우리나라는 지금도 선거에서 문맹자가 많던 시절의 유산인 기호를 사용하지만, 인도는 다수의 문맹자를 위해 각종 상징을 투표지에 표시한다. 가장 인기 있는 상징은 물레, 수레바퀴, 소 등 농민이 일체감을 느낄 수 있는 대상이다. 좌파 정당은 낫, 망치를 상징으로 채택한다. 문맹자들은 오직 이 상징을 보고 선택을 했고, 인디라 간디는 패배했다.

선거에 지고 대법원 판결에서 진 인디라 간디는 차가운 감옥에서 가슴의 한

● 콜카타 거리의 시위. 공산당이 집권한 벵골의 수도 콜카타에서는 이런 정치 집회를 빈번하게 볼 수 있다

을 삭였다. 그리하여 인도의 독재정치에 대한 실험은 성질이 급하기로 소문난 우리보다 더 급하게 겨우 2년 만에 막을 내렸다. 인도는 '우리는 민주주의를 하고 있다'고 세상을 향해 당당하게 알렸다.

1948년 1월, 마하트마가 암살되자 세계는 갓 탄생한 인도 연방이 존속하지 못하리라고 여겼다. 1984년, 인디라 간디가 암살되었을 때도 세계는 조마조마했다. 파키스탄, 중국과의 전쟁은 물론 펀자브, 아셈, 카슈미르 지방의 유혈적인 분리주의 운동도 인도 연방의 존속 여부를 주목하게 만든 중대한 사건들이었다.

그러나 인도는 살아남았다. 인도가 해방 이후 50년 동안 민주적인 체제와 정치를 유지한 것은 다른 아시아, 아프리카 국가들과는 크게 구별되는 사항이다. 인도는 우리나라를 비롯한 개발도상국에서 자주 일어난 그 흔한 군사 쿠데타를 한 번도 경험하지 않았다. 1947년 인도에서 분리 독립한 파키스탄과 방글라데시가 여러 차례 군사 쿠데타를 겪은 사실을 떠올리면 유별함이 더욱 분명하다.

1996년에 실시된 총선거에서는 약 5억의 유권자가 550여 명의 하원의원을 선출, 세계 최대의 민주주의를 증명했다. 28개 정당 출신이 모인 연방의회 의원의 52퍼센트가 농촌 출신이고 후진 계급과 불가촉민 출신의 의원도 20년 전에 비해서 두 배로 늘어났다. 의회대표제에 걸맞은 결과인 셈이다. 그러니 달구지를 끌고 의사당에 들어오는 인사도 생기는 건 당연하다.

정부에 대한 풀뿌리의 반응을 나타내는 민주적 장치가 기능하다는 점에서 인도는 분명히 민주주의 국가다. 일찍이 1870년대부터 경험해온 지방자치제와 독재정부에 반대 입장을 분명하게 견지한 '사법부의 독립'이 인도 민주주의의 요람이다. 세계적 수준의 자유를 누리는 언론도 민주주의를 위해 불철주야 정부를 감시하며 제 기능을 다하고 있다.

그러나 인도의 민주주의는 영국에서 수입한 백 퍼센트 외제가 아니다. 인도에는 중국의 황제와 같은 구심점이 없었다는 문화적 특성이 있다. 브라만을 제외하면 조직화된 종교가 없는 인도 사회는 자연히 다른 집단이나 전통과 기능적인 연계를 맺어왔다. 여러 종교와 여러 집단의 다양성을 인정하는 다원 사회는 민주주의의 발상이 가능한 토양이었다. 거기에 영국의 제도가 더해졌다.

인도의 고대 성서에는 "인간은 먼저 왕을 선택해야 한다. 그런 다음 아내와 재산을 모아라. 보호해줄 왕이 없다면 아내와 재산을 어떻게 할 것인가?"라는 문장이 보인다. 그러나 인도는 오랫동안 이방인 출신의 왕에게서 보호와 통치를 받았다. 앞에서 살펴본 것처럼 너무도 쉽게 외국에 굴복하고 안방을 넘겨주었다. 이슬람 통치와 영국의 통치가 그것이었다.

왜 인도는 그렇게 허술했는가? 인도는 무정치적 사회이다. 즉 정치보다 사회를 중심으로 조직된 곳으로 정치적 변화를 위험으로 여기거나 방어해야 할 대상으로 인식하지 않는다. 중앙의 정치 변화가 말단의 전통적인 생활양식에 극적인 변화를 주지도 않는다. 중앙에서 굽타 씨가 정권을 잡든 찬드라 씨가 통치를 하든지 내 일상과는 관련이 없다고 여긴다.

대학생들도 중앙정부의 일거수일투족에 큰 관심을 보이지 않는다. 정치적인 성향의 학생들이 항의 행진을 주도할 때도 있지만 대개 사회적인 문제가 주요 안건이다. 시장이나 거리에서 일상에 바쁜 사람들은 정치는 정치인들의 몫이라고 여긴다. 택시기사에서 대학교수까지 입만 열면 정치를 논하는 정치 일변도의 우리 사회는 정치에 이토록 무관심한 사회만큼 위험하지 않을까.

1947년 인도 연방의 건국 이전까지 인도 땅 전체를 통일한 국가는 한 번도 없었다. 북부 지방에 통일 제국이 여러 번 존재했지만 비교적 단명했다. 통일 국가는 직할 지배지인 중심부 외의 지방과는 종속적인 관계를 유지할 뿐 철저한 중앙집권적인 국가를 이루지 못했다. 위대한 통치자의 등장도 정치적 통일보다는 문화적 통일에 기여했을 뿐이다.

중앙에 정치적 권력이 집중된 사회는 그 지도자의 머리만 치면 사회 제도가 쉽게 와해된다. 그 대표적인 경우가 남미 인디언이었다. 수평적 평등주의를 지향한 남미의 인디언은 곧 멸망했지만 지방분권적이고 수직적인 동양의 인디언, 인도인은 그 불평등 때문에 생존이 가능하다는 게 정치에 문외한인 내 생각이다. 불평등이 좋다는 이야기가 아니라 꼬리가 아홉 개인 구미호는 여덟 개가 잘려도 한 개가 남는다는 말이다.

인도의 정치는 인생의 다른 영역에 다른 윤리 체계가 존재한다는 점을 인정한다. 영국 통치 말기인 1939년, 해방 이후의 경제 계획을 짜는 '경제발전위원회' 를 기업가들에게 맡긴 네루는 결과적으로 생선 가게를 고양이에게 넘겨준 셈이었다. 그러나 네루는 경제는 '경제 전문가' 에게 맡기는 것이 최선이라고 믿었다.

어느 해 막강한 세력을 가진 인디라 간디 총리가 어느 힌두 사원을 방문했는데, 동부 지방에 있는 그 유명한 힌두 사원은 인디라 간디가 힌두가 아닌 파르시 출신의 페로즈 간디와 결혼한 사실을 이유로 총리의 입장을 허용하지 않았다. 대신에 사원을 내려다볼 수 있는 조망대를 설치했다. 천하의 인디라 간디도 전망대에서 사원을 굽어볼 수밖에 없었다.

인도에서는 종교나 군대와 같은 비정치적 분야가 정치에 큰 영향을 주지 않는다. 힌두의 윤리 개념 '다르마' 는 정치에도 적용될 수 있다. 각자 자기에게 주어진 의무를 다하는 것이 구원을 받고 천국에 가는 길이다. 군인은 아무리 좋은 기회가 있어도 군대를 이끌고 수도로 입성하지 않으며, 대재벌은 재산이 히말라야 산맥보다 크고 많아도 대통령이 되겠다고 나서지 않는다. 인도에 군사 쿠데타가 없었던 이유는 그 때문이다.

그러나 인도의 관료제는 혼란과 분파적인 특징을 가지는 전통적인 양식을 반영한다. 오늘도 어딘가에서 분리 운동이 벌어지고 각 집단 간의 이해가 첨예하게 대립한다. 부정부패도 극심하다. 어떤 이는 인도를 "기능하는 무정부 상태"라고 표현했다. 가지 많은 나무에 바람 잘 날 없듯, 다원 사회는 복잡할 수밖에 없다. 그러나 그 사회는 강하다. 역사가 증명하듯이 이방의 문화가 큰 영향을 남기기 어렵다.

고무줄 사회

초등학교 산수 시간. 교사는 나눗셈을 가르치려고 칠판에다 바나나 세 개를 그렸다.

"자, 여기 바나나가 세 개 있어요. 세 명의 아이가 있다면 한 사람이 몇 개씩 가질까요?"

앞줄에 앉은 영리한 소년이 자신 있게 손을 들었다.

"한 사람이 하나씩입니다."

"맞았어요. 자, 마찬가지로 백 개의 바나나와 백 명의 사람이 있다면 어떻게 될까요?"

그때 구석에 앉은 한 학생이 손을 들었다.

"선생님, 만약 바나나가 없고 사람도 없다면 각자는 몇 개의 바나나를 갖는 건가요?"

아이들은 멍청한 질문을 한 아이를 바라보며 낄낄거렸다.

"자, 조용히 하세요. 웃을 일이 아니에요. 내가 설명을 할게요. 바나나 세 개를 세 명으로 나누면 한 사람이 한 개씩 갖게 되고 백 개를 백 명이 나누면 역시 각자가 하나씩 바나나를 갖게 됩니다. 그러나 지금 저 학생이 질문한 것처럼 0개의 바나나를 0명의 사람으로 나누면 어떻게 되는가? 한 사람이 하나씩일까요? 아니에요. 그 답은 '수학적으로 각자는 무한대의 바나나를 갖는다' 입니다."

수학자들이 수세기 동안 고민한 그 문제를 새털처럼 가볍게 생각해낸 그 아이는 1887년 인도 남부 지방에서 태어난 라마누잔이다. 여기서 그의 수학적 재능이나 서른세 해의 '굵고 짧았던' 일생을 전부 이야기할 생각은 없다. 대학에 떨어진 라마누잔은 여덟 살 먹은 아이와 결혼을 하고 직장을 찾았다. 먹을 빵과 머리에서 샘솟듯이 떠오르는 수학 공식을 적을 종이가 필요했던 것이다.

운 좋게도 그의 노트를 본 어떤 이가 직장과 연구비를 주선해주었다. 당대 최고의 수학자인 케임브리지 대학교의 하디 교수와도 연락이 되었다. 라마누잔의 천재성을 발견한 하디의 초청을 받은 라마누잔은 고민, 또 고민이었다. 그는 보수적인 브라만, 어찌 물을 건너 영국에 가리오? 물을 건너면 카스트의 청정성을 잃기 때문이다. 다행히 어머니의 꿈에 나타난 학문과 지혜의 여신이 허락하여(?) 영국으로 간 그는 짧은 기간에 아낌없이 재능을 쏟아냈다.

마하트마 간디가 영국으로 유학을 갈 때도 물을 건너는 문제로 집안과 카스트 본부의 반대가 극심했다. 라마누잔의 경우처럼 특히 어머니의 반대하는 목소리가 컸다. 결국 간디는 카스트를 박탈당하는 설움을 겪었다. 영국 제국주의를 위해 아프리카와 서남아시아와 같은 해외 원정에 동원된 인도 군인들이 반영 감정을 키운 데는 '검은 물'을 건너 해외로 나가는 문제도 포함되었다.

오늘날 인도인은 바다를 건너 날아온, 부정을 탄 그대와 기꺼이 악수를 나눌 것이다. 이제 인도인은 자식을 미국의 하버드나 영국의 대학에 보내는 것을 집안의 수치가 아닌 자랑거리로 여긴다. 미국 영주권을 가진 사람은 인기 있는 신

● 첸나이 해변에서 물과 간식을 파는 여성. 오지로 만든 물 항아리가 보인다

랑감이다. 돈이 있는 사람들은 홍콩이나 싱가포르, 두바이 등지로 날아가서 쇼핑을 즐긴다.

　일부 보수적인 집안은 카스트에 끼지 못하는 외국인과의 접촉을 여전히 꺼린다. 언젠가 남부 지방 브라만 출신인 교수와 그의 고향에 갔는데 나의 방문을 내켜하지 않는 사람을 여럿 만났다. 내가 집을 나오자마자 '쇠똥' 으로 부정 탄 집안을 청소할 모습이 눈에 선할 정도로 반응이 냉랭했다. 예전보다는 덜하지만, 일부 정통 힌두는 신성한 소의 똥을 부정 탄 몸과 환경을 닦아내는 고품질 세제로여긴다. 쇠똥을 태우거나 바닥에 죽 바르면 '부정 끝, 청정 시작' 인 것이다.

인도의 인사법은 악수를 하거나 우리처럼 허리를 푹 꺾지 않고 두 손을 합장하여 가슴에 댄다. 합장한 손이 위로 올라가 디스코를 하듯 허공을 찔러도 괜찮으나 아래쪽을 향해선 안 된다. 서로 몸이 닿지 않으므로 부정이 타지 않는 안전한 인사법이다. 대도시가 아니라면 다른 사람에게, 특히 여자에게는 지금도 함부로 손을 내밀지 않는 것이 예의이다. 인사가 아니라 성희롱이라고 오해를 살 여지가 많으니까.

인도 최고의 인사법을 소개해보자. 자기의 이마에 손을 대었다가 그 손으로 어른의 발을 만지는 것이다. 내 머리가 당신의 발과 같다는 표시로 어른이 앉은 바닥에 머리를 조아리는 우리의 큰절과 의미가 비슷하다. 아내가 남편에게, 며느리가 시부모에게, 아들이 부모에게 매일 드리던 이 인사는 바쁜 생활 탓에 점차 우리의 큰절처럼 사라지는 중이다.

앞에서 언급한 것처럼 인도인은 아직도 청정과 부정에 예민하다. 인도인의 집에 가면 유난히 많은 스테인리스 그릇이 눈에 띈다. 잘 깨지지 않는다는 편리함 때문만은 아니다. 흙으로 만든 그릇은 한 번 쓰면 오염이 된 것으로 간주하는 인도인은 금속으로 만든 그릇을 선호한다. 물을 긷는 항아리나 화장실 갈 때 들고 가는 물 잔은 청정하다고 여겨진 놋쇠 제품이 사용되었으나 요즘은 플라스틱 제품들이 애용된다.

물은 오염의 원천이다. 수인성 전염병을 기억하는 우리는 인도인의 현명한 판단에 박수를 보내야 한다. 오염을 막기 위해 상층 카스트는 오염의 주범인 불가촉민과 한 우물을 쓰지 않는다. 불가촉민들은 그들 나름의 우물을 가지고 있다.

부정을 타면 물로 씻는 것이 가장 좋은 정화 방법이다. 예전에 불가촉민과 접촉을 한 남부 지방의 브라만은 강에서 다섯 번을 목욕해야 원상회복이 가능했다. 바쁜 이즈음은 '간단히!' 때로 슬쩍 넘어간다. 인류학자의 글을 보면, 흐르는 강물도 분명한 구분이 있어서 상층과 하층이 한 곳에서 목욕을 하는 일은 거의 없다. "산은 산이고 물은 물"이 아니라 물에도 상하귀천이 있다.

세상이 바뀌면서 종래 의식을 집전하던 브라만의 사제로서의 역할도 점차 줄어들고 있다. 수드라나 불가촉민은 브라만 사제를 부르는 값이 비싸지자 자체의 사제를 두기 시작했다. 때로 브라만에 대한 항의의 표시로 브라만을 무시하기도 한다. 도도한 브라만의 서비스를 애걸하기보다는 자기 계층의 사제가 여러모로 편리하다. 브라만이 다른 카스트가 접촉을 기피하는 '불가촉민'의 처지가 되는 것이다.

이러한 변화와 새로운 카스트(자티)의 기원을 알려주는 일화를 살펴보자. 남부 타밀나두의 한 마을에는 200여 명의 요리사가 산다. 한 집에 한 명의 요리사가 있는 셈인데, 이들의 요리 솜씨는 요리 학원이 아닌 '스승'에게서 한 수 두 수 배워 전수받은 것이다. 맛과 서비스로 소문이 자자한 이들의 요리를 맛보려면 적어도 6개월 전에 출장을 예약해야 한다.

그들이 사는 마을이 요리사 마을이 된 것은 20세기 초, 부유한 상인 계층이 이들의 조상을 요리사로 고용하면서였다. 상인들은 요리를 담당하는 브라만이 값이 비싸고 부리기도 만만치 않자 세탁부인 이들의 조상에게 잔치 음식을 만드는 '대권'을 맡겼다. 그 자식이 대를 이어 일을 계속하고 이제는 그 수가 200명에 이르렀다.

이들은 팀을 이루어 음식을 만드는데 한 팀이 3시간이면 500명이 먹을 음식

● 흙으로 만든 그릇은 인도에서 1회용 용기로 사용된다. 오지로 만든 찻잔에 인도식 홍차, 짜이를 담아 파는 길거리 찻집. 마신 뒤 깨버린다

을 간단히 끝낸다. 아이들은 잔심부름이나 설거지를 하면서 어깨너머로 솜씨를 익히고 그래서 역사는 계속된다. 이들은 연간 6개월가량을 출장으로 집을 비울 만큼 바쁘다. 수입도 괜찮아서 젊은이들도 대를 잇는 데 불만이 없다. 우스운 것은 이들 요리사들도 집에서는 부엌 쪽에 눈길 한 번 안 주는 전형적인 가장이라는 사실이다. 오늘날 농촌에서는 여러 사회적 금기를 지킬 수 있다지만 복잡한 도시에서는 쉽지 않다. 만원버스나 달리는 기차 안에서 옆 사람의 카스트를 물어보고 자리를 잡을 수는 없는 일이므로. 식당이나 공원의 수도꼭지 앞에서 일일이 내 앞의 그대가 누구인지를 확인하며 먹고 마실 수도 없다. 가죽이 더럽지만 가죽 안장을 댄 자전거를 타야 농촌에서 있는 티를 낼 수 있다.

이처럼 인도 사회에도 변화가 일고 있다. 느리고 점진적이어서 당대 사람들은 변화를 감지하지 못하지만 이즈음은 그 속도가 빨라졌다. 외부의 변화에 적응하는 고무줄 같은 탄력성이 수천 년 동안 카스트 제도를 떠받쳐왔다. 인더스 문명의 생활 방식이 오늘날에도 남아 있는 긴 인도의 역사는 융통성을 기반으로 지속되었다. 죽은 자는 말이 없듯이 망해서 사라지는 사회는 의미가 없지 않은가.

우리는 '구부러지기보다 부러지는' 쪽, 고무줄 같은 사람보다 대쪽 같은 사람에게 박수를 친다. 허나 강한 군대는 곧 멸망하고 강한 나무는 곧 꺾이게 마련이다. 인도 사회는 한 시대의 영광을 뒤로하고 사라져간 다른 문명과 달리 구부러지고 타협하고 때로 굴복하며 살아남아 오늘에 이르렀다.

마음의 댐

기쁨과 슬픔을 쉽게 견딜 수 있는 힘을 주옵소서.

—라빈드라나트 타고르

계란으로 바위를 치면 때로 산 같은 바위도 깨지더라. 메다 파트카르는 몸무게가 40킬로그램에 불과한 '훅' 불면 날아갈 듯한 가냘픈 몸매이나 5조 원이 넘는 막대한 공사비가 들어가는 인도의 나르마다 강 댐 건설을 중지시켰다. 대법원이 그의 섬섬옥수를 들어준 것이다. 외롭고 고단한 긴 투쟁의 결과였다. 이는 어쩌면 진정한 싸움의 서곡에 지나지 않을지도 모른다.

건조하고 황량한 서부 지방을 가르며 흐르는 나르마다 강 상류. 1978년부터 이곳에는 대규모 댐을 건설하는 망치와 불도저 소리가 요란했다. 넓고 넓은 건조 지대를 옥토로 바꾸고 인근 지방의 산업체에 부족한 전력을 공급한다는 다양한 목적을 내건 다목적 댐의 건설이 시작된 것이다. 좁은 땅에서 땅 한 평을 소중하게 여기며 살아온 조상을 가진 나도 그곳에 갔다가 물이 없어서 버려진 넓은 황무지를 몹시 아까워했었다.

'사르다르 사로바르 프로젝트'라는 긴 이름이 붙은 나르마다 강 댐 건설은 세계은행IBRD이 공사비의 일부를 대고 4개 주의 영토가 관련된 매머드 공사이다. 30개의 대규모 댐, 중간 크기의 댐 135개 그리고 소규모 댐 3,000여 개가 건설될 엄청난 프로젝트의 하나인 이 댐의 건설은 처음엔 별다른 문제 없이 술술 잘 풀려나갔다. 메다 파트카르라는 여성이 등장하기 전까지.

1980년대 중반, 박사 학위 논문을 준비하기 위해 자료를 수집하려고 나르마다 유역을 찾은 메다 파트카르는 세계은행이 뒤를 대는 세기의 공사가 중요한 문제를 빠뜨렸다는 걸 알게 되었다. 댐이 완공되면 180만 헥타르(약 54억 4,500만 평, 초기 일산 신시가지 면적이 480여만 평이다)가 물에 잠기게 되는 것이다. 장차 수몰될 메마른 땅에는 아직 문명의 혜택을 받지 못하는, 아니 문명의 때가 묻지 않은 수많은 부족민들이 거주하고 있었다.

놀랍게도 그 거대한 프로젝트는 수몰민에 대한 대책을 전혀 언급하지 않았다. 무심함인지 사악함인지, 그것이 부당하다고 여긴 메다 파트카르는 공부보다 시급한 문제를 해결하기 위해 공부를 버리고 교통수단이 없는 넓은 수몰 예정 지역을 땡볕 아래 맨발로 뛰었다. 발전의 뒤안길에 묻힐 주민들을 깨우치고 설득하여 그 존재의 이유를 알리기 위해서였다. 그는 정부와 요로에 댐 건설을 중지하도록 요청했으나 당국은 메다의 작은 목소리에 꿈쩍도 하지 않았다.

수몰 지구에는 245개 마을, 4만여

● 힌디어로 쓰인 사르다르 사로바르 프로젝트 선전 문구. "우리의 자연을 위해 숲을, 숲을 위해 물을, 물을 위해 댐을"

가구가 살았다. 힘없고 배경이 없고 돈도 없는 20여만 명 주민의 운명은 연약한 메다 파트카르의 어깨에 걸려 있었다. 연약하나 고래심줄보다 강한 마음을 가진 파트카르는 너른 수몰 지역을 수없이 종종걸음을 했다. '댐'이 뭔지 '인권'이 뭔지 모르는 주민들을 설득하고 호소하는 과정이 되풀이되었다. 그가 뿌린 눈물과 땀은 바싹 마른 인간의 대지를 적셔갔다. 대다수가 문맹인 부족민들은 인간의 존엄성과 기본권을 어렴풋이 깨달았고, 그를 따라 댐 건설 반대 운동과 자신들의 생존 운동에 나섰다.

메다 파트카르가 목숨을 담보로 싸우던 일이 생생하게 떠오른다. 소귀에 경 읽기를 거듭한 끝에 댐이 건설되는 곳에서 벌인 최후의 수단인 단식. 음식을 거부한 지 스무 날이 넘고 가물가물한 의식 속에서도 영양제 주사와 음식물의 투입을 거부하는 메다의 주변에는 순진무구한 부족민들이 죽 둘러서서 눈물을 흘렸다. 삼십대인 그녀의 머리는 이미 백설이 분분했다.

지성이면 감천이라고 했던가. 자연 보호를 내세운 환경론자들과 여러 지지자들이 합세하여 그녀의 운동은 힘을 불렸다. 사회 운동가 바바 암테는 노구를 이끌고 수몰 예정지로 거처를 옮겼다. 암테는 수몰민의 일원이 되어 댐 반대 운동을 지지했다. 계란으로 바위를 치는 메다 파트카르는 곧 세계적인 유명인사로 떠올랐고, 도처에서 날아오는 격려의 메시지를 받으며 힘을 북돋웠다. 1991년에는 노벨 평화상 최종 후보에 오를 정도로 지지가 늘어났다.

1991년, 반대 운동의 압력에 굴복한 댐 건설의 물주인 세계은행은 마침내 현지 조사를 실시하여 사르다르 사로바르 프로젝트가 사전조사를 미흡하게 했다는 결론을 내렸다. 댐의 건설로 수몰될 강 상류 지역에 사는 주민의 이주와 재활 문제를 고려하지 않았다는 점을 인정한 것이다. 댐이 환경에 미치는 영향에 관한 평가도 하지 않았다는 사실도 알려졌다.

대법원은 수몰민의 이주에 대한 방안이 마련될 때까지 공사를 중지하도록 결정을 내렸고 이후 공사는 중단되었다. 그러나 이해가 다른 양측의 법정 투쟁은 계속되었다. 댐의 건설로 가장 이득을 보게 될 구자라트 주정부는 메다 파트카르를 눈엣가시로 여기고 공개적으로 홀대했다. 법원의 결정이 무엇이든지 공사를 강행하겠다는 주수상의 강경한 발언도 나왔다. 그러는 사이에 댐의 완공 기일은 속절없이 지나갔다.

1997년 초, 중앙정부는 이해가 첨예하게 다른 주정부들과 메다 파트카르에게 조정안을 내놓았다. 그 내용은 댐의 높이를 138미터에서 132미터로 낮춘다는 것이었다. 이는 중앙정부가 메다 파트카르에게 준 적지 않은 선물이었다. 정부는 댐의 높이를 낮추는 문제와 수몰민의 이주 대책을 내세워 지난 10년 동안 외롭고 의로운 싸움을 전개해온 메다 파트카르의 편을 들었다.

메다 파트카르의 기쁨은 구자라트 주의 슬픔이었다. 사르다르 사로바르 댐의 높이가 낮아지면 수몰될 지역과 이주해야 할 인구가 줄어들지만, 구자라트가 학수고대하는 관개 농지와 수력 발전량도 줄어들게 되는 것이다. 구자라트 정부는 볼멘 발언을 하지만 이주민이 많아서 골치를 썩이는 강 상류의 마디아프라데시 정부는 다소 안도의 표정이었다. 댐의 높이가 중앙정부가 조정한 대로 낮추어지면 67개 마을과 만 천여 가구가 물속으로 사라지거나 다른 곳으로 떠나야 할 운명을 피할 수 있으므로.

일부 지역은 이미 물속에 잠겼다. 1996년 말까지 7,600여 가구가 가구당 450만 원을 받고 다른 곳으로 살림을 옮겼다. 목축이 생업이던 부족민들은 젖도 꿀도 없는 새로운 땅에서 약속이 아닌 또 다른 구속과 만났다. 하루아침에 집과

정다운 이웃을 바꾼 그들은 기존 주민과의 마찰 때문에 또 다른 마음고생을 해야 했다. 그나마 그 새로운 땅조차 찾지 못한 일부 주민은 방황했다. 그냥 고지대로 자리를 옮긴 채 아슬아슬하게 삶을 잇는 사람들도 생겼다.

법적인 판결이 남았지만 결론은 쉽지 않다. 아무리 갑론을박해도 이 문제에서 산뜻한 답을 끌어내기란 어렵다. 댐의 건설을 중지하는 명령이 풀리면 언제 물귀신이 될지 알 수 없는 가난한 사람들. 그들의 문화도 거주지와 함께 영원히 물속으로 사라지게 되리라. 다른 한편에서 물과 전력을 애타게 기다리는 수많은 농민과 공장들. 댐의 완공이 지체됨으로써 생기는 손실이 자그마치 하루 1억 원에 달한다는 발표가 있었다.

사자와 소가 한 우리에서 평화롭게 살 수 있을까? 발전이 능사고 만사라고 보면 인간의 존재는 가볍다. 하지만 발전을 무시하면서 배를 주리는 인간의 존재도 무겁지는 않다. 댐 건설을 반대하면서 충분하게 전력이 공급되길 기대하는 것은 이율배반적이다. 전깃불과 농업용수가 없어도 좋으니 부족민을 살려야 한다? 문제는 그러한 대규모 댐이 꼭 필요한가이다. 소규모 소목적 댐을 여러 개 건설하는 것이 낫지 않을까? 그런 점에서 발전이란 단어가 마술처럼 여겨지던 시절에 세워진 우리나라의 수많은 다목적 댐들도 문제가 없을 순 없을 것이다.

'백문이 불여일견', 대규모 댐을 반대하는 사람들은 중요한 판결을 내릴 법관들에게 현지를 방문하라고 권유했다. 산허리에서 아슬아슬하게 살아가는 원주민을 직접 보라는 충고였는데, 다수의 논리와 국가의 이익에 눌려 작아지는 개인의 입지를 생각하면 작은 체구의 메다 파트카르가 지닌 용기와 행동은 삼손보다 강해 보인다. 편한 길을 버리고 힘든 길을 돌아가는 그녀는 꽃이라기보다 꽃을 받쳐주는 잎사귀 같은 인물임에 분명하다.

진짜 인도, 가짜 인도

인도를 2세기 동안 지배한 영국은 인도를 잠자는 숲속의 미녀라고 여겼다. 그 문명은 어느 날 '짜잔!' 하고 나타나서 키스를 해줄 왕자님을 기다리며 고대의 시간 속에 잠들어 있는 거라고. 영국은 그 고대의 '공주'를 잠에서 깨워 근대로 인도하는 것이 자신들의 사명이라고 주장했다.

이방인이 인도를 보는 태도는 제국주의자처럼 이기적이고 이중적이다. 한 나라가 잘사는지, 못 사는지의 여부를 1인당 국민 소득이니 국민 총생산이니 하는 경제의 잣대로 판단하면서도, '인도인은 경제적으로는 잘살지 못하지만 마음은 행복한 사람들'이라고 멋대로 결론을 내리는 것이 그렇다.

자기 나라를 안내할 때는 최신 반도체 공장이나 자동차 공장을 보여주면서 인도를 소개할 때는 언제나 갠지스 강에서 목욕하는 사람들의 어수룩한 모습이나 춤추는 코브라와 아름다운 원색의 옷을 차려입은 부족민을 보여준다. 그러면서도 인도가 더럽고 가난하며 지저분하다고 오만하게 판단한다.

고대 그리스인이 막연히 황금의 나라라고 적은 인도는 부유하고 풍요로운 땅이었다. 지금도 옛 왕궁에 가보면 그 화려함이 우리의 상상력을 초라하게 만든다. 18세기 중반 페르시아의 나디르 샤가 인도에서 약탈한, 수많은 보석이 촘촘히 박힌 공작의자는 1995년의 가치로 8,000억 원짜리였다. 사연 많고 곡절 많은 다이아몬드 '빛의 산'이란 이름의 코이누르도 본래 인도의 소유였다.

근대 유럽인은 인도의 정신에 놀라고 감탄했다. 산스크리트를 공부하던 그들은 인도가 옛날 코카서스 지방에서 헤어졌던 형제, 즉 인도유럽어를 사용하는 한 핏줄로 아리아인의 후예라는 걸 발견하고 감격했다. 형제를 만난 유럽인은 오늘의 인도가 아니라 정신주의의 보고인 고대의 힌두 경전 《베다》와 《우파니샤드》를 열심히 연구했다. 그들과 인도는 인도의 과거 속에서 연결되었다.

옛 영화를 잃은 채 '잠들어 있는 문명'. 이것이 유럽인의 눈에 비친 인도의 모습이었다. 어느 날 나타난 자신들이 깨워야 할 잠자는 숲속의 미녀. 그녀의 아름다움은 신화나 전설, 산스크리트 고전문학 등 과거 속에 들어 있었다. 현재의 살아 있는 인도, 움직이는 인도는 그 고매한 정신을 상실한 타락한 인도, 가짜 인도로 의미가 없었다.

인도학의 대부라고 불린 독일의 막스 뮐러는 자신은 물론 제자들이 인도에 가는 것도 막았다. 그는 진짜 인도가 아닌 현재의 인도는 가볼 필요가 없다고 믿었다. 헤겔도 마찬가지였다. 인도의 진짜 역사는 과거와 함께 떠내려갔다고 믿었다. 남은 건 황금시대의 유물과 유적뿐. 인도에서 그의 변증법은 '스톱'이었다.

오늘도 우리는 그와 같은 유럽의 편견에 신나게 장단을 맞춘다. 《베다》를 읽고 《우파니샤드》를 칭송하며 요가와 명상의 나라로 인도를 기린다. 소가 어슬렁거리고 코브라가 춤추는 발전하지 않은 인도가 진짜 인도라고 생각한다. 높은 빌딩과 거대한 자동차 공장, 영어와 청바지는 사이비 인도의 보증수표와 같다.

남부 지방에 가면 대다수 사람들이 몸에 비싼 금 장신구를 지니고 있다. 가난한 여인도 금 목걸이 정도는 걸고 있다. 서울의 사나운 인심을 염두에 둔 나는 남부 지방 출신 교수에게 누가 금붙이를 채가면 어떻게 하느냐고 물었다. "우리 남부 지방에는 그런 상스러운 일이 전혀 없어. 오랑캐들이 모여 사는 이 북부 지방에서나 그런 일이 일어나지."

수도에서 온갖 편의를 누리며 사는 그 교수는 델리에 산 지 30년이 넘었다.

"여기, 델리는 인도가 아니야. 진짜 인도를 보려거든 시골을 가야지." 벵골 출신의 또 다른 교수는 늘 내게 조언하고 충고했다. 인도를 공부하러 멀리서 온 내가 진짜 인도를 놓칠까 봐 걱정이 태산이었다. "아니, 아직 라자스탄에 못 가 봤어? 꼭 가봐. 거길 봐야 진짜 인도를 봤다고 할 수 있지."

많은 인도인들도 진짜 인도는 시골과 과거 속에 있다고 생각한다. 제철소가 들어서고 비료 공장이 세워진, 발전하고 변화한 오늘의 인도는 진짜 인도가 아니라는 것이다. 붉고 노란색의 옷을 입은 수줍은 여인이 물동이를 인 채 지나가고 유순해 보이는 코끼리가 느릿느릿 걸어가는 곳, 그곳이 진짜 인도라고 여긴다.

과연 시골은 '행복한 사람들'이 사는 평화로운 땅인가? 도시의 온갖 소음과 냄새, 지저분함이 없는 영원한 마음의 고향인가? 《인도로 가는 길》을 쓴 E. M. 포스터가 그렸던 '공장도 철도도 없고……어디를 보나 보기 좋게 적당히 부서진 사원과 아름다운 나무들……'이 있는 곳이어야 진짜 인도가 될 수 있는가?

그러나 '진짜 인도'인 농촌에 가보면 온갖 아름다운 상상이 비참하게 깨진다. 이방인이 쓴, 인도에 대한 대부분의 글과 그림은 인도의 현실과 상당한 거리가 있다. 석사 과정 때 북부 지방의 어느 농촌에 갔다가 그 마을이 생긴 이래 내가 그곳을 방문한 최초의 외국인이라는 이야기를 듣고 놀란 일이 있다. 당연히 온 마을 사람들이 짧은 머리에 청바지를 입은 '이상한 사람'을 구경하려고

● 공동 수도에서 물을 긷는 여성들. 낮은 계층 여성들의 주요 일상은 식수를 확보하는 것이다

모여들었다. 아낙들은 손님인 나에게 차를 대접하느라 찻잎을 빌리고 설탕을 구하고 야단이었다. 그들에게는 차 한 잔도 사치였다.

원래 인도인의 음식은 단순 소박하기로 정평이 나 있지만 시골 사람들이 먹는 건 더욱 그렇다. 그곳에서 본 빈민층의 반찬은 오직 배고픔과 날고추뿐이었다. 우리에게는 고추장이 있지만 그들은 고추를 소금에 찍어 먹는다. 그보다 조금 나은 계층은 오늘도 내일도 감자가 반찬의 주인공이다.

인도 최대의 주 우타르프라데시에는 식수가 없는 마을이 3만여 개가 넘는다. 우리에겐 낭만적으로 보이지만 여성들은 물동이를 머리에 이고 새벽부터 물을 찾아 먼 길을 헤맨다. 전기가 들어오지 않는 마을은 또 얼마나 많은가. 돈이 아까워서 전기를 설치하지 않고 가로등 아래서 시간을 보내다 집으로 가는 가구도 적지 않다. 농촌에서는 아직 세숫비누나 치약이 필수품이 아니다.

인도의 독립을 인정하지 않으려던 영국의 수상 윈스턴 처칠은 "인도는 추상"이라는 말을 남겼다. 우리도 인도를 실재하는 구체적 존재가 아니라 추상으로 여기는 것은 아닐까? 더러운 강물과 극심한 빈곤을 보면서도 그 너머 어딘가에 무언가 숭고한 정신이 숨어 있으리라고 믿는다. 우리의 상상 속에서 인도는 타락한 물질세계의 영원한 대안이다.

"아 유 해피?"

"예스."

이방인은 인도인이 주어진 것에 만족하고 소박하게 사는 행복한 사람이라고 모범답안을 적는다. 행복은 물질의 양과 상관없다면서. 그리고 그런 사람일수록 부의 추구에 목을 맨다. 가난은 죄악이라며.

영국은 식민지 인도를 과거에 묶어놓고 싶었다. 그래야 현재가 그들의 것이 되니까. 지배자가 내민, 과거에 뿌리를 둔 '정신주의'의 알약에 취한 일부 인도 인도 열심히 서방의 물질세계를 비난하고 인도의 정신주의를 자랑했다. 그 여파로, 그들의 관점을 내면화한 우리도 인도를 '영혼의 땅'이라고 여긴다.

인도는 발전한 우리들이 가끔씩 돌아가 쉴 수 있는 과거이며 어머니 같은 고향이어야 하는가? 인간의 보편적 감정을 무시한 이러한 생각은 다분히 제국주의적 발상이다. 사람은 누구나 더 나은 생활을 꿈꾸고 '기회의 황금 문'으로 들어가고 싶어 한다. 작게는 자전거나 라디오에서 크게는 냉장고와 자동차를 갖고 싶은 게 사람의 마음이다.

그림 같은 인도의 농촌은 '마당에 하늘을 욕심껏 들여놓고' 사는 아름답고 행복한 땅이 아니라 힘들고 고단한 삶의 현장이다. 문맹, 유아 결혼, 결혼 지참금, 노예 노동, 남아선호, 비위생적 생활, 인간에 대한 부당한 이용과 착취, 여성에 대한 억압 등, 사회의 각종 아픔이 생생하게 살아 있는 곳이다. 거지들도 하나의 풍경처럼 눈에 익숙하다.

시골에 가면 점쟁이와 떠돌이 승려들이 마을 어귀나 보리수 밑에 자리를 잡은 모습을 볼 수 있다. 과일이나 꽃, 음식을 든 순박한 사람들이 그곳에서 앞으로 맞닥뜨릴 인생과 운명을 상담한다. 우리나라 무속 관계자가 60만 명이라니 인도에 비하면 조족지혈일까? 횟가루를 뒤집어쓴 힌두 사원에도 마음이 시린 사람들의 발길이 줄을 잇는다.

가난한 사람도 부자처럼 소망하는 바는 똑같다. 다만 부자보다 기회가 적거나 없을 뿐이다. 인도인이 정신주의를 추구하고 종교적인 것은 그만큼 사는 것이 고단하고 힘들다는 반증일 수도 있다. 어떤 이름으로든지 현재의 고통과 시련을 위안 받고 싶은 것이다. 주어진 삶을 체념하거나 달관하지 않으면 어쩌겠는가?

미국의 작가 마크 트웨인은 "모든 사람이 꼭 한 번 보고 싶어 하는 단 하나의 나라는 인도"라고 말했다. 나는 '인도를 보는 것이 다른 열 개 나라를 보는 것보다 유익하다'고 주장한다. 인도를 구경하는 것은 동시에 여러 시대와 여러 문화를 경험하는 것이기 때문이다. 왜 인도는 우리를 유혹하는가? 진짜 인도는 어떤 모습일까?

역사는 끊임없이 움직인다. 인도의 현재를 부정하고 과거의 인도만 보는 것이나 물질주의적 인도를 외면하고 정신주의적 인도만 부르짖는 것은 지극히 단

● 두 얼굴의 인도. 농촌과 해안도로변의 고급 주택가. 빈부 격차는 인도가 풀어야 할 큰 숙제이다

편적인 발상이다. 코끼리의 다리나 코만 만지고 코끼리를 다 아는 것처럼 이야기하는, 앞을 못 보는 사람이 큰 코끼리를 이해하는 본질적 한계와 다르지 않다.

대륙 크기의 넓은 인도에는 부와 빈곤, 고층 건물과 토담집이 나란히 서 있다. 제철소와 밭 가는 가래가 함께 존재하고 컴퓨터를 만지는 공학도와 대장간에서 풀무를 돌리는 대장장이가 같이 산다. 고상한 철학과 허무맹랑한 미신이, 전통에 물든 보수와 체제 변화를 기도하는 급진주의가 그 안에 함께 있다. 네루가 말한 '평화로운 공존'의 땅이다.

인도는 키스를 기다리며 잠자는 숲속의 미녀가 아니다. 천의 얼굴을 하고 늘 살아 숨 쉬며 부지런히 움직이고 있다! 그래서 우리는 그곳에 가고 싶다.

인도_{에는} 카레_가 없다

초판 1쇄 펴낸날 | 1997년 5월 10일
개정판 1쇄 펴낸날 | 2002년 10월 25일
개정증보판 1쇄 펴낸날 | 2007년 3월 5일
개정증보판 11쇄 펴낸날 | 2014년 8월 20일

지은이 | 이옥순
펴낸이 | 김직승
펴낸곳 | 책세상

주소 | 서울시 마포구 광성로1길 49 대영빌딩 4층
전화 | 02-704-1251(영업부) 02-3273-1333(편집부)
팩스 | 02-719-1258
이메일 | bkworld11@gmail.com
홈페이지 | www.bkworld.co.kr
등록 1975. 5. 21. 제1-517호

ISBN 978-89-7013-620-2 03810